一本到位！

新日檢 N2 滿分單字書

麥美弘 著 ／ 佐藤美帆 審訂

從「背單字」來奠定「新日檢」的「滿分」應考實力

同樣一句日語，可以有各種不同的說法，有時只要改變其中的「動詞」，就可以讓同樣的一句話，呈現出不同的表現與難易度，這就是語言學習上最活潑有趣的地方。

以「從事農業的人變少了。」這個句子為例：

在新日檢 N3 的級別中，它是「農業をしている人は少なくなった。」；但在新日檢 N1 的級別中，它可以說成「農業に従事している人は少なくなった。」；或是「農業に携わっている人は少なくなった。」。

像這樣，隨著不同級別的單字數逐漸累積，讀者們也能逐漸感受到自己日語表現的進步與成長。

本《新日檢滿分單字書》系列書，有八大特色：

（1）讓每個單字出現在相對應的級別；如果一個單字有出現在不同級別的可能性，我們選擇讓它出現在較基礎的級別（如新日檢 N5、N4都有可能考，我們就讓它出現在 N5）。

（2）除了單字以外，連例句也盡量使用相同級別的單字來造句，以 N5 的句子為例「弟は 音楽を 聞きながら、本を 読みます。」（弟弟一邊聽音樂，一邊看書。），句中所選用的單字，如「名詞」弟（弟弟）、音楽（音樂）、本（書）；「動詞」聞く（聽）、読む（看）；以及「接續助詞」ながら（一邊～，一邊～），都是新日檢 N5 的單字範圍，之所以這樣煞費苦心地挑選，就是希望應考者能夠掌握該級別必學的單字，而且學得得心應手。

（3）在「分類」上，先採用「詞性」來分類，再以「五十音」的順序排列，讓讀者方便查詢。

（4）在「文體」上，為了讀者學習的方便，在 N5、N4 中，以「美化體」呈現；在 N3 中，以「美化體與常體混搭」的方式呈現；在 N2、N1 中，則以「常體」呈現（然而，有些句子因應場合或習慣，仍保留「美化體」的用法）。

（5）在「重音標記」上，參照「**大辞林**（日本「**三省堂**」出版）」來標示，並參考現實生活中東京的實際發音，微幅調整。

（6）在「漢字標記」上，參照「**大辞林**（日本「**三省堂**」出版）」來標示，並參考現實生活中的實際使用情形，略作刪減。

（7）在「自他動詞標記」上，參照「**標準国語辞典**（日本「**旺文社**」出版）」來標示。

（8）最後將每個單字，依據「實際使用頻率」來標示三顆星、兩顆星、一顆星，與零顆星的「星號」，星號越多的越常用，提供讀者作為參考。

在 N2 中，總共收錄了 2332 個單字，其分布如下：

分類	單字數	百分比
2-1 名詞 · 代名詞	1249	53.56%
2-2 形容詞	49	2.10%
2-3 形容動詞	116	4.97%
2-4 動詞 · 補助動詞	711	30.49%
2-5 副詞 · 副助詞	155	6.65%
2-6 接頭語 · 接尾語	18	0.77%
2-7 其他	34	1.46%

從以上的比率可以看出，只要依據詞性的分類，就能掌握單字學習與背誦的重點，如此一來，背單字將不再是一件難事。最後，衷心希望讀者們能藉由本書，輕鬆奠定「新日檢」的應考實力，祝福大家一次到位，滿分過關！

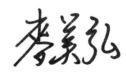

戰勝新日檢，掌握日語關鍵能力

元氣日語編輯小組

日本語能力測驗（日本語能力試験）是由「日本國際教育支援協會」
及「日本國際交流基金會」，在日本及世界各地為日語學習者測試其日
語能力的測驗。自1984年開辦，迄今超過30多年，每年報考人數節節升
高，是世界上規模最大、也最具公信力的日語考試。

✽ 新日檢是什麼？

近年來，除了一般學習日語的學生之外，更有許多社會人士，為了在
日本生活、就業、工作晉升等各種不同理由，參加日本語能力測驗。同
時，日本語能力測驗實行30多年來，語言教育學、測驗理論等的變遷，漸
有改革提案及建言。在許多專家的縝密研擬之下，自2010年起實施新制
日本語能力測驗（以下簡稱新日檢），滿足各層面的日語檢定需求。

除了日語相關知識之外，新日檢更重視「活用日語」的能力，因此特
別在題目中加重溝通能力的測驗。目前執行的新日檢為5級制（N1、N2、
N3、N4、N5），新制的「N」除了代表「日語（Nihongo）」，也代表
「新（New）」。

✽ 新日檢N2的考試科目有什麼？

新日檢N2的考試分為「言語知識・讀解」與「聽解」二堂測驗，但
計分分成三科，分別為「言語知識（文字・語彙・文法）」60分；「讀
解」60分；「聽解」60分，總分為180分。此外，還設立各科基本分數標

準，也就是總分須通過合格分數（=通過標準）之外，各科也須達到一定成績（=通過門檻），如果總分達到合格分數，但有一科成績未達到通過門檻，亦不算是合格。N2之總分通過標準及各分科成績通過門檻請見下表。

N2總分通過標準及各分科成績通過門檻			
總分通過標準	得分範圍	0~180	
	通過標準	90	
分科成績通過門檻	言語知識（文字・語彙・文法）	得分範圍	0~60
		通過門檻	19
	讀解	得分範圍	0~60
		通過門檻	19
	聽解	得分範圍	0~60
		通過門檻	19

從上表得知，考生必須總分90分以上，同時「言語知識（文字・語彙・文法）」、「讀解」、「聽解」皆不得低於19分，方能取得N2合格證書。

總之，根據新發表的內容，新日檢N2合格的目標，是希望考生能理解日常生活中各種狀況的日文，並對各方面的日文能有一定程度的理解。標準如下：

新日檢程度標準		
新日檢N2	閱讀（讀解）	・對於議題廣泛的報紙、雜誌報導、解說、或是簡單的評論等主旨清晰的文章，閱讀後理解其內容。 ・閱讀與一般話題相關的讀物，理解文脈或意欲表現的意圖。
	聽力（聽解）	・在日常生活及一些更廣泛的場合下，以接近自然的速度聽取對話或新聞，理解話語的內容、對話人物的關係、掌握對話要義。

✱ 新日檢N2的考題有什麼？

新日檢N2除了延續舊制日檢既有的考試架構，更加入了新的測驗題型，所以考生不能只靠死記硬背，而必須整體提升日文應用能力。考試內容整理如下表所示：

考試科目（時間）			題型		
		大題		內容	題數
言語知識（文字・語彙・文法）・讀解 考試時間105分鐘	文字・語彙	1	漢字讀音	選擇漢字的讀音	5
		2	表記	選擇適當的漢字	5
		3	語形成	派生語及複合語	5
		4	文脈規定	根據句子選擇正確的單字意思	7
		5	近義詞	選擇與題目意思最接近的單字	5
		6	用法	選擇題目在句子中正確的用法	5
	文法	7	文法1（判斷文法形式）	選擇正確句型	12
		8	文法2（組合文句）	句子重組（排序）	5
		9	文章文法	文章中的填空（克漏字），根據文脈，選出適當的語彙或句型	5
	讀解	10	內容理解（短文）	閱讀題目（包含生活、工作等各式話題，約200字的文章），測驗是否理解其內容	5
		11	內容理解（中文）	閱讀題目（評論、解說、隨筆等，約500字的文章），測驗是否理解其因果關係、理由、或作者的想法	9
		12	綜合理解	比較多篇文章相關內容（約600字），並進行綜合理解	2
		13	內容理解（長文）	閱讀主旨較清晰的評論文章（約900字），測驗是否能夠掌握其主旨或意見	3
		14	資訊檢索	閱讀題目（廣告、傳單、情報誌、書信等，約700字），測驗是否能找出必要的資訊	2

考試科目	題型			
（時間）		大題	內容	題數
聽解 考試時間50分鐘	1	課題理解	聽取具體的資訊，選擇適當的答案，測驗是否理解接下來該做的動作	5
	2	重點理解	先提示問題，再聽取內容並選擇正確的答案，測驗是否能掌握對話的重點	6
	3	概要理解	測驗是否能從聽力題目中，理解說話者的意圖或主張	5
	4	即時應答	聽取單方提問或會話，選擇適當的回答	12
	5	統合理解	聽取較長的內容，測驗是否能比較、整合多項資訊，理解對話內容	4

　　其他關於新日檢的各項改革資訊，可逕查閱「日本語能力試驗」官方網站http://www.jlpt.jp/。

✳ 台灣地區新日檢相關考試訊息

測驗日期：每年七月及十二月第一個星期日

測驗級數及時間：N1、N2在下午舉行；N3、N4、N5在上午舉行

測驗地點：台北、桃園、台中、高雄

報名時間：第一回約於四月初，第二回約於九月初

實施機構：財團法人語言訓練測驗中心
　　　　　（02）2365-5050
　　　　　http://www.lttc.ntu.edu.tw/JLPT.htm

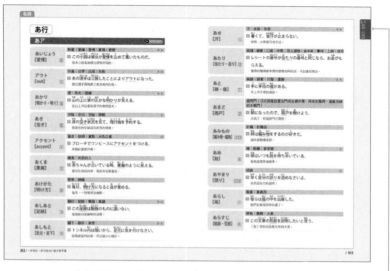

STEP.1 依詞性分類索引學習

本書採用「詞性」分類，分成七大單元，按右側索引可搜尋想要學習的詞性，每個詞性內的單字，均依照五十音順序條列，學習清晰明確。

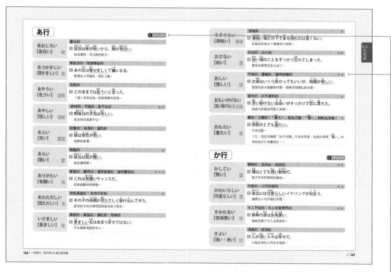

STEP.2 單字背誦、例句練習、音檔複習

先學習單字的發音及重音，全書的重音參照「**大辞林**（日本「三省堂」出版）」，並參考現實生活中東京實際發音微幅調整，輔以例句練習，最後可掃描封面 QR Code，聽聽日籍老師親錄標準日語 MP3，一起跟著唸。

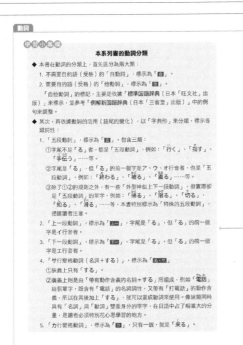

STEP.3 依照星號區分重要度
每個單字均根據「實際使用頻率」，
也就是「實際考試易考度」來標示
「星號」。依照使用頻率的高低，
而有三顆星、兩顆星、一顆星，與
零顆星的區別，提供讀者作為參考。

STEP.4 小專欄學習貼心提醒
附上學習小專欄，針對容易混淆的
文法與觀念加強解說，貼心提醒。

2-1
名詞・代名詞

新日檢 N2 當中，「名詞・代名詞」出現的比例過半，占了 53.56%。其中「外來語」為數眾多，如「アンテナ（天線）」、「ウイスキー（威士忌）」、「ギャング（暴力集團）」、「ペンチ（老虎鉗）」……等；也有不少「同音異義」的名詞，如「息（步調）／意気（意氣）」、「井戸（井）／緯度（緯度）」、「演習（演習）／円周（圓周）」、「仕舞い（結束）／姉妹（姊妹）」、「夫人（夫人）／婦人（婦人）」……等；此外，有許多「動詞第二變化」的「名詞形」，如「誤り（錯誤）」、「限り（限度）」、「誇り（自尊心）」、「申し訳（辯解）」……等，都是需要認真背誦的實用單字。

あ行

あア

▶ MP3-001

あいじょう
【愛情】 ⓪

熱愛；愛護；愛情；感情；愛戀 ★★

例 この小説は彼女が愛情を込めて書いたものだ。

這本小説是她傾注感情所寫的。

アウト
【out】 ①

外面；出界；出局；失敗 ★★

例 あの選手は三振したことによりアウトになった。

那位選手因為被三振而被判出局。

あかり
【明かり・明り】 ⓪

燈；亮光；證據 ★★

例 山の上に家の仄かな明かりが見える。

在山上可以看到房子的微弱燈光。

あき
【空き】 ⓪

空隙；空白；空缺；閒暇 ★

例 席の空き状況を見て、飛行機を予約する。

看座位的空缺狀況來預約飛機。

アクセント
【accent】 ①

重音；語調；重點；出色之處 ★

例 ブローチでワンピースにアクセントをつける。

用胸針裝飾洋裝。

あくま
【悪魔】 ①

魔鬼；兇惡的人

例 赤ちゃんが泣いている時、悪魔のように見える。

嬰兒在哭的時候，看起來就像魔鬼。

あけがた
【明け方】 ⓪

黎明；拂曉

例 毎日、明け方になると目が覚める。

每天，一到黎明就會醒。

あしあと
【足跡】 ③

腳印；蹤跡；事蹟；業績 ★★

例 この足跡は動物のものに違いない。

這個腳印是動物的沒錯。

あしもと
【足元・足下】 ③

腳下；腳步；身旁 ★★

例 トンネル内は暗いから、足元に気を付けなさい。

因為隧道內很暗，所以請小心腳步。

あせ 【汗】 ①	汗；水珠；辛苦 ★★
	例 暑くて、皆汗が止まらない。
	好熱，大家都汗流不止。

あたり 【当たり・当り】 ⓪	碰撞；線索；口感；中獎；待人接物；命中率；撃球；上鉤；成功
	例 レシートの番号が当たりの番号と同じなら、お金がもらえる。
	發票的號碼跟中獎的號碼相同的話，可以拿到現金。

あと 【跡・痕】 ①	痕跡；跡象；行蹤；遺跡 ★★
	例 手に手術の痕がある。
	手上有手術的痕跡。

あまど 【雨戸】 ②	遮雨門（日式房屋設置在門或走廊外面，用來防風雨、遮蔽光線的木板門）
	例 朝になったので、雨戸を開けよう。
	天亮了，把遮雨門打開吧！

あみもの 【編み物・編物】 ②③	針織；針織品
	例 姉は編み物をするのが好きだ。
	姊姊喜歡織東西。

あめ 【飴】 ⓪	糖；軟糖；麥芽糖 ★
	例 母はいつも飴を持ち歩いている。
	母親總是帶著糖果。

あやまり 【誤り】 ③⓪	錯誤 ★
	例 早く自分の誤りを認めなさいよ。
	快承認自己的錯吧！

あらし 【嵐】 ①	風暴；暴風雨
	例 彼らは嵐の中を出発した。
	他們在暴風雨中出發了。

あらすじ 【粗筋・荒筋】 ⓪	梗概，概略，大意
	例 この文章の荒筋を説明したいと思う。
	（我）想説明這篇文章的大意。

あらわれ 【現れ・表れ】 ⓪	**表現；結果**	
	例 この成績はクラス全員の日頃の努力の表れだ。	
	這個成績是全班平時努力的成果。	

あれこれ ②	**這個那個；種種**	★★
	例 今更、あれこれ言っても間に合わない。	
	事到如今，說這說那也來不及了。	

あん 【案】 ①	**想法；意見；預想；草案**
	例 みんなで案を出そう。
	大家一起出主意吧！

アンテナ 【antenna】 ⓪	**天線**
	例 ベランダにアンテナを取り付けた。
	在陽台安裝了天線。

いイ

▶ MP3-002

い 【胃】 ⓪	**胃**	★
	例 昨夜食べ過ぎて、少し胃がもたれている。	
	昨晚吃太多了，有點消化不良。	

いいん 【委員】 ①	**委員**
	例 今学期の学級委員に選ばれた。
	被選為這學期的班長。

いき 【息】 ①	**氣息；步調；心情**	★
	例 ピアノを弾く人と歌を歌う人の息が合っている。	
	彈鋼琴的人跟唱歌的人步調一致。	

いき 【意気】 ①	**意志；氣勢；意氣**
	例 あの二人は会ったばかりなのに、意気投合している。
	那兩個人雖然才剛認識，卻意氣相投。

いぎ 【意義】 ①	**意義；價值**
	例 彼女は意義のない生活を送っている。
	她過著沒有意義的生活。

いきおい
【勢い】 ③

力量；氣勢；勢力 ★

例 初めの勢いを失った。

一開始的氣勢消失了。

いきもの
【生き物・生物】 ②③

生物；有生命力的東西 ★

例 言語は生き物だと思う。

（我）認為語言是有生命力的東西。

いけばな
【生け花・活花】 ②

插花 ★

例 生け花の花材を用意した。

插花的花材準備好了。

いけん
【異見】 ⓪

異議；不同意見 ★

例 異見を唱えてください。

請提出異議。

いこう
【以降】 ①

以後，之後 ★★

例 七月以降、私は旅に出る。

七月之後，我要去旅行。

いし
【意志】 ①

意志；志向 ★

例 彼女は強い意志を持っている。

她擁有堅強的意志。

いしがき
【石垣】 ⓪

石牆

例 地震で庭の石垣が崩れた。

院子的石牆因地震而倒塌了。

いしき
【意識】 ①

意識，知覺 ★★

例 彼女は交通事故で意識不明になった。

她因為車禍而意識不明。

いじょう
【異常】 ⓪

異常；變態 ★★

例 診断結果に異常はない。

診斷結果並無異常。

いしょくじゅう
【衣食住】 ③

衣食住 ★

例 衣食住は生活の基本的な要素だ。

衣食住是生活的基本要素。

いずみ 【泉】 ⓪

泉水；泉源；題材

例 泉を祀っている寺社は多い。

祀泉的寺院和神社很多。

いた 【板】 ① ★★

板子；砧板；廚師；熟練；適合；舞台

例 彼女は派手なワンピースが板に付いている。

她適合穿華麗的洋裝。

いたい 【遺体】 ⓪

遺體；屍體

例 犬の遺体を庭に葬った。

狗的屍體埋在院子裡了。

いたみ 【痛み・傷み】 ③ ★

疼痛；悲傷；腐爛；損傷

例 薬を飲んでも、痛みが止まらない。

即使吃了藥，也無法止痛。

いち 【位置】 ① ★★

位置；立場

例 この位置からは舞台がよく見える。

從這個位置可以清楚地看見舞台。

いちば 【市場】 ① ★★

市場

例 伯母さんは市場で魚を売っている。

伯母在市場賣魚。

いちぶ 【一部】 ② ★

一部；一部分

例 売り上げの一部は慈善団体に寄付される。

銷售額的一部分將捐給慈善團體。

いちりゅう 【一流】 ⓪ ★

一流；一個流派；獨特風格

例 張曼娟は一流の作家だと思う。

（我）認為張曼娟是一流的作家。

いっか 【一家】 ① ★

一家；全家

例 夏休みに一家揃って海外旅行に行った。

暑假全家一起出國旅行。

いっしゅ 【一種】 ① ★

一種；在某種意義上

例 同情も一種の愛情表現だと言われている。

據說同情也是一種愛的表現。

いっしゅん 【一瞬】　0	瞬間；一霎那；一眨眼　★ 例 彼の微笑みは一瞬で消えた。 他的微笑瞬間消失了。	

いでんし 【遺伝子】　2	遺傳因子 例 この症状は遺伝子の異常により起こった。 這症狀是遺傳因子異常所引起的。	

いど 【井戸】　1	井 例 井戸から水を汲み上げた。 從井汲了水。	

いど 【緯度】　1	緯度 例 機械で緯度を測定する。 用機械測量緯度。	

いね 【稲】　1	稲子；水稲 例 稲を刈ったことがある。 割過稲子。	

いふく 【衣服】　1	衣服　★★ 例 彼らはいつも粗末な衣服を着ている。 他們總是穿著粗糙的衣服。	

いらい 【以来】　1	自從～以來；今後　★★ 例 正月以来、ずっとジョギングを続けている。 自從新年以來，一直持續慢跑著。	

いれもの 【入れ物・容れ物】　0	器皿，容器　★★ 例 この胡椒を入れるための入れ物はありますか。 有可以放這胡椒的容器嗎？	

うウ

▶ MP3-003

ウイスキー 【whisky】　2 4 3	威士忌　★ 例 ウイスキーを水で割って飲んだ。 將威士忌用水稀釋後喝了。	

うえき 【植木】　0	摘種的樹木 例 校庭の植木の手入れをした。 照料了校園裡的樹。	
うさぎ 【兎】　0	兎子 例 家で飼っている兎が死んでしまった。 家裡養的兔子死了。	★
うちあわせ 【打ち合わせ・ 打ち合せ・ 打合せ】　0	商量 例 彼とは事前に打ち合わせをした。 跟他事前商量了。	★★
うちゅう 【宇宙】　1	宇宙；太空；天地 例 初めて宇宙船を月に着陸させることに成功したのはアメリカだった。 第一次讓太空船成功登陸月球的是美國。	
うむ 【有無】　1	有無；肯不肯 例 この職務は資格の有無を問わず担当できる。 這職務不論資格均可擔任。	★
うめ 【梅】　0	梅 例 中華民国の国花は梅の花だ。 中華民國的國花是梅花。	★★
うらぐち 【裏口】　0	後門；走後門 例 家を修繕する間、裏口をお使いください。 房屋整修期間，請使用後門。	★
うりあげ 【売り上げ・ 売上げ・売上】　0	營業額，銷售額 例 去年の売り上げは約二億円だった。 去年的營業額大約是兩億日圓。	★
うれゆき 【売れ行き】　0	行銷；銷售 例 このスマホは売れ行きがいい。 這智慧型手機很暢銷。	★

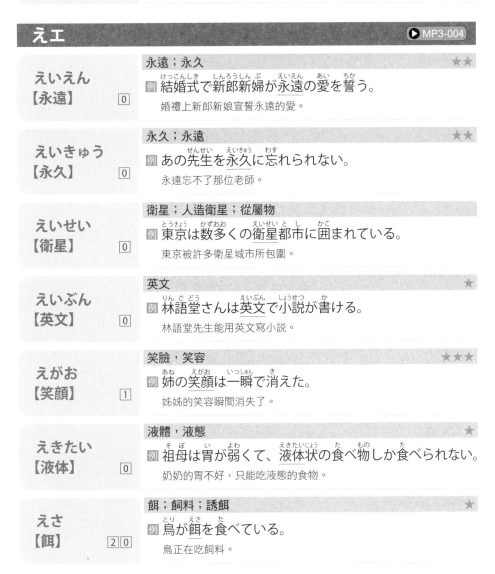

うん 【運】 ①	運氣；命運	★★
	例 運を天に任せる。	
	聽天由命。	

うんが 【運河】 ①	運河	
	例 この運河は非常に大きい。	
	這運河非常大。	

え エ

▶ MP3-004

えいえん 【永遠】 ⓪	永遠；永久	★★
	例 結婚式で新郎新婦が永遠の愛を誓う。	
	婚禮上新郎新娘宣誓永遠的愛。	

えいきゅう 【永久】 ⓪	永久；永遠	★★
	例 あの先生を永久に忘れられない。	
	永遠忘不了那位老師。	

えいせい 【衛星】 ⓪	衛星；人造衛星；從屬物	
	例 東京は数多くの衛星都市に囲まれている。	
	東京被許多衛星城市所包圍。	

えいぶん 【英文】 ⓪	英文	★
	例 林語堂さんは英文で小説が書ける。	
	林語堂先生能用英文寫小説。	

えがお 【笑顔】 ①	笑臉；笑容	★★★
	例 姉の笑顔は一瞬で消えた。	
	姊姊的笑容瞬間消失了。	

えきたい 【液体】 ⓪	液體，液態	★
	例 祖母は胃が弱くて、液体状の食べ物しか食べられない。	
	奶奶的胃不好，只能吃液態的食物。	

えさ 【餌】 ② ⓪	餌；飼料；誘餌	★
	例 鳥が餌を食べている。	
	鳥正在吃飼料。	

エチケット
【（法）étiquette】
1 3

禮貌，禮節 ★★

例 彼女はパーティーでのエチケットを知っている。

她知道參加派對時的禮節。

えのぐ
【絵の具】
0

繪畫顏料

例 ポスターに絵の具で色を塗っている。

正在海報上用顏料塗色。

エプロン
【apron】
1

圍裙；停機坪

例 母はエプロンをつけて、晩ご飯の用意をしている。

媽媽穿著圍裙，正在準備晚飯。

えんぎ
【演技】
1

演技；表演 ★

例 女優の素晴らしい演技に感心する。

對女演員絕佳的演技感到佩服。

えんげい
【園芸】
0

園藝

例 彼は園芸を心得ている。

他相當懂園藝。

えんじ
【園児】
1

托兒所、幼稚園的學童

例 来年の四月から、息子はこの保育園の園児になる。

明年四月開始，兒子將成為這家托兒所的學童。

えんしゅう
【演習】
0

演習；練習；課堂討論

例 今日の午後、消防演習を行う。

今天下午，將進行消防演習。

えんしゅう
【円周】
0

圓周

例 この円の円周を計算してください。

請計算這個圓的圓周。

エンジン
【engine】
1

引擎，發動機 ★★

例 祖父は車のエンジンを掛けている。

爺爺正在發動車子的引擎。

えんぜつ
【演説】
0

演說，演講 ★

例 今朝、大統領は就任演説をした。

今天早上，總統發表了就職演說。

えんそく 【遠足】　⓪	遠足 例 明日は生徒達を連れて遠足に行く。 明天將帶著學生們去遠足。
えんとつ 【煙突】　⓪	煙図 例 煙突の掃除をするのは相当難しい。 煙図的打掃相當困難。

おオ

▶ MP3-005

おい 【甥】　⓪	姪子；外甥　★ 例 甥は私より背が高くなった。 姪子變得比我高了。
オイル 【oil】　①	油；石油；潤滑油　★★ 例 植物性のオイルシャンプーで髪を洗う。 用植物性的油性洗髮精洗頭。
おうとつ 【凹凸】　⓪	凹凸，高低不平 例 この道路は凹凸が激しい。 這道路凹凸不平得很厲害。
おうべい 【欧米】　⓪	歐美　★ 例 私達は欧米へ旅行に行きたい。 我們想去歐美旅行。
おおどおり 【大通り】　③	大街；大馬路　★ 例 お爺さんが大通りを横切るのが見えた。 看見了老爺爺橫越大馬路。
オートメーション 【automation】　④	自動化；自動裝置 例 この工場はもうオートメーションになっている。 這家工廠已經自動化了。
おおや 【大家】　①	房東；屋主　★★ 例 毎月一万台湾ドルの家賃を大家さんに払っている。 每個月付給房東一萬台幣的房租。

おか 【丘・岡】 ⓪	丘陵；山崗
	例 向こうの丘に茶の木を植えた。
	在對面的丘陵種了茶樹。

おかず ⓪	菜餚；副食品　★★
	例 今日の晩ご飯のおかずは何だろう。
	今天晚餐的菜餚會是什麼呢？

おかわり 【お代わり・ お代り】 ②	添飯（或湯）；續杯　★★
	例 ご飯のお代わりはいかがですか。
	再添一碗飯如何呢？

おき 【沖・澳】 ⓪	海上；湖面
	例 漁師は毎朝、沖に出て漁をする。
	漁夫每天早上出海捕魚。

おくがい 【屋外】 ②	戶外　★
	例 毎朝、屋外でジョギングをしている。
	每天早上，在戶外慢跑。

おてつだいさん 【御手伝いさん】③②	幫傭；保母　★
	例 彼女の家はお手伝いさんを二人雇っている。
	她家僱有兩個幫傭。

おとしもの 【落とし物・ 落し物】 ⓪⑤	遺失的物品　★★
	例 落とし物が見付かった。
	遺失的物品找到了。

おに 【鬼】 ②	鬼；兇猛的人
	例 彼は仕事の鬼だ。
	他是個工作狂。

おばけ 【御化け】 ②	妖怪，妖精
	例 彼女達はお化けの仮装をしている。
	她們偽裝成妖怪。

おび 【帯】 ①	衣帶；腰帶；書腰；聯播節目
	例 着物の帯の結び方は色々ある。
	和服腰帶的綁法有很多種。

おみこし 【御神輿】 ②	神轎；腰	
	例 一緒にお神輿を見に行こう。	
	一起看看神轎吧！	

おもいやり 【思い遣り】 ⓪	關心；體貼 ★★	
	例 友達はお互いに思いやりを持つことが大切だと思う。	
	（我）認為朋友互相體貼很重要。	

おもなが 【面長】 ⓪	長臉，橢圓臉	
	例 彼は細い目をした面長の男だ。	
	他是細眼睛長臉的男人。	

おやこ 【親子】 ①	父子；母子；父母子女；雞肉蓋飯 ★★	
	例 今日は私達親子にとって特別な一日だ。	
	今天對我們父子而言是很特別的一天。	

おやつ 【御八つ】 ②	點心；零食 ★★	
	例 午後三時に園児におやつを与える。	
	下午三點給幼稚園的孩童點心。	

オルガン 【organ（法）】 ⓪	風琴 ★★★	
	例 小学校の音楽の先生がオルガンを弾いて児童に歌を教えている。	
	小學的音樂老師正在彈風琴教小朋友歌曲。	

おん 【音】 ⓪	聲音；聲響；發音；音色；音感；音讀	
	例 濁音と半濁音を区別することができない。	
	無法分辨濁音跟半濁音。	

おん 【恩】 ①	恩情 ★	
	例 子を持って知る親の恩。	
	養兒方知父母恩。	

おんけい 【恩恵】 ⓪	恩惠；慰藉	
	例 慈善団体に寄付をすると精神的な恩恵を受けられる。	
	捐款給慈善團體可以獲得精神上的慰藉。	

おんしつ 【温室】　⓪	温室，暖房
	例 温室で蘭の花を育てる。
	在溫室裡培育蘭花。

おんせん 【温泉】　⓪	温泉　　　　　　　　　　　　　　★★
	例 日本は温泉でよく知られている。
	日本以溫泉聞名。

おんたい 【温帯】　⓪	温帯
	例 その魚は主に温帯の浅い海に分布している。
	那種魚主要分布在溫帶的淺海當中。

おんちゅう 【御中】　①	啟；鈞啟（用於公函）
	例 本田株式会社　御中。
	本田股份有限公司　鈞啟。

か行

かカ ▶ MP3-006

ガールフレンド 【girl friend】　⑤	女朋友　　　　　　　　　　　　　★
	例 彼は今、ガールフレンドがいる。
	他現在，有女朋友。

かい 【貝】　①	貝類；螺類；貝殼　　　　　　　　★
	例 サザエという貝を食べたことがある。
	有吃過海螺這種螺類。

がい 【害】　①	害　　　　　　　　　　　　　　　★
	例 たばこは健康に害がある。
	香菸對健康有害。

かいが 【絵画】　①	繪畫
	例 絵画展覧会で彼女の絵画を鑑賞した。
	在畫展欣賞了她的畫。

かいかい 【開会】　⓪	開會
	例 社長が開会を告げた。
	社長宣布了開會。

かいがい 【海外】　①	海外，國外　★★ 例 私達は海外、特にヨーロッパに行きたい。 我們想去海外，特別是歐洲。
かいけい 【会計】　⓪	會計；帳目；算帳　★★★ 例 お会計はご一緒ですか。 要一起結帳嗎？
かいごう 【会合】 名・自サ ⓪	會晤；聚會 例 会合の場所を教えてください。 請告訴我聚會的場所。
がいこう 【外交】　⓪	外交 例 その国との外交関係を断絶した。 跟那個國家斷絕了外交關係。
かいさつ 【改札】　⓪	剪票 例 改札のところで待っている。 在剪票的地方等著。
かいすいよく 【海水浴】　③	海水浴 例 夏は毎年、家族で海水浴に行く。 夏天每年，全家都去海水浴。
かいせい 【快晴】　⓪	晴朗無雲 例 快晴の時に向こうの山が見える。 晴朗無雲時可看見對面的山。
がいぶ 【外部】　①⓪	外面　★ 例 外部の意見も聞きたい。 （我）也想聽聽外面的意見。
かいよう 【海洋】　⓪	海洋 例 日光は海洋を暖める。 陽光溫暖了海洋。
がいろじゅ 【街路樹】　③	林蔭樹　★ 例 街路樹は大通りの両側に並んでいる。 林蔭樹並列在大馬路的兩旁。

がいろん 【概論】 ⓪	概論
	例 私の論文の概論を説明したいと思う。
	（我）想説明一下我論文的概論。

かおく 【家屋】 ①	房屋
	例 玩具の家屋を分解して修繕する。
	將玩具房屋拆解修理。

かおり 【香り・薫り】 ⓪	香味 ★★
	例 居間にはコーヒーの香りが漂っている。
	起居室裡飄著咖啡的香氣。

かかく 【価格】 ⓪①	價格 ★★
	例 このスマホの価格が知りたい。
	（我）想知道這支智慧型手機的價格。

かかり 【係り・係】 ①	擔任某種工作（的人） ★★
	例 彼女は受付係りで、出納係りではない。
	她是櫃台人員，不是出納人員。

かきね 【垣根】 ③②	籬笆；柵欄
	例 うちの庭は垣根に囲まれている。
	家裡的院子被籬笆圍著。

かぎり 【限り】 ③①	限度，極限 ★★
	例 人間の体力には限りがある。
	人的體力是有限的。

かくう 【架空】 ⓪	虛構；在空中架設 ★
	例 クレヨンしんちゃんは架空の人物だ。
	蠟筆小新是虛構的人物。

かくじ 【各自】 ①	各自 ★★
	例 文房具は各自で用意してください。
	文具請各自準備。

がくじゅつ 【学術】 ⓪②	學術
	例 彼女は本学科を代表して、学術会議に出席した。
	她代表本系，出席了學術會議。

かくち 【各地】 ⟨1⟩	各地　　　　　　　　　　　　　　　　★★ 例 この番組は台湾各地の名産を紹介する。 這節目介紹台灣各地的名產。
かくど 【角度】 ⟨1⟩	（數學的）角度；（事情的）角度　　　　　★★ 例 相手の角度から物事を考えた方が分かりやすいと思う。 （我）認為從對方的角度來想事情會比較容易理解。
がくねん 【学年】 ⟨0⟩	年級；學年　　　　　　　　　　　　　　★★ 例 息子は同じ学年の子供よりも大人びている。 我兒子比同年級的孩子成熟。
がくもん 【学問】 ⟨2⟩	學問；見識　　　　　　　　　　　　　　★ 例 彼女は学問に優れている。 她博學多聞。
かくりつ 【確率】 ⟨0⟩	機率，或然率　　　　　　　　　　　　　★ 例 この問題が発生する確率は高い。 這問題發生的機率很高。
がくりょく 【学力】 ⟨2 0⟩	學力；學習能力　　　　　　　　　　　　★ 例 学力が不十分だから、この職務に応募できない。 因為學力不足，所以無法應徵這個職務。
かげ 【陰・蔭】 ⟨1⟩	背後；背光處　　　　　　　　　　　　　★ 例 この件を陰で操っていたのは理事長だった。 在背後操縱這件事的是理事長。
かげ 【影】 ⟨1⟩	黑影，影子；樣子，形象；光　　　　　　★ 例 噂をすれば影が差す。 說曹操曹操到。
かこ 【過去】 ⟨1⟩	過去；前世　　　　　　　　　　　　　　★★ 例 スマホは過去五年間に大きな進歩を遂げた。 智慧型手機在過去五年間有很大的進步。
かご 【籠】 ⟨0⟩	籠子；簍子；籃子 例 籠に飴が入っている。 籃子裡有糖果。

かこう 【火口】 ⓪	（火山）噴火口；爐門 例 実際に火口の周囲を歩くと、その大きさが分かる。 實際走到噴火口附近，就可以知道噴火口的大小。	
かさい 【火災】 ⓪	火災 例 昨日、そのレストランで火災が起きた。 昨天，那家餐廳發生火災了。	
かざん 【火山】 ①	火山 例 火山が爆発したのを見たことがない。 不曾看過火山爆發。	
かじ 【家事】 ①	家事，家務；家裡發生的事　　　　　　　　★★ 例 毎日、夕食の後に家事をする。 每天，晚飯後做家事。	
かしだし 【貸し出し・ 貸出し】 ⓪	出借；出租；放款 例 空き部屋の貸し出しを始めた。 開始出租空房了。	
かしつ 【過失】 ⓪	過失 例 早く自分の過失を認めなさいよ。 快承認自己的過失吧！	
かじつ 【果実】 ①	果實；水果 例 庭に植えた蜜柑は、三年経ってやっと果実が成った。 種在庭院裡的橘子，經過了三年終於結果實了。	
かしま 【貸し間・貸間】 ⓪	出租的房間 例 貸し間あり、ただし女性に限る。 有出租的房間，但只限女生。	
かしや 【貸し家・貸家】 ⓪	出租的房子　　　　　　　　　　　　　　　★ 例 貸し家とマイホーム、どちらに住みたいですか。 出租的房子和自己的房子，（你）想住哪一個？	
かじょう 【過剰】 ⓪	過剰　　　　　　　　　　　　　　　　　　★ 例 過剰人口は重大な社会問題となっている。 過剰人口成為重大的社會問題。	

かぜぐすり
【風邪薬】 ③

感冒藥 ★★

例 子供用の風邪薬を紹介してください。

請介紹（我）孩童用的感冒藥。

かせん
【下線】 ⓪

（用來標示的）下線

例 助詞に下線を引いてください。

請在助詞處畫下線。

かたな
【刀】 ③ ②

刀；刀劍 ★

例 壁に武士の刀が二振り飾ってある。

牆上擺飾著兩把武士刀。

かたまり
【塊・固まり】 ⓪

塊；堆；群；疙瘩 ★★

例 ビルの十二階から、広場に人の塊が見える。

從大樓的十二樓，可以看到廣場的人群。

かち
【価値】 ①

價值；價格 ★★

例 あのアニメは一見の価値がある。

那動畫值得一看。

がっか
【学科】 ⓪

科系 ★

例 彼は哲学学科の学生だったそうだ。

他以前好像是哲學系的學生。

がっかい
【学会】 ⓪

學會

例 彼らは生け花学会を設立するつもりだ。

他們打算設立插花學會。

かっき
【活気】 ⓪

朝氣，活力

例 若い社員が多いのに、活気に欠けた会社だ。

雖然年輕的員工很多，卻是缺乏活力的公司。

がっき
【学期】 ⓪

學期 ★

例 この学期が終わると、卒業だ。

這學期一結束，就要畢業了。

がっき
【楽器】 ⓪

樂器 ★

例 笛という楽器を知っているか。

（你）知道笛子這種樂器嗎？

がっきゅう 【学級】　0	班級　★ 例 私達は小学校で同じ学級だった。 我們小學時同班。
かっこ 【括弧】　1	括弧　★ 例 助詞に括弧をつけてください。 請把助詞加上括弧。
かっこく 【各国】　1 0	各國 例 この番組は各国の名産を紹介する。 這節目介紹各國的名產。
かつじ 【活字】　0	鉛字 例 このパンフレットでは、読みやすい大きさの活字を使ってください。 在這本小冊子中，請使用易於閱讀的鉛字大小。
かつりょく 【活力】　2	活力，生命力 例 彼女は活力に溢れている。 她充滿著活力。
かてい 【過程】　0	過程　★ 例 製作の過程を説明してください。 請說明製作的過程。
かてい 【課程】　0	課程　★ 例 彼は修士課程を修了した。 他碩士課程修完了。
かね 【鐘・鉦】　0	鐘；鐘聲 例 鐘も撞木の当たりがら。 事在人為。
かはんすう 【過半数】　2 4	超過半數 例 明日の会議に出席できる人は過半数を占める。 能出席明天會議的人超過半數。

かぶ 【株】　0	根株；殘株；股份；名望　★	

例 母は一昨年、半導体会社の株を買った。

母親前年買了半導體公司的股票。

かま 【釜・窯】　0	釜；鍋；窯

例 この釜はご飯を炊くのに使う。

這鍋是用來煮飯的。

かみ 【神】　1	神；創造者　★★

例 私達は神様を信じている。

我們相信神。

かみくず 【紙屑】　3	紙屑；廢紙

例 会議室に紙屑が散らばっている。

會議室裡滿地垃圾。

かみそり・ カミソリ 【剃刀】　3 4	剃刀；刮鬍刀

例 電動カミソリでひげを剃った。

用電動刮鬍刀刮了鬍子。

かみなり 【雷】　3 4	雷　★

例 雷が鳴った。

打雷了。

かもく 【科目】　0	科目　★★

例 一番好きな科目は体育だ。

最喜歡的科目是體育。

かもつ 【貨物】　1	貨物；行李

例 貨物をトラックに積み込んで配送する。

將貨物裝載在卡車上配送。

かよう 【歌謡】　0	歌；歌謠

例 この歌謡は昔から民間で歌われている。

這歌謠從以前就在民間傳唱著。

から 【空】　2	空；假；虛偽　★★★

例 グラスの水を空にした。

將玻璃杯內的水倒光。

から 【殻】　②	外殻；蛻皮；豆渣 囫 卵の殻を庭に撒いた。 將蛋殼撒在院子裡了。
がら 【柄】　⓪	身材，體格；人品；花紋　★ 囫 このワンピースの綺麗な柄を気に入っている。 喜歡這件連身洋裝漂亮的花紋。
からて 【空手・唐手】　⓪	空手；空手道 囫 空手で友達の家を訪ねるのは失礼だ。 空手去朋友家拜訪很失禮。
カロリー 【(法) calorie】　①	卡路里（計算熱量單位）　★★ 囫 ダイエット期間はカロリーの高い食べ物を避けなければならない。 減肥期間得避開高熱量的食物。
かわせ 【為替】　⓪	匯兌；匯款；匯票　★ 囫 来月日本へ旅行に行くので、最近よく為替レートをチェックしている。 因為下個月要去日本旅行，所以最近常常在確認匯率。
かわら 【瓦】　⓪	瓦 囫 屋根にガラス瓦を使った。 屋頂使用了玻璃瓦。
かん 【勘】　⓪	直覺；第六感　★ 囫 女性には勘のいい人が多い。 女性當中直覺敏銳的人很多。
かんかく 【間隔】　⓪	間隔，距離　★★ 囫 新竹へ行くバスは三十分間隔で出ている。 到新竹的公車每半小時發一班。
かんかく 【感覚】　⓪	感覺，感受力　★★ 囫 彼女はバランス感覚に優れている。 她平衡感佳。

かんきゃく【観客】 0	観眾 ★★
	例 この映画の観客は少なくない。
	這部電影的觀眾不少。

かんさい【関西】 1

関西 ★

例 彼女は関西弁で話す。

她用關西腔説話。

かんじ【感じ】 0

感覺，感受；氣氛 ★★★

例 この絵は明るい感じがする。

這畫給人明快的感覺。

がんじつ【元日】 0

元旦

例 このレストランは、元日以外は年中無休だ。

這家餐廳，除了元旦以外全年無休。

かんじゃ【患者】 0

患者 ★

例 患者が多くて、ベットの数が足りない。

患者太多了，病床的數量不夠。

かんじょう【感情】 0

感情 ★★

例 田中さんは感情の起伏の激しい人だ。

田中小姐是感情起伏很激烈的人。

かんしん【関心】 0

關心，感興趣 ★★

例 音楽に関心を持っている。

對音樂感興趣。

かんたい【寒帯】 0

寒帯

例 その植物は主に寒帯に分布している。

那種植物主要分布在寒帯。

がんたん【元旦】 0

元旦的早上；元旦 ★

例 元旦には初日の出を見にいく人もいる。

有些人在元旦的早上去看元旦的日出。

かんでんち【乾電池】 3

乾電池 ★

例 乾電池を収納ボックスに入れた。

將乾電池放進收納盒中。

かんとう 【関東】 ①	**関東** ★ 例 地震の震央は関東地方だ。 地震的震央在關東地區。
かんねん 【観念】 ①	**觀念** 例 道徳観念のない人は嫌いだ。 討厭沒有道德觀念的人。
かんばん 【看板】 ⓪	**招牌** ★★ 例 その看板はフランス語で書かれている。 那招牌是用法文寫的。
かんむり 【冠】 ⓪③	**冠；漢字的字頭** 例 「茶」は「草」冠の「茶」だ。 「茶」是「草」字頭的「茶」。
かんわ 【漢和】 ⓪①	①① 漢語和日語；中國和日本 ②⓪ 漢和字典 例 本棚に漢和辞典が置いてある。 書架上放著漢和字典。

きキ

▶ MP3-007

きあつ 【気圧】 ⓪	**氣壓** 例 今日は気圧が低い。 今天氣壓低。
きおく 【記憶】 ⓪	**記憶** ★★ 例 彼女は交通事故で記憶を失った。 她因為車禍喪失了記憶。
きおん 【気温】 ⓪	**氣溫** ★★ 例 気温が低いところには住みたくない。 （我）不想住在氣溫低的地方。
きかい 【器械】 ①②	**儀器；器具** 例 この器械は測量に使う。 這儀器是用來測量的。

きこう 【気候】 ⓪	氣候 ★ 例 暖かな気候のところに住みたい。 （我）想住在氣候溫暖的地方。
きごう 【記号】 ⓪	記号 ★ 例 この記号は秘密の意味を持っている。 這個記號帶有祕密含意。
きし 【岸】 ②	岸邊，岸上 例 岸の向こうに家が見える。 看到對岸有房子。
きじ 【生地・素地】 ①	布料；毛坯；麵團；本來的樣貌（素顏） ★ 例 花柄の生地を買ってきて、かばんを作った。 將花紋的布料買回來，做成了包包。
ぎし 【技師】 ①	技師，技術員 例 技師は工事を監督している。 技師監督著施工。
ぎしき 【儀式】 ①	儀式 ★ 例 今朝、神社で厳かな儀式が行われた。 今天早上，在神社舉行了莊嚴的儀式。
きじゅん 【基準】 ⓪	基準 ★ 例 面接試験の合格基準について話し合った。 討論了關於面試的合格基準。
きず 【傷・疵・瑕】 ⓪	傷口，瘡疤；缺陷 ★★ 例 できるだけ傷に触らないでください。 請盡量不要碰到傷口。
きそ 【基礎】 ①②	基礎；地基 ★★ 例 英語の基礎を身に付けたい。 （我）想打好英語的基礎。
きたい 【気体】 ⓪	氣體 例 この気体には毒性があるから、気を付けてください。 這氣體有毒，請小心！

きち 【基地】 ②①	**基地** 例 その軍事基地は閉鎖されている。 那軍事基地是封鎖的。
きっかけ 【切っ掛け】 ⓪	**機會，契機** ★★★ 例 彼女と話す切っ掛けを作りたい。 （我）想製造跟她說話的機會。
きのう 【機能】 ①	**機能，功能** ★★ 例 この電子レンジにはたくさんの機能がある。 這微波爐有許多功能。
きば 【牙】 ①	**(動物的) 犬齒，獠牙** 例 子供の象に牙が生えてきた。 小象的牙長出來了。
きばん 【基盤】 ⓪	**基礎，底座** 例 その国は農業を基盤としている。 那個國家以農業為基礎。
きふ 【寄付・寄附】 ①	**捐贈** ★ 例 私は毎月、慈善団体に少額の寄付をしている。 我每個月小額捐款給慈善團體。
ぎむ 【義務】 ①	**義務** ★ 例 国民には子供に教育を受けさせる義務がある。 國民有讓孩子受教育的義務。
ぎもん 【疑問】 ⓪	**疑問** ★★ 例 この点については少しも疑問がない。 關於這點是毫無疑問的。
ぎゃく 【逆】 ⓪	**逆向；顛倒；相反** ★★ 例 彼女はいつも人の逆を行く。 她總是反其道而行。
きゃくせき 【客席】 ⓪	**觀眾席** ★ 例 歌手達が舞台から降りて、客席の方に来た。 歌手們下了舞台，來到了觀眾席。

ぎゃくたい 【虐待】 ⓪	虐待 囫 私は児童虐待を憎む。 我憎恨虐待兒童。
きゃくま 【客間】 ⓪	客廳　　　　　　　　　　　★★ 囫 小犬は客間で寝ている。 小狗正在客廳睡覺。
キャプテン 【captain】 ①	首領；領隊；隊長；船長　　　★★ 囫 今回のキャプテンは前のキャプテンより優れている。 這次的領隊比上次的領隊優秀。
ギャング 【gang】 ①	暴力集團 囫 この小説はギャングの世界を描いている。 這小説在描繪暴力集團的世界。
キャンパス 【campus】 ①	校園　　　　　　　　　　　　★ 囫 校長先生はキャンパスを視察している。 校長正在視察校園。
キャンプ 【camp】 ①	帳篷；露營 囫 この夏休みはキャンプに行きたい。 這個暑假，（我）想去露營。
きゅうか 【休暇】 ⓪	休假　　　　　　　　　　　★★ 囫 一昨日は休暇だった。 前天休假。
きゅうこう 【休講】 ⓪	停課　　　　　　　　　　　　★ 囫 明日の三時間目の講義は休講だ。 明天第三小時的課停課。
きゅうしん 【休診】 ⓪	休診　　　　　　　　　　　★★ 囫 病院は日曜は休診だ。 醫院週日休診。
きゅうせき 【旧跡・旧蹟】 ⓪	古蹟 囫 大阪の近くには旧跡が多い。 大阪附近古蹟很多。

きゅうそく 【休息】 ⓪	休息 ★★ 例 しっかり休息を取ってください。 請好好休息。	
きゅうよ 【給与】 ①	薪資，津貼；供給，供應 例 給与は毎月二十五日に振り込まれる。 薪資每個月二十五號匯進來。	
きゅうよう 【休養】 ⓪	休養 ★ 例 ちゃんと休養を取ってください。 請好好地休養。	
きょうかい 【境界】 ⓪	疆界，邊界，地界 例 両国の境界ははっきりしない。 兩國的邊界不清楚。	
きょうぎ 【競技】 ①	運動比賽；技術比賽 例 競技かるたを勉強してみたい。 （我）想學一下競技歌牌。	
ぎょうぎ 【行儀】 ⓪	舉止；禮節 ★★ 例 あの子は行儀が悪い。 那個孩子很沒禮貌。	
きょうきゅう 【供給】 ⓪	供給，供應 ★ 例 石油の供給は十分だ。 石油供應充足。	
ぎょうじ 【行事】 ⓪①	例行活動 ★★ 例 大阪の主な年中行事を教えてください。 請告訴我大阪主要的年度例行活動。	
きょうじゅ 【教授】 ⓪	教授 ★ 例 彼は日本語学科の教授になった。 他成了日文系的教授。	
きょうどう 【共同】 ⓪	共同，聯合 ★ 例 友達と共同で会社を経営している。 跟朋友共同經營公司。	

きょうふ 【恐怖】 ①⓪	恐怖；恐懼　　　　　　　　　　　　　　　　★ 例 彼らは恐怖で震えた。 他們因恐懼而顫抖了。
きょうよう 【教養】 ⓪	教養；文化素質；專業素養　　　　　　　　★ 例 彼女は教養がない。 她是個沒教養的人。
ぎょうれつ 【行列】 ⓪	隊伍　　　　　　　　　　　　　　　　　★★ 例 彼の葬送の行列は随分長い。 為他送葬的隊伍相當長。
ぎょぎょう 【漁業】 ①	漁業 例 この村では、漁業に従事する人がだんだん少なくなっ てきた。 在這個村子，從事漁業的人越來越少了。
きょくせん 【曲線】 ⓪	曲線 例 虹の曲線は美しい。 彩虹的曲線很美。
きり 【霧】 ⓪	霧，霧氣　　　　　　　　　　　　　　　　★ 例 今日は霧が立っている。 今天起霧了。
きりつ 【規律・紀律】 ⓪	規律，紀律　　　　　　　　　　　　　　　★ 例 団体生活では規律を守らなければならない。 在團體生活中必須遵守紀律。
きれ 【切れ】 ②	切片；（刀的）鋒利；布料；碎布 例 綿の切れでかばんを作った。 用棉布做包包。
ぎん 【銀】 ①	銀；銀色　　　　　　　　　　　　　　　　★ 例 このレストランでは銀の匙を使っている。 這家餐廳使用銀湯匙。

きんがく 【金額】 ⓪	金額　　　　　　　　　　　　　★★ 例 この金額は梱包費を含んでいない。 這個金額不包含打包費用。

きんぎょ 【金魚】 ①	金魚　　　　　　　　　　　　　★ 例 息子は金魚を飼いたがっている。 兒子想養金魚。

きんこ 【金庫】 ①	金庫；保險櫃 例 金を金庫に入れた。 把黃金放進了保險櫃。

きんせん 【金銭】 ①	金錢；金幣　　　　　　　　　　★ 例 彼は多額の金銭を寄付した。 他捐獻了高額的金錢。

きんぞく 【金属】 ①	金屬　　　　　　　　　　　　　★ 例 金属を加工して包丁を作った。 將金屬加工做成了菜刀。

きんだい 【近代】 ①	近代　　　　　　　　　　　　　★ 例 日本の近代文学を専攻している。 專攻日本的近代文學。

きんにく 【筋肉】 ①	肌肉　　　　　　　　　　　　　★ 例 コーチ達は皆筋肉が発達している。 教練們全部都肌肉發達。

きんゆう 【金融】 ⓪	金融　　　　　　　　　　　　　★ 例 東京の金融機関に口座を開きたい。 （我）想在東京的金融機關開戶。

くク　　　　　　　　　　　　　▶ MP3-008

くいき 【区域】 ①	區域 例 この区域は水泳禁止だ。 這區域禁止游泳。

ぐうすう 【偶数】　3	偶數，雙數　　　　　　　　　　　★★ 例 偶数の月には日本にいる。 我雙數月在日本。

くうそう 【空想】　0	空想 例 空想に耽っていてはいけない。 不能一味空想。

くうちゅう 【空中】　0	空中，天空 例 凧が空中に舞い上がっている。 風箏在空中飛舞。

くぎ 【釘】　0	釘子 例 壁の釘を抜いた。 將牆上的釘子拔掉了。

くさり 【鎖】　0 3	鎖鏈；鍊條；連結 例 柴犬は鎖で繋いである。 柴犬用鍊子拴著。

くしゃみ 【嚏】　2	噴嚏　　　　　　　　　　　　　★★ 例 さっきの音は犬のくしゃみだった。 剛剛的聲音是狗打了噴嚏。

くじょう 【苦情】　0	不平，抱怨　　　　　　　　　　　★ 例 苦情を言っても無駄だ。 抱怨也沒用。

くず 【屑】　1	碎片；殘渣；廢物；廢料　　　　　★★ 例 テーブルの上にパン屑が散らばっている。 桌上到處都是麵包屑。

くだ 【管】　1	管子；筒子 例 植物の茎には水の管と栄養の管がある。 植物的莖裡有水的管子跟營養的管子。

くちべに 【口紅】　0	口紅　　　　　　　　　　　　　　★ 例 口紅を付けると、元気に見える。 擦上口紅的話，就會看起來很有精神。

くつう 【苦痛】　0	痛苦　★
	例 苦痛を和らげるために、痛み止めの薬を飲んだ。
	為了減輕痛苦，吃了止痛藥。

くとうてん 【句読点】　2	句號跟逗號，標點符號
	例 句読点の打ち方を勉強している。
	正在學標點符號的標記法。

くみ 【組み・組】　2	組；班；套；排版　★
	例 新しい本の見本組みを作っている。
	新書正在排版。

くみあい 【組合】　0	工會；合作社
	例 今年から弁護士組合に参加している。
	今年開始參加了律師工會。

くみあわせ 【組み合わせ・ 組み合せ・ 組合せ】　0	編組；搭配　★★
	例 このシャツとスカートの組み合わせは可愛い。
	這件襯衫跟裙子的搭配很可愛。

くらい 【位】　0	地位；職位；氣派；格調；位數　★
	例 彼はこの会社での位がとても高い。
	他在這家公司的職位非常高。

グラウンド 【ground】　0	運動場
	例 明日、学校のグラウンドで会おう。
	明天，在學校的運動場碰面吧！

くらし 【暮らし・暮し】　0	生活；生計　★★
	例 彼らは贅沢な暮らしをしている。
	他們過著奢侈的生活。

クラブ 【club】　1	社團；俱樂部　★★
	例 この高校はクラブ活動が盛んだ。
	這間高中的社團活動盛行。

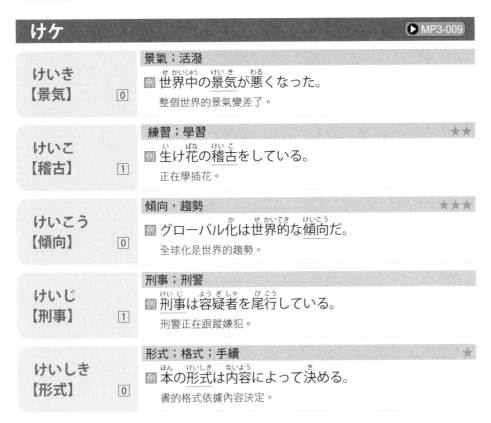

クリーニング 【cleaning】 4 2	洗滌；乾洗 ★★ 例 シャツをクリーニングに出した。 將襯衫送洗了。
クリーム 【cream】 2	奶油；鞋油；面霜；冰淇淋 ★★ 例 このクリームは肌荒れを防止できる。 這面霜可以防止肌膚粗糙。
ぐんたい 【軍隊】 1	軍隊 例 明日、軍隊を出動させるつもりだ。 明天，打算出兵。
くんれん 【訓練】 1	訓練 ★★ 例 弟は警察学校で訓練を受けている。 弟弟正在警察學校接受訓練。

けケ

▶ MP3-009

けいき 【景気】 0	景氣；活潑 例 世界中の景気が悪くなった。 整個世界的景氣變差了。
けいこ 【稽古】 1	練習；學習 ★★ 例 生け花の稽古をしている。 正在學插花。
けいこう 【傾向】 0	傾向，趨勢 ★★★ 例 グローバル化は世界的な傾向だ。 全球化是世界的趨勢。
けいじ 【刑事】 1	刑事；刑警 例 刑事は容疑者を尾行している。 刑警正在跟蹤嫌犯。
けいしき 【形式】 0	形式；格式；手續 ★ 例 本の形式は内容によって決める。 書的格式依據內容決定。

	毛線
けいと 【毛糸】 ⓪	例 毛糸で靴下を編んだ。 用毛線織襪子。

	經度
けいど 【経度】 ①	例 機械で経度を測定する。 用機械測量經度。

	系統；血統；路線
けいとう 【系統】 ⓪	例 このような系統のファッションは「渋谷系」と呼ばれる。 這樣的路線的服裝款式被叫做「澀谷系」。

	藝術（電影、戲劇、音樂、舞蹈等）；技藝（學問、技能等）★★
げいのう 【芸能】 ⓪	例 「能楽」は日本の古典芸能の一つだ。 「能樂」是日本的古典藝能之一。

	賽馬；賭馬
けいば 【競馬】 ⓪	例 彼らはよく競馬に行く。 他們經常賭馬。

	警備，警戒 ★
けいび 【警備】 ①	例 国境の警備を怠けた。 鬆懈了國境的警備。

	箱子，盒子；場合，情況 ★★★
ケース 【case】 ①	例 イヤリングをガラスのケースに入れた。 把耳環放進了玻璃盒。

	外科 ★
げか 【外科】 ⓪	例 医学部の学生として、彼は美容整形外科を選んだ。 身為醫學系的學生，他選擇了美容整形外科。

	毛皮
けがわ 【毛皮・毛革】 ⓪	例 そのコートは毛皮で作られている。 那件大衣是用毛皮所製成的。

げき 【劇】 ①	**戯劇** ★★ 例 この劇の役者達は皆優れている。 這部戲的演員們大家都很優秀。	

げすい
【下水】 ⓪

汚水
例 下水の排水口が詰まった。
汙水的排水口塞住了。

げた
【下駄】 ⓪

木屐
例 下駄を履いて歩くことができない。
不會穿木屐走路。

けつあつ
【血圧】 ⓪

血壓 ★
例 怒ると血圧が上がるよ。
生氣的話血壓會上升唷！

けっかん
【欠陥】 ⓪

缺陷
例 彼女は性格に欠陥がある。
她有性格上的缺陷。

げっきゅう
【月給】 ⓪

月薪 ★★
例 月給は毎月の五日に振り込まれる。
月薪在每個月的五號匯入。

けっさく
【傑作】 ⓪

傑作 ★
例 これは彼女の早年の傑作と言われている。
這個被稱為她早年的傑作。

けってん
【欠点】 ③

缺點 ★★
例 彼女は自分の欠点を認めない。
她不承認自己的缺點。

けつろん
【結論】 ⓪

結論 ★
例 この結論には大いに疑問を持っている。
對這個結論抱持著很大的疑問。

けはい
【気配】 ①②

神情；跡象；行情 ★
例 外に犬がいる気配がする。
屋外似乎有狗。

けん 【券】 ①	票，券	★★★
	例 野球の試合の入場券を四枚買った。	
	買了四張棒球比賽的門票。	

けんかい 【見解】 ⓪	見解	
	例 私はお父さんの見解が聞きたい。	
	我想聽聽父親的意見。	

げんかい 【限界】 ⓪	界限；限度	★★
	例 人間の体力には限界がある。	
	人的體力是有限的。	

げんきん 【現金】 ③	現金，現款	★★
	例 現金を持っていないから、カードで払う。	
	因為沒有帶現金，所以用卡支付。	

げんご 【言語】 ①	語言	★★
	例 英語は世界共通の言語だ。	
	英語是世界共通的語言。	

げんこう 【原稿】 ⓪	原稿	
	例 今までに書き終えた原稿は数百ページだ。	
	到目前為止寫完的原稿有數百頁。	

げんざい 【現在】 ①	現在，目前	★★★
	例 台湾は現在三十五度だ。	
	台灣目前三十五度。	

げんさんち 【原産地】 ③	原産地	
	例 この釈迦頭（＝バンレイシ）の原産地は台東だ。	
	這個釋迦的原產地是台東。	

げんし 【原始】 ①	原始	
	例 原始時代も考古学が研究する分野の一つだ。	
	原始時代也是考古學所研究的領域之一。	

げんじつ 【現実】 ⓪	現實	★★
	例 その理想は現実離れしている。	
	那個理想脫離了現實。	

けんしゅう 【研修】 ⓪	**研習** 例 明日から会社の新人研修に参加する。 從明天開始參加公司的新人研習。
げんしょう 【現象】 ⓪	**現象** 例 「連想」も心理現象の一つだ。 「聯想」也是心理現象之一。
げんじょう 【現状】 ⓪	**現狀** 例 現状を維持することさえも相当難しい。 就連維持現狀也相當困難。
けんそん 【謙遜】 ⓪	**謙遜；謙恭** 例 謙遜は美徳の一つだと思われている。 謙遜被認為是一種美德。
けんちく 【建築】 ⓪	**建築；建築物** ★ 例 この神社は三百年前の建築だ。 這座神社是三百年前的建築。
げんど 【限度】 ①	**限度** ★ 例 これはもう私が我慢できる限度を超えている。 這已經超過了我所能容忍的限度。
けんとう 【見当】 ③	**頭緒，眉目；大約，左右** ★★ 例 犬がどこへ行ったか見当が付かない。 狗去了哪裡，毫無頭緒。
げんば 【現場】 ⓪	**現場；工地** ★★ 例 交通事故の現場は学校の近くだった。 車禍的現場在學校附近。
けんびきょう 【顕微鏡】 ⓪	**顯微鏡** 例 高倍率の顕微鏡で検査しよう。 用高倍率的顯微鏡檢查吧！
けんぽう 【憲法】 ①	**憲法** 例 この処置は憲法違反だ。 這個處置是違反憲法的。

けんり 【権利】 ①	権利 ★	

例 二十歳以上の国民は投票の権利を持っている。

二十歳以上的國民有投票的權利。

げんり 【原理】 ①	原理，定律；原則	

例 この問題の解決には経済学の原理が不可欠だ。

要解決這個問題，經濟學的原理是不可或缺的。

げんりょう 【原料】 ③	原料 ★	

例 この洗剤の原料は石油だ。

這個清潔劑的原料是石油。

こコ ▶MP3-010

ご 【碁】 ⓪①	圍棋	

例 両親は碁を打っている。

我的父母正在下圍棋。

こい 【恋】 ①	戀愛，愛情 ★★	

例 彼女は恋に落ちた。

她戀愛了。

こういん 【工員】 ⓪	工人	

例 この工場の全ての工員は日曜日も働く。

這家工廠所有的工人週日也要工作。

こうか 【硬貨】 ①	硬幣 ★★	

例 毎日五十元の硬貨を一枚ずつ貯める。

每天各存一枚五十元的硬幣。

こうがい 【公害】 ⓪	公害 ★	

例 環境汚染による公害を減らす措置を制定した。

制訂了減少源自環境汙染的公害的措施。

こうきしん 【好奇心】 ③	好奇心 ★	

例 子供達は皆好奇心がとても強い。

孩子們大家好奇心都很強。

こうきょう【公共】 ⓪	公共，公眾　★★
	例 公共の施設を大切にしてください。
	請珍惜公共設施。

こうくう【航空】 ⓪	航空　★★
	例 彼は民間の航空会社で働いている。
	他在民營的航空公司上班。

こうけい【光景】 ⓪①	情景，景象；景色
	例 恐ろしい光景が目に浮かんだ。
	恐怖的情景浮現在了眼前。

こうげい【工芸】 ⓪	工藝
	例 三義は彫刻工芸で有名だ。
	三義以雕刻工藝聞名。

こうし【講師】 ①	講師　★★
	例 彼は日本語学科の講師になった。
	他成了日文系的講師。

こうしき【公式】 ⓪	正式；（數學）公式　★★
	例 プロ野球の公式試合を見たい。
	（我）想看職業棒球的正式比賽。

こうじつ【口実】 ⓪	藉口　★★
	例 物価高を口実に昇給を要求する。
	以物價上漲為藉口要求加薪。

こうしゃ【後者】 ①	後者；後繼者　★
	例 後者は前者より背が低い。
	後者比前者矮。

こうしゃ【校舎】 ①	校舍
	例 新築の校舎を取り壊した。
	將新蓋的校舍拆除了。

こうしゅう【公衆】 ⓪	公眾，公共，群眾　★★
	例 この公園の公衆トイレは随分汚い。
	這公園的公共廁所很髒。

こうすい 【香水】 ⓪	香水 ★
	例 高級ブランドの香水を買った。
	買了高級品牌的香水。

こうせき 【功績】 ⓪	功績，功勞
	例 彼女は言語学の分野で大いに功績があった。
	她在語言學方面有很大的功蹟。

こうせん 【光線】 ⓪	光線
	例 今日は太陽の光線が強い。
	今天陽光很強。

こうそう 【高層】 ⓪	高空；高層 ★
	例 この都市には高層建築がたくさんある。
	這個都市有很多高層建築。

こうぞう 【構造】 ⓪	構造；結構
	例 この容器の構造は簡単だ。
	這容器的構造簡單。

こうそく 【高速】 ⓪	高速：高速公路的略語 ★★
	例 時速百二十キロの高速で運転するのは非常に危ない。
	以時速一百二十公里的高速開車是非常危險的。

こうたい 【交替・交代】 ⓪	輪流；替換 ★★
	例 彼らは三交替制で働いている。
	他們輪三班制工作。

こうち 【耕地】 ①	耕地
	例 新しい耕地を開拓したい。
	（我）想開發新的耕地。

こうてい 【校庭】 ⓪	校園 ★
	例 校庭に何人かの生徒がいる。
	校園裡有幾個學生。

ごうとう 【強盗】 ⓪	強盜
	例 スーパーに強盗が入った。
	強盜闖進了超市。

ごうどう 【合同】　0	聯合；合併；全等　★ 例 台北市の小学校が合同で運動会を行う。 台北市的小學聯合舉行運動會。
こうば 【工場】　3	工廠　★ 例 この車はドイツの工場で生産されたものだ。 這輛車是德國工廠生廠的。
こうぶつ 【鉱物】　1	礦物 例 この国は鉱物資源に乏しい。 這個國家缺乏礦物資源。
こうほ 【候補】　1	候補；候選　★ 例 彼は今回の立法委員の候補者だ。 他是本屆立法委員的候選人。
こうもく 【項目】　0	項目　★ 例 貨物を項目別に分類してください。 請將貨物按照項目別分類。
こうよう 【紅葉】　0	紅葉（這個字唸成「紅葉」時是指「楓葉」）　★★ 例 山の上の紅葉が美しい。 山上的紅葉很美。
こうりょく 【効力】　1	效力，效果　★ 例 薬の効力の持続時間は種類によって異なる。 藥效的持續時間因種類而不同。
コーチ 【coach】　1	教練　★★ 例 彼女は娘の水泳のコーチだ。 她是女兒的游泳教練。
コーラス 【chorus】　1	合唱；合唱團 例 彼は声変わりしてしまったから、もうコーラスで歌えない。 因為他的聲音變了，所以已經不能在合唱團唱歌了。

		終點；球門 ★
ゴール【goal】	1	例 選手はゴールに飛び込んだ。 選手衝到終點了。

		國民 ★
こくみん【国民】	0	例 大統領は国民の支持を失った。 總統失去了國民的支持。

		穀物
こくもつ【穀物】	2	例 この倉庫は穀物を保存するために建てられた。 這個倉庫是為了保存穀物而蓋的。

		國立
こくりつ【国立】	0	例 東京国立近代美術館の開館時間は午前十時から午後五時までです。 東京國立近代美術館的開館時間是上午十點到下午五點。

		線索，頭 ★
こころあたり【心当たり・心当り】	4	例 子供がどこへ行ったか心当たりがない。 孩子去了那裡，毫無頭緒。

		固體
こたい【固体】	0	例 固体を加熱して液体にした。 固體加熱熔化成液體了。

		國家 ★
こっか【国家】	1	例 国家の主権は国民にある。 國家的主權在國民。

		國會 ★
こっかい【国会】	0	例 国会の会期が終了した。 國會的會期結束了。

		零用錢 ★★
こづかい【小遣い】	1	例 今月のお小遣いを使い切ってしまった。 這個月的零用錢花光了。

こっきょう 【国境】 0	國境，國界
	例 芸術に国境無し。 藝術無國界。

コック 【（荷）kok】 1	廚師 ★★
	例 コックは魚を焼いている。 廚師正在煎魚。

こてん 【古典】 0	古典
	例 大学院で古典文学を専攻しようと思う。 （我）打算在研究所專攻古典文學。

こと 【琴・箏】 1	日本琴；古箏
	例 彼女は琴を上手に弾ける。 她古箏彈得很好。

ことばづかい 【言葉遣い】 4	措辭 ★★
	例 お客様への言葉遣いに気を付けてください。 請注意對客人的措辭。

ことわざ 【諺】 0	諺語；成語 ★★
	例 この幼い子がこんなにたくさんの諺を覚えているなんて信じられない。 真不敢相信這個年幼的孩子，能記住這麼多的成語。

こな 【粉】 2	粉末；粉粒 ★
	例 顆粒の薬は粉薬より飲みやすいと思う。 （我）認為顆粒藥比藥粉容易吃。

このみ 【好み】 13	喜好，愛好；嗜好 ★★
	例 好みに合わせて設計できる。 可以依據喜好來設計。

こむぎ 【小麦】 02	小麥
	例 小麦粉の原料は小麦だ。 麵粉的原料是小麥。

こや 【小屋】 20	茅舍；搭的棚子
	例 愛犬のために、犬小屋を作ろうと思う。 為了愛犬，（我）想要蓋狗屋。

ごらく
【娯楽】　0

娯樂

例 適度な娯楽は心身の健康にいい。

適度的娛樂有益身心健康。

コレクション
【collection】　2　★★

蒐集；收藏品

例 イヤリングのコレクションは母の自慢だ。

蒐集耳環是母親的自豪之處。

こん
【紺】　1

深藍色，藏青色

例 彼女の制服は紺のブレザーだ。

她的制服是深藍色的法蘭絨。

こんかい
【今回】　1　★★★

此回，這次

例 今回の会議は前回の会議より時間が掛かる。

這次會議較上次會議耗時。

コンクール
【(法) concours】　3　★

比賽；觀摩演出

例 彼は国際コンクールに出場した。

他參加了國際比賽。

コンクリート
【concrete】　4　★

混擬土

例 鉄筋コンクリートで家を建てた。

用鋼筋混擬土蓋了房子。

こんごう
【混合】　0

混合

例 これは男女混合で行うゲームだ。

這是男女混合玩的遊戲。

コンセント
【concentric plug】　1 3

插座

例 この部屋にはコンセントが五つある。

這個房間有五個插座。

こんだて
【献立】　0　★

菜單；籌備

例 毎日の献立を考えるのが面倒臭い。

想每天的菜單很麻煩。

こんにち
【今日】　1　★

今天；現在

例 彼がいなかったら、今日の私はいない。

沒有他，就沒有現在的我。

さ行

さサ

▶ MP3-011

さ 【差】　⓪	差別，差距；差數　★★ 例 都市と田舎で貧富の差が甚だしい。 都市跟鄉下的貧富相差甚鉅。
サークル 【circle】　⓪①	圓圈；周圍；社團　★ 例 私達は文学サークルで知り合った。 我們是在文藝社團認識的。
サービス 【service】　①	服務；贈品；招待　★★★ 例 あのレストランはサービスがいい。 那家餐廳服務好。
さい 【際】　①	〜際，〜時　★★ 例 非常の際には、落ち着いて物事を考えることを心掛け てください。 緊急時，請留意要冷靜地思考事情。
ざいさん 【財産】　①⓪	財產 例 彼女は両親の財産を受け継いだ。 她繼承了父母的財產。
さいじつ 【祭日】　⓪	（宗教禮儀上）祭祀的日子；節日　★★ 例 今度の祭日は日曜にぶつかる。 下次的祭祀日撞上星期日。
さいしゅう 【最終】　⓪	最終，最後；末班車　★ 例 今月の最終日曜は二十五日だ。 這個月最後一個星期日是二十五號。
さいちゅう 【最中】　①	極盛時期；進行中　★ 例 野球の試合の最中に雨が降り出した。 棒球比賽進行中下起雨來了。

さいなん 【災難】 ③	**災難** ★ 例 彼らは小さい頃、多くの災難に遭った。 他們小時候遭受了許多災難。	

さいのう 【才能】 ⓪	**才能，才華** 例 我が社には優れた才能を持つ人が大勢いる。 我們公司裡優異才能的人有很多。

さいばん 【裁判】 ①	**審判，審理** ★ 例 彼らは裁判に負けた。 他們打輸官司了。

ざいもく 【材木】 ⓪	**木材，木料** 例 この工場は材木の香りがする。 這家工廠有木材的香味。

ざいりょう 【材料】 ③	**材料** ★★ 例 この家の主な建築材料は煉瓦だ。 這棟房子的主要建築材料是磚塊。

サイレン 【siren】 ①	**汽笛；警笛** ★ 例 どうしてサイレンが鳴っているの。 為什麼汽笛在響呢？

さかい 【境・界】 ③②	**境界；邊界；分歧點** 例 両国の境ははっきりしない。 兩國的邊界不清楚。

さかさ 【逆さ】 ⓪	**顛倒；相反** ★ 例 川に月の影が逆さに映っている。 河裡倒映著月影。

さかなつり 【魚釣り・魚釣】 ③	**釣魚** 例 彼女はよく船で魚釣りに行く。 她常常坐船去釣魚。 （註：「魚釣り」是較年長者的説法。）

さかば 【酒場】 ⓪③	**酒吧** ★ 例 彼はよく酒場へ出入りしている。 他經常進出酒吧。

さかり
【盛り】 ③ ⓪

壯年；極盛期

例 三月から四月は桜の花の盛りだ。

三月份到四月份是櫻花的盛開期。

さくいん
【索引】 ⓪

索引 ★

例 この本の巻末には索引が付いている。

這本書的最後面附有索引。

さくしゃ
【作者】 ①

作者 ★★

例 彼はこの彫刻の作者だ。

他是這件雕刻的作者。

さくもつ
【作物】 ②

農作物

例 台湾の主な作物は米だ。

台灣主要的農作物是稻米。

さじ
【匙】 ① ②

湯匙 ★

例 匙でコーヒーと砂糖をかき混ぜて飲む。

用湯匙攪拌咖啡跟糖喝。

ざしき
【座敷】 ③

鋪著榻榻米的房間；客廳；接待客人或宴會的時間 ★

例 お客様を奥の座敷に通してください。

請將客人帶到裡面的客廳。

さしつかえ
【差し支え・
差支え】 ⓪

妨礙，障礙，不方便 ★

例 差し支えあって、出席できない。

因故無法出席。

ざせき
【座席】 ⓪

座位 ★

例 座席の配置を決めてください。

請安排席次。

さつ
【札】 ⓪

紙幣，鈔票 ★★

例 店長は札を数えている。

店長正在算鈔票。

ざつおん
【雑音】 ⓪

雜音；噪音

例 ラジオに雑音が入った。

收音機有雜音。

さばく 【砂漠・沙漠】 ⓪	沙漠 例 サハラ砂漠は世界で一番大きい砂漠だ。 撒哈拉沙漠是世界上最大的沙漠。
さび 【錆・銹・鏽】 ②	鏽；惡果 例 カッターナイフにさびが出た。 美工刀生鏽了。
ざぶとん 【座布団・座蒲団】 ②	坐墊 ★ 例 椅子に座布団を敷いた。 在椅子上鋪了坐墊。
さほう 【作法】 ①	禮節，禮貌 ★ 例 パーティーでの作法を知っている。 知道參加派對時的禮節。
さゆう 【左右】 ①	左邊和右邊；身邊；兩旁 例 道路の左右に桜の木が植えてある。 道路兩旁種著櫻花樹。
さる 【猿】 ①	猴子；猿猴 例 猿も木から落ちる。 智者千慮，必有一失。
さんこう 【参考】 ⓪	參考 ★ 例 経験者の意見を参考にしてください。 請參考有經驗人士的意見。
さんせい 【酸性】 ⓪	酸性 例 ここの土壌は酸性に傾いている。 這裡的土壤偏向酸性。
さんそ 【酸素】 ①	氧氣 例 患者は酸素マスクをつけている。 病人帶著氧氣罩。
さんち 【産地】 ①	產地 ★ 例 新竹は肉団子の産地として有名だ。 新竹以貢丸的產地聞名。

さんりん 【山林】 ⓪	山林 例 山林を乱伐するのは違法だ。 濫伐山林是違法。

しシ

▶ MP3-012

シーツ 【sheet】 ①	床單，床罩　★★ 例 ベッドにシーツを敷いた。 在床上鋪上床罩。
じいん 【寺院】 ①	寺院，寺廟 例 京都には寺院がたくさんある。 京都有許多寺院。
しかい 【司会】 ⓪	司儀；住持人　★ 例 シンポジウムは私の司会で行われた。 專題研討會是由我擔任主持人進行的。
じき 【時期】 ①	時期，期間　★★ 例 台湾は六月頃に梅雨の時期になる。 台灣六月左右進入梅雨季節。
しきたり 【仕来り・為来り】 ⓪	慣例 例 古くからの仕来りを守らなければならない。 自古以來的慣例不得不遵守。
しきち 【敷地】 ⓪	（建築用的）土地　★ 例 駐車場の敷地面積は千坪ぐらいだ。 停車場的用地大約一千坪左右。
じこく 【時刻】 ①	時刻，時間　★★ 例 到着の時刻を教えてください。 請告訴我抵達的時間。
じじつ 【事実】 ①	事實，實情　★★★ 例 これは根拠のある事実だ。 這是有根據的事實。

ししゃ 【死者】　①②	**死者** ★ 例 お盆には死者の魂が帰ってくると考えられている。 盂蘭盆會的時候，死者的靈魂被認為會回來。
じしゃく 【磁石】　①	**磁鐵，磁石** 例 磁石は鉄を引き付ける。 磁石吸鐵。
じじょう 【事情】　⓪	**情況；緣故** ★★ 例 事情を詳しく説明してください。 請詳細説明情況。
じしん 【自身】　①	**本身；自己** ★★★ 例 彼は彼自身に勝った。 他戰勝了他自己。
しせい 【姿勢】　⓪	**姿勢；態度** ★ 例 前向きな姿勢で困難に向き合う。 用積極的態度面對著困難。
しそう 【思想】　⓪	**思想** 例 文章で思想を表現したい。 （我）想用文章來表達思想。
じそく 【時速】　⓪①	**時速** 例 私達の車は時速八十キロで走っている。 我們的車子以時速八十公里行駛著。
しそん 【子孫】　①	**子孫** 例 皆で協力して地球の資源を子孫に残そう。 大家合力將地球的資源留給子孫吧！
したい 【死体・屍体】　⓪	**屍體** 例 死体を火葬した。 將屍體火葬了。
じたい 【事態】　①	**事態，局勢，情況** ★ 例 事態の成り行きを見て決める。 看事態的發展來決定。

2-1
名詞・代名詞

じたく 【自宅】 ⓪	自己的家	★★
	例 来週は自宅にいない。	
	下週不在家。	

したじき 【下敷き・下敷】 ⓪	墊子；墊板；壓在底下；範例，樣本	★
	例 交通事故で倒れたトラックの下敷きになった。	
	因為車禍，被傾倒的卡車壓在底下了。	

したまち 【下町】 ⓪	自古靠河、海的工商業發達區
	例 彼女は下町で生まれ育った。
	她在老商業區出生長大。
	（註：「下町」通常指地理位置較低的地方，如東京的「日本橋」、「浅草」……等。）

じち 【自治】 ①	自治
	例 今学期は学生自治会に入った。
	這學期進入了學生自治會。

じつぎ 【実技】 ①	實地操作
	例 実技試験を実施しているところだ。
	正在現場進行實地操作考試。

じっけん 【実験】 ⓪	實際的體驗；實驗	★★
	例 この実験は恐らく失敗するだろう。	
	這實驗恐怕會失敗吧！	

じっせき 【実績】 ⓪	實際成效；工作績效	★
	例 彼らは実績を上げた。	
	他們創下了實際成效。	

じつぶつ 【実物】 ⓪	實物；現貨
	例 この彫像は実物と同じ大きさで作った。
	這雕像是按照實物大小做成的。

しっぽ 【尻尾】 ③	尾巴
	例 柴犬は尻尾を振っている。
	柴犬搖著尾巴。

じつよう 【実用】 ⓪	**實用** 例 この道具は装飾と実用を兼ねている。 這道具兼具美觀與實用。
じつれい 【実例】 ⓪	**實例** 例 実例を挙げてください。 請舉出實例。
してん 【支店】 ⓪	**分店；分行** ★ 例 このラーメン屋は来年、台中に支店を出す。 這間拉麵店明年要在台中開設分店。
じどう 【児童】 ①	**兒童** ★ 例 児童の知能開発に取り組んでいる。 正致力於開發兒童的智能。
しな 【品】 ⓪	**物品；商品；品質；種類** ★★ 例 このかばんは品がいいからよく売れる。 這個包包品質好所以暢銷。
しばい 【芝居】 ⓪	**戲劇；把戲，騙局** ★ 例 明日、芝居を見に行こう。 明天去看戲吧！
しばふ 【芝生】 ⓪	**草坪** 例 芝生に水をやる。 幫草坪澆水。
しはらい 【支払い・支払】 ⓪	**支付，付款** ★★ 例 毎月の住宅ローンの支払いが負担になっている。 每個月付房貸的負擔很大。
しへい 【紙幣】 ①	**紙幣，鈔票** 例 紙幣を崩して小銭にしてください。 請將鈔票換成零錢。
しほん 【資本】 ⓪	**資本** 例 巨額の資本を投じて会社を興した。 投下了鉅額資本創設了公司。

2-1
名詞・代名詞

しまい
【仕舞い・仕舞・終い】 ⓪

結束；最後；賣完 ★

例 今日の仕事はもうお仕舞いだ。

今天的工作已經結束了。

しまい
【姉妹】 ①

姉妹 ★★

例 あの子には三人の姉妹がいる。

那孩子有三個姉妹。

しみ
【染み】 ⓪

汗垢；汗點；老人斑、肝斑 ★

例 彼女は顔に染みがある。

她臉上有斑。

じめん
【地面】 ①

地面 ★

例 大雪が地面を覆った。

大雪覆蓋了地面。

しも
【霜】 ②

霜；白髮 ★

例 昨夜、霜が降りた。

昨晚，降霜了。

ジャーナリスト
【journalist】 ④

報界人士；新聞記者；撰稿人

例 彼は新聞記事を書くジャーナリストだ。

他是寫新聞報導的記者。

じゃがいも
【じゃが芋・じゃが薯】 ⓪

馬鈴薯 ★

例 じゃが芋にはたくさんの栄養が含まれている。

馬鈴薯含有豐富的養分。

じゃぐち
【蛇口】 ⓪

水龍頭 ★

例 この蛇口は水漏れしやすい。

這水龍頭容易漏水。

じゃくてん
【弱点】 ③

弱點 ★★

例 彼の弱点はまだ見付からない。

還無法發現他的弱點。

しゃこ
【車庫】 ①

車庫

例 車を車庫に入れよう。

把車開入車庫裡吧！

/ 063

しゃせつ 【社説】 ⓪	**社論** 例 毎朝、新聞の社説を読む。 每天早上，看報紙的社論。
シャッター 【shutter】 ①	**快門；百葉窗；捲簾式鐵門** ★ 例 店はどこもシャッターが降りている。 商店都拉下了捲簾式鐵門。
しゃりん 【車輪】 ⓪	**車輪** 例 自転車の車輪が歪んでしまった。 腳踏車的車輪歪掉了。
しゃれ 【洒落】 ⓪	**俏皮話；打扮漂亮時髦** ★★ 例 彼女はよく洒落を言う。 她常常說俏皮話。 （註：加上接頭語的「お洒落」通常指打扮漂亮時髦。）
じゃんけん 【じゃん拳】 ③⓪	**猜拳，划拳** ★★ 例 じゃんけんで順番を決めよう。 用猜拳決定順序吧！
じゅう 【銃】 ①	**槍** ★ 例 銃に弾を込めた。 槍上膛了。
しゅうかい 【集会】 ⓪	**集會** 例 各クラブは定期的に集会を行う。 各個社團會定期舉行集會。
じゅうしょう 【重傷】 ⓪	**重傷** 例 彼女は交通事故で重傷を負った。 她因為車禍而受了重傷。
じゅうたい 【重体・重態】 ⓪	**病危** 例 彼女は重体で集中治療室に入った。 她因為病危而進了加護病房。
じゅうだい 【重大】 ⓪	**重大；嚴重** ★ 例 父はことの重大さに気が付いたのだろうか。 父親意識到事情的嚴重性了吧？

じゅうたく 【住宅】　⓪	住宅　★★ 例 日本には木造住宅がとても多い。 在日本木造住宅非常多。
しゅうだん 【集団】　⓪	集團；集體　★ 例 日本人は集団意識が強い。 日本人團體意識強。
しゅうてん 【終点】　⓪	終點；終點站　★ 例 次の駅はこの電車の終点だ。 下一站是這輛電車的終點。
じゅうてん 【重点】　③⓪	重點 例 この推理小説は心理描写に重点を置いている。 這部推理小說側重心理描寫。
しゅうにゅう 【収入】　⓪	収入　★★ 例 月五十万円の収入がある。 一個月有五十萬日幣的收入。
しゅうへん 【周辺】　⓪	周圍，四周　★ 例 この周辺は駐車を禁止している。 這附近禁止停車。
じゅうみん 【住民】　⓪③	居民　★ 例 沿岸地方の住民がだんだん少なくなってきた。 沿岸地區的居民變得越來越少了。
じゅうやく 【重役】　⓪	公司當中董事等重要職務的總稱；重任；重要職務 例 彼女は会社の重役を引退した。 她辭去公司的重要職務了。
じゅうりょう 【重量】　③	重量 例 エレベーターには重量制限がある。 電梯有重量限制。
じゅうりょく 【重力】　①	重力 例 宇宙では重力がなくなる。 在太空中重力會消失。

しゅぎ 【主義】　①	**主義**　★ 例 私は楽天主義者だ。 我是樂天主義者。	
じゅくご 【熟語】　⓪	**成語；兩個以上的漢字所組成的複合詞**　★★ 例 日本語の熟語をいくつか暗記した。 背了幾個日文的成語。	
じゅけん 【受験】　⓪	**應考，應試（指升學考試）**　★★★ 例 彼は受験に失敗した。 他沒考上。 （註：「沒考上」也説成「テストに落ちた」。）	
しゅしょう 【首相】　⓪	**首相，內閣總理大臣**　★ 例 彼は今年、首相の座に就いた。 他今年就任首相一職。	
しゅふ 【主婦】　①	**主婦**　★★ 例 この番組は主婦向けに作られている。 這個節目針對家庭主婦而製作。	
じゅみょう 【寿命】　⓪	**壽命；耐用期限**　★ 例 このスマホは寿命が長い。 這智慧型手機耐用。	
しゅやく 【主役】　⓪	**主角；主要人物**　★★ 例 彼女は新しいドラマで主役を務める。 她在新戲中擔任主角。	
じゅよう 【需要】　⓪	**需求**　★ 例 患者の需要を満たす。 満足患者的需求。	
じゅん 【順】　⓪	**順序；輪班；合乎情理**　★ 例 妊婦に座席を譲るのが順だ。 讓座給孕婦是理所當然的。	
しゅんかん 【瞬間】　⓪	**瞬間**　★ 例 彼の微笑みが消えた瞬間を見逃さなかった。 （我）沒有錯過他的微笑消失的瞬間。	

じゅんかん 【循環】　⓪	循環
	例 空気の循環を良くする。
	把空氣的循環變好。

じゅんじょ 【順序】　①	順序；步驟，程序　★
	例 名簿の名前の順序は五十音に基づいている。
	名單的名字順序是按照五十音。

しょう 【賞】　①	獎勵；獎品；獎金　★
	例 この歌手は賞をもらった。
	這位歌手得獎了。

しょうがい 【障害・障碍・ 障礙】　⓪	障礙；障礙物；障礙賽　★
	例 ビル工事が交通の障害となっている。
	大樓工程成了交通的障礙。

しょうがくきん 【奨学金】　⓪	獎學金　★
	例 息子は成績優秀で、奨学金を受けた。
	兒子因成績優異，得到了獎學金。

しょうぎ 【将棋・象棋・ 象戯】　⓪	將棋，日本象棋
	例 両親は将棋を指している。
	父母正在下將棋。

じょうきゃく 【乗客】　⓪	乘客　★★
	例 交通事故で怪我をした乗客がいる。
	有因為車禍而受傷的乘客。

じょうきゅう 【上級】　⓪	高級；高年級　★
	例 ゲームで上級ランクに昇格した。
	在遊戲上晉升到高級了。

しょうぎょう 【商業】　①	商業
	例 この町は商業不振だ。
	這市區商業不發達。

じょうきょう 【状況・情況】　⓪	狀況，情況；環境　★★
	例 このことは状況によって、決めなければならない。
	這件事非依照情況來決定不可。

じょうげ 【上下】 ①	上下；漲跌；身分高低；上行與下行；上下兩件的衣服 例 近頃、物価の上下がひどい。 最近，物價漲跌得很厲害。	

しょうじ 【障子】 ⓪	拉窗；拉門 例 日差しが強いので、障子を閉めよう。 因為陽光好強，所以把拉門拉上吧！

じょうしき 【常識】 ⓪	常識　　　　　　　　　　　　　　　　　★★ 例 そんなことは常識でしょう。 那種事情不是常識嗎？

しょうしゃ 【商社】 ①	貿易公司 例 我が社は日本の商社と提携している。 我們公司跟日本貿易公司合作。

じょうしゃ 【乗車】 ⓪	乘車，搭車　　　　　　　　　　　　　★★★ 例 ご乗車の方はお急ぎください。 要搭車的旅客請趕快。

じょうしゃけん 【乗車券】 ③	車票　　　　　　　　　　　　　　　　　★ 例 「Suica」はカード式の乗車券だ。 「西瓜卡」是卡片式的車票。

しょうてん 【焦点】 ①	焦點；焦距 例 この写真は焦点が合っていない。 這張照片沒有對焦。

しょうにん 【商人】 ①	商人 例 商人の手を経て、宝石を買い集める。 透過商人，收購寶石。

しょうはい 【勝敗】 ⓪	勝敗 例 勝敗は時の運だ。 勝敗全憑時運。

しょうひん 【賞品】 ⓪	獎品　　　　　　　　　　　　　　　　　★ 例 テニスの試合で優勝して賞品を獲得した。 贏了網球比賽，獲得了獎品。

しょうぶ 【勝負】 ①	勝負；比賽 ★★ 例 本当の勝負はこれからだ。 真正的勝負從現在開始。
しょうべん 【小便】 ③	小便，尿 例 銀杏には寝小便を治す力があると言われている。 據說白果可以治尿床。
しょうみ 【正味】 ①	淨重；淨利；實際內容或數量；批發價 例 一ケ月正味二十二日働く。 一個月實際工作二十二天。
しょうめい 【照明】 ⓪	照明 例 照明の色によって、部屋の雰囲気が変わる。 依據照明的顏色，房間的氣氛會改變。
しょきゅう 【初級】 ⓪	初級 ★★ 例 日本語の初級会話を勉強している。 我正在學日語初級會話。
しょく 【職】 ⓪	職業；職務；手藝 ★ 例 機会があれば、職を変えたい。 有機會的話，（我）想轉業。
しょくえん 【食塩】 ②	食鹽 例 食塩を振ってください。 請撒上鹽。
しょくぎょう 【職業】 ②	職業 ★★ 例 将来、絵を描くことを職業としたい。 將來，（我）想以畫圖為職業。
しょくせいかつ 【食生活】 ③	日常飲食 ★ 例 ダイエットのため、食生活を改善しなければならない。 為了節食，不得不改善日常飲食。
しょくたく 【食卓】 ⓪	餐桌 ★ 例 食卓を囲んでご飯を食べる。 圍著餐桌吃飯。

しょくば
【職場】 ⓪③

職場，工作崗位 ★

例 彼女は結婚して職場を離れた。

她結婚之後就離開了職場。

しょくひん
【食品】 ⓪

食品 ★★

例 スーパーには色々な韓国食品が売っている。

超市賣著各式各樣的韓國食品。

しょくぶつ
【植物】 ②

植物 ★

例 この植物は蘚苔類に属する。

這種植物屬於蘚苔類。

しょくもつ
【食物】 ②

食物 ★

例 根菜類は食物繊維が豊富だ。

根菜類的食物纖維很豐富。

しょくよく
【食欲・食慾】 ②⓪

食慾 ★

例 母は朝、いつも食欲がない。

母親早上總是沒食慾。

しょさい
【書斎】 ⓪

書房

例 この部屋は書斎と居間を兼ねている。

這間房間書房與起居室兼用。

じょし
【女子】 ①

女子 ★★

例 この学校は女子高校だ。

這所學校是女子高中。

じょしゅ
【助手】 ⓪

助手；大學助教

例 彼は日本語学科の助手になった。

他當了日文系的助教。

しょじゅん
【初旬】 ⓪

上旬

例 夏休みは七月の初旬から始まる。

暑假從七月上旬開始。

しょせき
【書籍】 ①⓪

書籍

例 私にとって、書籍は一番魅力のあるものだ。

對我而言，書籍是最有魅力的東西。

しょてん 【書店】 ⓪①

書店

例 私の本は書店で手に入れることができる。

可以在書店買到我的書。

しょどう 【書道】 ①

書法

例 書道が上手になりたい。

（我）想把書法寫得很好。

しょほ 【初歩】 ① ★

初歩

例 私の研究はまだ初歩の段階だ。

我的研究還在初歩的階段。

しらが 【白髪】 ③ ★

白髪

例 四十歳になって、白髪が生えてきた。

年過四十歳，開始長白髮了。

シリーズ 【series】 ②① ★★

系列

例 今、このシリーズのシャンプーを使っている。

目前使用這個系列的洗髮精。

じりき 【自力】 ⓪ ★

自己的力量；天生的力量

例 自力で事業を経営している人はすごい。

靠自己的力量經營事業的人很厲害。

しりつ 【私立】 ① ★

私立

例 明日、私立大学で講演する。

明天，在私立大學演講。

しりょう 【資料】 ① ★★

資料

例 資料に目を通した。

將資料瀏覽過了。

しる 【汁】 ① ★

湯；汁液

例 ご飯を炊いて、おかずを三種類と汁物を作る。

煮飯，再煮三道菜和湯。

しろ 【城】 ⓪ ★

城堡；領域；地盤

例 この城は荒れ果てている。

這座城荒蕪了。

しろうと【素人】 ② ①	業餘，外行；外行人，門外漢 ★★
	例 彼女の演技は素人離れしている。
	她的演技非業餘者可比。

しわ【皺・皴】 ⓪	皺褶；皺紋
	例 最近、顔にしわが増えてきた。
	最近，臉上的皺紋變多了。

しん【芯】 ①	花的中心的器官（雄蕊、雌蕊等）；（燈、蠟燭的）芯；枝頭的嫩芽
	例 パイナップルの芯を抜き取った。
	挖掉了鳳梨的芯。

しんくう【真空】 ⓪	真空；比喻事物的空白狀態
	例 今朝、真空包装されたソーセージをもらった。
	今天早上，收到了真空包裝的香腸。

しんけい【神経】 ①	神經；感覺 ★
	例 虫歯が神経に達している。
	蛀牙已經蛀到神經了。

じんこう【人工】 ⓪	人工 ★
	例 この庭園の美しさは人工によるものだ。
	這庭園的美憑靠人工。

じんじ【人事】 ①	人事；社會事件；能力所及的事
	例 人事を尽くして天命を待つ。
	盡人事而聽天命。

じんせい【人生】 ①	人生 ★★
	例 彼女は随分幸せな人生を過ごしている。
	她過著相當幸福的人生。

しんせき【親戚】 ⓪	親戚 ★★
	例 彼女は私の父方の親戚だ。
	她是我父親那邊的親戚。

しんぞう【心臓】 ⓪	心臟 ★
	例 彼を見ると、心臓がドキドキする。
	一看見他，心臟就撲通撲通地跳了。

しんたい
【身体】　①

身體

例 身体を鍛えるのは非常に大切だ。

鍛鍊身體非常重要。

しんだい
【寝台】　⓪

臥鋪

例 寝台列車はロマンチックだが、よく眠れない。

臥鋪火車很浪漫，不過不好睡。

しんぱん
【審判】　①⓪

審判；裁判

例 彼は野球の審判をしている。

他擔任棒球的裁判。

じんぶつ
【人物】　①

人物；人品；人才　★★

例 福澤諭吉という人物は立派だ。

福澤諭吉這號人物很棒。

じんめい
【人命】　⓪

人命

例 津波で多くの人命が失われた。

因為海嘯許多人喪失了性命。

しんゆう
【親友】　⓪

親密的朋友　★★

例 あなたは一生、私の親友だ。

你一輩子都是我親密的朋友。

しんり
【心理】　①

心理　★

例 女性特有の心理を理解したい。

（我）想理解女性特有的心理。

しんりん
【森林】　⓪

森林

例 火事で森林の殆どが壊滅した。

因為火災，森林大半都毀滅了。

しんるい
【親類】　⓪

親戚；同類　★★

例 彼は私の母方の親類だ。

他是我母親那邊的親戚。

じんるい
【人類】　①

人類

例 人類の平和を祈る。

祈求人類的和平。

しんろ
【進路】 ①

前進的路線或方向，出路

例 自分の人生の進路は自分で決める。

自己人生的出路自己決定。

しんわ
【神話】 ⓪

神話

例 私はこのギリシャ神話を聞いたことがある。

我聽過這個希臘神話。

すス

▶ MP3-013

す
【巣】 ① ⓪

窩，巢穴；（蜘蛛）網；家庭

例 蜘蛛が巣を作った。

蜘蛛結了網。

ず
【図】 ⓪

圖；情景；預想 ★

例 図を描いて説明したい。

（我）想繪圖加以説明。

すいさん
【水産】 ⓪

水產；水產業

例 各地からの水産が市場に集まった。

來自各地的水產集中到了市場。

すいじ
【炊事】 ⓪

烹調，做飯 ★

例 今日は彼女が炊事当番だ。

今天輪到她做飯了。

すいじゅん
【水準】 ⓪

水準 ★

例 所得は生活水準の指標として、しばしば用いられる。

所得常常被用來當作生活水準的指標。

すいじょうき
【水蒸気】 ③

水蒸氣

例 水が蒸発して水蒸気になった。

水蒸發成了水蒸氣。

すいそ
【水素】 ①

氫

例 水は水素と酸素の化合物だ。

水是氫和氧的化合物。

スイッチ【switch】 2 1	開關；路閘；(思路)的轉變 ★★
	例 スイッチを押^おしてください。
	請按下開關。

すいぶん【水分】 1	水分 ★
	例 水分^{すいぶん}の多^{おお}い果物^{くだもの}が好^すきだ。
	喜歡水分多的水果。

すいへいせん【水平線】 0	水平線；地平線
	例 月^{つき}が水平線^{すいへいせん}に現^{あらわ}れた。
	月亮浮現在水平線上了。

すいみん【睡眠】 0	睡眠 ★
	例 夕^{ゆう}べは睡眠^{すいみん}を十分^{じゅうぶん}に取^とった。
	昨晚睡得很飽。

すいめん【水面】 0	水面
	例 魚^{さかな}が水面^{すいめん}に躍^{おど}り出^でた。
	魚躍出了水面。

すえ【末】 0	尾部，末端，盡頭；結果，最後；將來；子孫 ★★
	例 七月^{しちがつ}の末^{すえ}に、日本^{にほん}へ帰^{かえ}った。
	七月末，(我)回了日本。

すえっこ【末っ子】 0	老么 ★
	例 彼^{かれ}は末^{すえ}っ子^こだが、家業^{かぎょう}を継^つぐことを期待^{きたい}されている。
	他雖然是老么，但被期待繼承家業。

ずかん【図鑑】 0	圖鑑
	例 この子^この愛読書^{あいどくしょ}は昆虫^{こんちゅう}図鑑^{ずかん}だ。
	這孩子喜歡看的書是昆蟲圖鑑。

すき【隙・透き】 0	餘暇，空檔；疏忽
	例 時間^{じかん}の隙^{すき}を見^みて、買^かい物^{もの}に行^いこうと思^{おも}う。
	(我)想找時間的空檔去買東西。

すぎ【杉・椙】 0	杉樹
	例 杉^{すぎ}の木^きの板^{いた}で本棚^{ほんだな}を作^{つく}った。
	用杉木板做書架。

すききらい
【好き嫌い】 ③②

好惡；挑剔 ★★

例 食べ物の好き嫌いが激しい子供がとても多い。

嚴重挑食的小孩非常多。

すきずき
【好き好き】 ②

各有所好 ★★

例 蓼食う虫も好き好き。

人各有所好。

すきま
【透き間・
透間・隙間】 ⓪

縫隙；空隙 ★

例 古い家なので、透き間から風が入ってくる。

因為是舊房子，所以風從縫隙鑽進來。

ずけい
【図形】 ⓪

圖形

例 この子は図形を描くのが上手だ。

這孩子擅長繪製圖形。

スケート
【skate】 ⓪②

溜冰；溜冰鞋；滑板

例 彼らはスケートの初心者だ。

他們是溜冰的初學者。

すじ
【筋】 ①

筋；線；紋路；血統；梗概；流派；狀況

例 大変怒って、額に筋を立てている。

非常生氣，額頭都爆青筋了。

すず
【鈴】 ⓪

鈴鐺

例 財布に鈴をつけている。

錢包上掛著鈴鐺。

スタイル
【style】 ②

姿態；樣式；形狀；文體 ★★

例 彼女の文章は独特なスタイルがある。

她的文章有獨特的風格。

スタンド
【stand】 ⓪

攤位；展臺；（支撐或擺放物品的）架，座，臺 ★

例 勉強する時は電気スタンドを点けなさい。

念書的時候要打開檯燈。

ずつう
【頭痛】 ⓪

頭痛 ★

例 頭痛も生活習慣病の一つだ。

頭痛也是慢性病的一種。

ステージ 【stage】 ②	舞台；講台　　　　　　　　　★★ 例 初めてステージに立ったのは何時だった。 第一次登台是什麼時候呢？	

ずのう 【頭脳】 ①	頭腦；智力；首腦 例 祖父は年を取っても頭脳明晰だ。 爺爺雖然變老了但還是腦筋清楚。	

スピーカー 【speaker】 ②	擴音器；大嘴巴　　　　　　　★ 例 スピーカーの騒音は、公害になる可能性もある。 擴音器的噪音，也有形成公害的可能性。	

すまい 【住まい・住い】 ①	居住；住所　　　　　　　　　★ 例 ここは仮の住まいだ。 這是臨時的住所。	

すみ 【墨】 ②	墨水；（章魚的）墨液；黑色；（鍋底的）煙灰 例 墨が紙に滲んだ。 墨水在紙上滲開了。	

すもう 【相撲】 ⓪	相撲 例 彼は体格がいいから、相撲をしたら、いい力士になる。 他體格好，從事相撲的話，能成為很好的相撲力士。	

スライド 【slide】 ⓪	幻燈片　　　　　　　　　　　★ 例 スライドを映してプレゼンテーションをしたい。 （我）想放幻燈片做簡報。	

すんぽう 【寸法】 ⓪	尺寸；計畫・打算 例 首周りの寸法を測る。 測量脖圍的尺寸。	

せセ　　　　　　　　　　　　▶ MP3-014

せい 【精】 ①	精力；精靈；精華　　　　　　★ 例 勉強に精を出す。 努力學習。	

せい 【所為】 [1]	原因，緣故（多用於壞的方面） ★ 例 こうなったのは誰のせいでもない、僕の責任だ。 搞成這樣不是誰的緣故，是我的責任。	

せいかい 【政界】 [0]	政界 例 彼女の弟は政界に入りたがっている。 她弟弟想進入政界。	

せいかつしゅう かんびょう 【生活習慣病】 [0]	慢性病 例 誰でも生活習慣病になる可能性がある。 每個人都有得到慢性病的可能。	

ぜいかん 【税関】 [0]	海關 ★ 例 税関で検査を受けている。 在海關接受檢查。	

せいけい 【整形】 [0]	整形 例 彼女は美容整形をした。 她接受了美容整形。	

せいしょうねん 【青少年】 [3]	青少年 例 この小説は青少年向きだ。 這本小說適合青少年。	

せいしん 【精神】 [1]	精神 ★★ 例 読書を通して精神を鍛える。 通過讀書來鍛鍊精神。	

せいせき 【成績】 [0]	成績 ★★ 例 最近、営業成績が大幅に下がった。 最近，營業成績大幅下降了。	

せいど 【制度】 [1]	制度 例 現行の司法制度は合理的ではない。 現行的司法制度不合理。	

せいとう 【政党】 [0]	政黨 例 選挙に向けて、それぞれの政党の方針を調べている。 為了選舉，正在調查每個政黨的方針。	

せいふ 【政府】 ①	政府 ★ 例 大統領は政府の支出を削減しようとしている。 總統打算刪減政府的支出。	

せいふ
【政府】 ①

政府 ★
例 大統領は政府の支出を削減しようとしている。
總統打算刪減政府的支出。

せいぶん
【成分】 ①

成分 ★
例 土壌の成分を分析する。
分析土壌的成分。

せいべつ
【性別】 ⓪

性別 ★★
例 この仕事は年齢、性別に関係なく誰でも応募できる。
這個工作無關年齢、性別，任何人都可以應徵。

せいほうけい
【正方形】 ⓪③

正方形
例 豆腐を正方形に切った。
將豆腐切成正方形。

せいめい
【生命】 ①

生命 ★
例 生命を医者に託そう。
將生命託付給醫生吧！

せいもん
【正門】 ⓪

正門；前門
例 正門から入ってきてください。
請從前門進來。

せいれき
【西暦】 ⓪

西暦 ★★★
例 現在は西暦二千十九年だ。
現在是西暦二零一九年。

せきたん
【石炭】 ③

煤礦
例 お祖父さんの仕事は石炭を掘ることだった。
爺爺以前的工作是挖煤礦。

せきどう
【赤道】 ⓪

赤道
例 赤道は地球を南半球と北半球に分ける。
赤道將地球分成南半球與北半球。

せきゆ
【石油】 ⓪

石油 ★
例 日本は石油をどの国から輸入しているか。
日本的石油從哪個國家輸入的呢？

せつ 【説】　①	主張，見解；學說；傳說 例 彼女の近況については色々な説がある。 關於她的近況，有著種種傳說。
せつび 【設備】　①	設備 例 宿泊施設の設備を改善する。 改善住宿設施的設備。
ゼミ／　① ゼミナール　③ 【（德）Seminar】	（少數人的）研討會；課堂研討　★★ 例 ゼミの授業でグループワークをすることになった。 在課堂研討的課要做分組作業了。
セメント 【cement】　⓪	水泥　★ 例 作業員はセメントを運搬している。 工作人員正在搬運水泥。
せりふ 【台詞・科白】　⓪	台詞；論調　★★ 例 この映画の台詞はとても有名だ。 這部電影的台詞非常有名。
せろん・よろん 【世論】　①⓪	輿論 例 選挙前は必ず世論調査が行われる。 選舉前必然會進行輿論調查。
せん 【栓】　①	塞子；開關 例 ワインの栓を抜いた。 將酒瓶塞拔開了。
ぜん 【善】　①	好事 例 善は急げ。 好事不宜遲。
ぜんいん 【全員】　⓪	全體人員　★★ 例 社員全員が会議に出席した。 公司全體員工都出席了會議。

| ぜんご
【前後】 1 | （位置的）前後；（數量、年齡、時間的）前後；
事物的先後順序；事件大概的時間點　★★
例 結婚式の前後は忙しい。
婚禮的前後很忙。 |

| ぜんこく
【全国】 1 | 全國　★
例 新製品は全国で販売されている。
新產品正在全國販售。 |

| ぜんしゃ
【前者】 1 | 前者　★
例 後者の作品より、前者の作品の方が素晴らしい。
比起後者，前者的作品較優秀。 |

| ぜんしゅう
【全集】 0 | 全集
例 日本文学全集を編集して出版したい。
（我）想編輯出版日本文學全集。 |

| ぜんしん
【全身】 0 | 全身　★
例 風邪のせいで全身がだるい。
因為感冒渾身疲憊無力。 |

| せんす
【扇子】 0 | 扇子　★
例 暑いから、扇子で扇ごう。
因為很熱，用扇子搧吧！ |

| せんすい
【潜水】 0 | 潛水
例 このコースでは高度な潜水技術を修得できる。
這研習課程可以學會高度的潛水技術。 |

| せんせい
【専制】 0 | 專制，獨裁
例 専制制度は人民を弾圧する。
專制制度壓迫人民。 |

| せんぞ
【先祖】 1 | 祖先；始祖　★
例 彼女の家は先祖代々作家だ。
她家的祖先代代是作家。 |

| センター
【center】 1 | 中心；中心點；中鋒　★★
例 言語センターで韓国語を習っている。
在語言中心學韓文。 |

せんとう 【先頭】 ⓪	排頭 例 列の先頭に立っているのは私の妹だ。 站在隊伍排頭的是我妹妹。	
ぜんぱん 【全般】 ⓪	全體；全面 例 会社の来年の方針全般を検討したい。 （我）想對公司明年的方針全面地檢討。	
せんめん 【洗面】 ⓪	洗臉 例 洗面所は突き当たりにある。 盡頭有衛生間。	
ぜんりょく 【全力】 ⓪	所有的力量 ★ 例 彼女は本を書くのに全力を注いだ。 她傾注了全力寫書。	
せんろ 【線路】 ①	（火車、電車等的）軌道 例 この線路は大通りと平行している。 這條軌道跟大馬路平行。	

そソ

▶ MP3-015

ぞう 【象】 ①	象 例 象は鼻が長い。 大象鼻子長。	
そうい 【相違・相異】 ⓪	差異，不同 ★ 例 二人の見解の相違は甚だしい。 兩個人的見解差異很大。	
そうおん 【騒音】 ⓪	噪音 例 騒音公害を減らす措置が制定された。 制訂了減少噪音公害的措施。	
ぞうきん 【雑巾】 ⓪	抹布 例 濡れた雑巾でテーブルを拭いた。 用濕抹布擦了餐桌。	

そうこ 【倉庫】 ①	倉庫 ★ 例 その倉庫は石炭を貯蔵している。 那個倉庫儲藏著煤礦。
そうご 【相互】 ①	互相；交替 ★ 例 パートナーとの相互関係を調べる。 調查與夥伴間的相互關係。
そうさく 【創作】 ⓪	創作；創造 ★ 例 創作は小さい頃からの趣味だ。 創作是（我）從小的興趣。
そうしき 【葬式】 ⓪	葬禮 例 先週、上司の父親の葬式に参列した。 上週，參加了上司父親的葬禮。
ぞうせん 【造船】 ⓪	造船 例 この地域は造船で栄えた。 這個地區因為造船而繁榮了。
そうち 【装置】 ①	裝置，設備；舞台設備 例 スタッフ達は舞台装置を組み立てている。 工作人員們正在組裝舞台設備。
そうべつ 【送別】 ⓪	送行，送別 例 在校生の代表が送別の辞を述べている。 在校生的代表正在致送別辭。
そくりょく 【速力】 ②	速度 例 速力を落としてください。 請降低速度。
そしき 【組織】 ①	組織；工會 ★ 例 新しい組織に参加した。 參加了新的工會。
そしつ 【素質】 ⓪	素質，素養；天資，天分 ★ 例 彼女に音楽の素質はない。 她沒有音樂天分。

そせん 【祖先】 1	**祖先**	
	例 祖先の遺訓を守らなければならない。	
	必須遵行祖先的遺訓。	

そろばん 【算盤・十露盤】 0	**算盤;日常計算能力**	
	例 そろばんを使って計算する。	
	使用算盤計算。	

そん 【損】 1	**損失;吃虧** ★	
	例 売って損をした。	
	賣掉賠了錢。	

そんがい 【損害】 0	**損害;損失;傷亡** ★	
	例 火災で大きな損害を被った。	
	因為火災遭受了很大的損害。	

そんしつ 【損失】 0	**損害;損失;影響**	
	例 台風で大きな損失が生じた。	
	因為颱風造成了很大的損失。	

そんとく 【損得】 1	**損益;得失** ★	
	例 彼は損得なしに人助けできる人だ。	
	他是能夠不計得失幫助別人的人。	

た行

たタ ▶ MP3-016

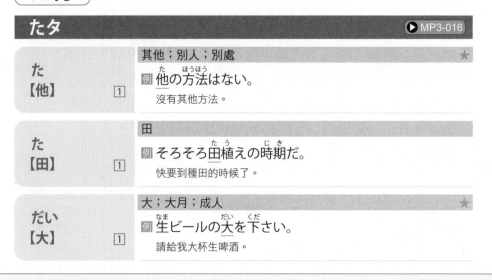

た 【他】 1	**其他;別人;別處** ★	
	例 他の方法はない。	
	沒有其他方法。	

た 【田】 1	**田**	
	例 そろそろ田植えの時期だ。	
	快要到種田的時候了。	

だい 【大】 1	**大;大月;成人** ★	
	例 生ビールの大を下さい。	
	請給我大杯生啤酒。	

たいいく 【体育】　①	**體育** ★	
	例 この学校は体育を重んじている。	
	這所學校重視體育。	

だいいち 【第一】　①	**第一；最重要** ★★
	例 安全第一だ。
	安全最重要。

たいおん 【体温】　①	**體溫** ★★
	例 体温が下がった。
	體溫下降了。

たいかい 【大会】　⓪	**大會** ★
	例 来月、弁論大会が行われる予定だ。
	下個月，預計舉行辯論大賽。

たいかくせん 【対角線】　④⓪	**對角線**
	例 紙に対角線を引いた。
	在紙上畫了對角線。

たいき 【大気】　①	**大氣，空氣；度量大**
	例 大気汚染は健康に悪い。
	空氣汙染有害健康。

だいきん 【代金】　①⓪	**費用** ★★
	例 車の代金の件について教えてください。
	請告訴我關於買車費用的事。

たいけい 【体系】　⓪	**體系**
	例 この言語は性別を示す複雑な体系がある。
	這種語言有分性別的複雜體系。

たいこ 【太鼓】　⓪	**鼓**
	例 子供には太鼓を習わせたい。
	（我）想讓孩子學鼓。

たいさく 【対策】　⓪	**對策** ★
	例 汚染防止の対策を講じる。
	尋求防止汙染的對策。

たいしょう
【対象】 ⓪

對象

例 この辞典は小学生を対象に編集した。

這本字典是以小學生為對象來編輯的。

だいしょう
【大小】 ①

大小；大月、小月；大刀、小刀；大鼓、小鼓

例 大小と色で分類したい。

（我）想用大小跟顏色來分類。

だいじん
【大臣】 ①⓪

大臣

例 彼は大臣の職務を兼任している。

他兼任大臣的職務。

たいせい
【体制】 ⓪

體制

例 今の政治体制に反対だ。

反對目前的政治體制。

たいせき
【体積】 ①

體積

例 物体の体積を測る方法は色々ある。

測量物體體積的方法有很多。

たいそう
【体操】 ⓪

體操

例 この体操は体の筋肉を伸ばすことができる。

這體操可以伸展身體的肌肉。

だいとうりょう
【大統領】 ③

總統

例 前大統領は誰だったっけ。

前總統是誰呢？

たいはん
【大半】 ⓪③

大半

例 火事で工場の大半が焼失した。

因為火災，工廠大半都燒毀了。

だいぶぶん
【大部分】 ③

大部分

例 賞金の大部分は使ってしまった。

獎金的大部分都用掉了。

タイプライター
【typewriter】 ④

打字機

例 タイプライターを使う人はだんだん少なくなってきた。

使用打字機的人越來越少了。

たいぼく 【大木】　⓪	**大樹** 例 大木への風当たりは強い。 樹大招風。
タイヤ 【tire】　⓪	**輪胎**　★ 例 車のタイヤがパンクした。 車子的輪胎爆胎了。
だいり 【代理】　⓪	**代理；代理人**　★ 例 主人の代理として出席する。 代理老公出席。
だえんけい 【楕円形】　⓪	**橢圓形** 例 卵は楕円形だ。 蛋是橢圓形。
たから 【宝】　③	**寶貝；貴重的東西**　★ 例 宝の持ち腐れ。 暴殄天物。
たき 【滝】　⓪	**瀑布** 例 大雨が滝のように降っている。 大雨像瀑布一樣地下著。
たけ 【竹】　⓪	**竹子；竹製樂器**　★ 例 彼は竹を割ったような性格をしている。 他擁有直爽的性格。 （註：「竹を割ったような」延伸為直爽、乾脆的意思。）
たたかい 【戦い・闘い】　⓪	**戰鬥；奮鬥；競賽**　★ 例 戦いのための準備をしている。 為了戰鬥而準備著。
たちば 【立場】　①③	**立場**　★★ 例 君の立場は私の立場に似ている。 你的立場跟我的立場相似。
たてがき 【縦書き・縦書】　⓪	**豎寫** 例 黒板に字を縦書きで書いた。 在黑板上直寫了字。

たに 【谷・渓・谿】 ②	**谷；溪谷**	
	例 山を越え、谷を越える。	
	翻過山頭，渡過溪谷。	

たにぞこ 【谷底】 ⓪	**谷底**	
	例 岩は谷底に転げ落ちた。	
	岩石滾落谷底了。	

たにん 【他人】 ⓪	**別人；局外人；沒有血緣關係的人**	★★
	例 遠くの親類より近くの他人。	
	遠親不如近鄰。	

たね 【種】 ①	**種子；果核；材料；話題；原因；竅門**	★
	例 この果物には種がある。	
	這種水果有果核。	

たば 【束・把】 ①	**把；捆**	★
	例 束になってかかる。	
	群起而攻之。	

たび 【足袋】 ①	**日式分趾襪**	
	例 ゴム底の足袋を履いた。	
	穿了橡膠底的分趾襪。	

たま 【弾】 ②	**子彈**	
	例 弾が心臓に命中した。	
	子彈命中了心臟。	

ダム 【dam】 ①	**水壩**	
	例 ダムに水が溜まった。	
	水蓄存在水壩裡。	

ためいき 【ため息・溜め息】 ③	**嘆氣**	★
	例 彼女は深いため息をついた。	
	她深深地嘆了一口氣。	

ためし 【試し・験し】 ③	**嘗試**	★
	例 物は試し。	
	凡事都要嘗試。	

たより 【便り】 ⬛1	信；消息 ★	
	例 彼女が亡くなったことは、風の便りで聞いた。	
	風聞她已經死了。	

たりょう 【多量】 ⬛0	大量	
	例 多量の塩分は体に悪い。	
	大量的鹽對身體不好。	

たんい 【単位】 ⬛1	單位；學分 ★	
	例 月単位で賃金を支払う。	
	按月支付工資。	

だんかい 【段階】 ⬛0	階段；地步；等級；步驟 ★	
	例 今は計画の初期段階だ。	
	目前是計畫的初期階段。	

たんき 【短期】 ⬛1	短期 ★	
	例 会社の短期政策は証券の発行だ。	
	公司的短期政策是發行證券。	

たんご 【単語】 ⬛0	單字，生字 ★★★	
	例 第三課の単語を予習してきてください。	
	請預習第三課的生字。	

たんこう 【炭鉱・炭礦】 ⬛0	煤礦；礦山	
	例 この鉄道は炭鉱で産出した石炭を運搬している。	
	這條鐵路搬運礦山所產的煤礦。	

だんし 【男子】 ⬛1	男子，男性；男孩子 ★★	
	例 男子の一言金鉄の如し。	
	男子一諾千金。	

たんしょ 【短所】 ⬛1	缺點 ★	
	例 彼女の短所はマイナス思考だ。	
	她的缺點就是負面思考。	

たんすい 【淡水】 ⬛0	淡水	
	例 この淡水の池には魚がいる。	
	這個淡水池裡面有魚。	

たんすう
【単数】 ③

單數
例 この英単語はいつも単数形で使う。
這個英文單字一直都是以單數形來用。

だんち
【団地】 ⓪

集合住宅
例 政府がもっと団地を増やすように願っている。
希望政府擴增更多集合住宅。

たんぺん
【短編・短篇】 ⓪

短篇
例 新聞社に短編小説を投稿した。
向報社投稿了短篇小説。

ちチ

▶ MP3-017

ち
【地】 ①

大地；陸地；地面；地位；地點；地區；土壤 ★
例 天と地ほどの差。
天壤之別。

ちい
【地位】 ①

地位；職位 ★★
例 彼女は課長の地位を目指している。
她以課長的職位為目標。

ちいき
【地域】 ①

地域 ★
例 この調査を地域ごとに行いたい。
這份調查（我）想逐個地域來進行。

ちえ
【知恵・智慧・智恵】 ②

智慧
例 三人寄れば文殊の知恵。
三個臭皮匠，勝過一個諸葛亮。

ちかすい
【地下水】 ②

地下水
例 地下水の排水方式は非常に大切だ。
地下水的排水方式非常重要。

ちじ
【知事】 ①

知事（日本都道府縣的首長）
例 彼は来月、知事に就任する。
他下個月將就任知事的職位。

ちしきじん
【知識人】 ③

知識分子

例 知識人にも教養がない人はいる。

知識分子也有沒教養的人。

ちしつ
【地質】 ⓪

地質

例 地震と火山の研究も地質学の分野だ。

地震跟火山的研究也是地質學的範疇。

ちじん
【知人】 ⓪ ★★

熟人

例 彼女は知人が多い。

她交遊廣闊。

ちたい
【地帯】 ①

地帶

例 この辺りは工業地帯だ。

這一帶是工業區。

ちちおや
【父親】 ⓪ ★★

父親

例 父親に叱られるのが怖い。

害怕被父親罵。

ちてん
【地点】 ⓪①

地點

例 地図にその地点を示してください。

請在地圖上標示出那個地點。

ちのう
【知能・智能】 ① ★

智力

例 この高校の生徒は知能が高い人が多い。

這所高中智商高的學生很多。

ちへいせん
【地平線】 ⓪

地平線

例 月が地平線に現れた。

月亮浮現在地平線上。

ちめい
【地名】 ⓪ ★

地名

例 私が読めない日本の地名はたくさんある。

我唸不出來的日本地名有很多。

チャンス
【chance】 ① ★★★

機會

例 彼と会うチャンスを逃さないでください。

請不要錯失跟他見面的機會。

ちゅう 【注・註】 ⓪	註解，註釋
	囫 文末に注を付けた。
	在文末附加了註釋。

ちゅうおう 【中央】 ③⓪	中央 ★
	囫 中央の座席に座ってください。
	請坐在中央的座位。

ちゅうかん 【中間】 ⓪	中間 ★
	囫 灰色は黒と白の中間だ。
	灰色是黑色與白色的中間。

ちゅうこ 【中古】 ⓪①	①⓪ 中古，半新 ②① 中古時代 ★★
	囫 私のパソコンは中古だ。
	我的電腦是中古的。

ちゅうしょく 【昼食】 ⓪	中餐，中飯 ★★
	囫 軽い昼食をとった。
	吃了簡單的午餐。

ちゅうせい 【中世】 ①	中世紀
	囫 この小説はヨーロッパ中世後期のことを描いている。
	這本小說描繪了歐洲中世紀後期的事。

ちゅうせい 【中性】 ⓪	中性 ★
	囫 この肥料は土壌を中性にする。
	這個肥料讓土壤變中性。

ちゅうと 【中途】 ⓪	中途
	囫 彼女は中途で引き返した。
	她中途返回了。

ちゅうにく ちゅうぜい 【中肉中背】 ⓪	不胖也不瘦；標準身材
	囫 中肉中背の女性と付き合いたい。
	（我）想跟身材標準的女性交往。

ちょうき 【長期】 ①	長期 ★
	囫 会社の長期の目標を知りたい。
	（我）想了解公司的長期目標。

ちょうしょ 【長所】 ①	優點 ★ 例 彼女の長所はプラス思考だ。 她的優點就是正面思考。
ちょうじょう 【頂上】 ③	山頂；頂點 例 正午にはヒマラヤの頂上に達した。 正午登上了喜馬拉雅山的山頂。
ちょうしょく 【朝食】 ⓪	早餐，早飯 ★★ 例 朝食はご飯、納豆と味噌汁にしている。 早餐吃白飯、納豆跟味噌湯。
ちょうたん 【長短】 ①	長短；優缺點；剩餘跟不足 例 人には皆長短がある。 人皆各有優缺點。
ちょうてん 【頂点】 ①	頂點；極點；最高處 ★ 例 あの歌手の人気は頂点に達した。 那歌手的人氣到了頂點。
ちょうほうけい 【長方形】 ⓪③	長方形 例 長方形のチーズの塊を買いたい。 （我）想買長方形的起司塊。
ちょうみりょう 【調味料】 ③	調味料 例 スーパーで調味料を探している。 正在超市找調味料。
ちょくせん 【直線】 ⓪	直線 ★ 例 黒板に直線を引いた。 在黑板上畫了直線。
ちょくつう 【直通】 ⓪	直達 例 この急行は高雄まで直通だ。 這輛快車直達高雄。
ちょくりゅう 【直流】 ⓪	（河川或電流）直流 例 「直流電流」は流れる方向が変化しない電流だ。 「直流電流」是流動方向不變的電流。

	作者
ちょしゃ 【著者】　１	例 この本の著者は私の高校時代の先生だ。 ほん　ちょしゃ　わたし　こうこう　じ　だい　せんせい 這本書的作者是我的高中老師。

	直角
ちょっかく 【直角】　０	例 九十度の角を直角という。 きゅうじゅう　ど　　かく　　ちょっかく 九十度的角稱為直角。

	直径
ちょっけい 【直径】　０	例 直径は半径の二倍だ。 ちょっけい　はんけい　に　ばい 直徑是半徑的兩倍。

	衛生紙
ちりがみ 【ちり紙・塵紙】　０	例 このブランドのちり紙は薄くて柔らかい。 がみ　うす　　やわ 這牌子的衛生紙又薄又柔軟。

つツ

▶ MP3-018

	流通的貨幣
つうか 【通貨】　１	例 タイの通貨の単位は「バーツ」だ。 つう　か　たん　い 泰國流通的貨幣單位是「泰銖」。

	通訊；聯繫　★★
つうしん 【通信】　０	例 卒業後は、通信事業に携わりたい。 そつぎょう　ご　　つうしん　じ　ぎょう　たずさ 畢業後，（我）想從事通訊業。

	通路；走道
つうろ 【通路】　１	例 前の通路が塞がっている。 まえ　つうろ　ふさ 前面的通路阻塞了。

	使者；派來（去）的人
つかい 【使い・遣い】　０	例 牛乳を買うのを忘れたので、子供をお使いに行かせた。 ぎゅうにゅう　か　　わす　　こ　ども　　つか　い 因為忘了買牛奶，所以派孩子去買了。

	歲月，光陰；太陽跟月亮；日期　★
つきひ 【月日】　２	例 月日が経つのは早いものだ。 つき　ひ　　た　　はや 光陰似箭。

つち 【土・地】　②	大地；地面；土壌 例 ここの土は酸性だ。 這裡的土壌是酸性。
つつみ 【包み】　③	包裏；包袱 例 この包みを解いてください。 請解開這個包裏。
つな 【綱】　②	纜繩；繩索；依靠；横綱（相撲的最高階） 例 運動会の綱引きで転んだ。 在運動會的拔河比賽中跌倒了。
つながり 【繋がり】　⓪	連接；聯絡；關係　　　★ 例 彼女とは血の繋がりがない。 跟她沒有血緣關係。
つばさ 【翼・翅】　⓪	翅膀；機翼 例 この鳥は片方の翼が引き裂かれている。 這隻鳥一邊的翅膀斷裂了。
つみ 【罪】　①	罪過 例 彼は窃盗の罪を犯した。 他犯了竊盗罪。
つや 【艶】　⓪	光澤，光亮，光彩；趣味；豔聞 例 彼女の顔には艶がある。 她的臉上有光澤。
つり 【釣り・釣】　⓪	釣魚；找的錢，「釣り銭・釣銭」的略語 例 釣りはお祖父さんの唯一の道楽だ。 釣魚是爺爺唯一的樂趣。
つりばし 【吊り橋・ 釣り橋・釣橋】　⓪	吊橋；繩索橋 例 吊り橋を渡るのが怖い。 害怕過吊橋。
つれ 【連れ】　⓪	同伴；夥伴　　　★ 例 牛は牛連れ馬は馬連れ。 物以類聚。

てテ

▶ MP3-019

であい 【出会い・出会・ 出合い・出合】 ⓪	邂逅；相遇 ★★ 例 彼との出会いは十年前のシンポジウムだった。 跟他邂逅是在十年前的研討會上。
ていいん 【定員】 ⓪	規定人數 ★ 例 このシンポジウムの定員は五百人だ。 這研討會的規定人數是五百人。
ていか 【定価】 ⓪	定價 ★★ 例 定価の三割引きでこのカメラを買った。 用定價的七折買了這台相機。
ていきゅうび 【定休日】 ③	公休日 ★ 例 このレストランの定休日は毎週月曜日だ。 這家餐廳的公休日是每星期一。
ていど 【程度】 ⓪①	程度 ★★ 例 もう大学生なのだから、ある程度の家事はできるだろう。 因為已經是大學生了，所以應該能做一定程度的家事吧！
でいりぐち 【出入り口・ 出入口】 ③	出入口 ★★ 例 出入り口が厳しく警戒されている。 出入口被嚴密警戒著。
てき 【敵】 ⓪	敵人；對手 ★★ 例 油断は最大の敵だ。 粗心是最大的敵人。
できあがり 【出来上がり】 ⓪	做完；做出來的品質 ★ 例 ラーメンの出来上がりを待っている。 在等拉麵煮好。
でし 【弟子】 ②	徒弟；學徒 ★ 例 釈迦の弟子は五百人もいたと言われている。 據說釋迦的弟子有五百人之多。

てじな
【手品】 1

戯法；魔術；騙術；詭計

例 彼の手品は素晴らしい。

他的魔術很棒。

でたらめ
【出鱈目】 0

荒唐；不可靠；憑空捏造 ★

例 この新聞の記事はでたらめだ。

這篇報紙的報導是憑空捏造的。

てつ
【鉄】 0

鐵

例 鉄は熱いうちに打て。

打鐵趁熱。

てつがく
【哲学】 2 0

哲學；人生觀；世界觀

例 彼の妹は哲学の専門家だ。

他的妹妹是哲學專家。

てっきょう
【鉄橋】 0

鐵橋

例 その川に鉄橋を掛けた。

在那條河川上架設了鐵橋。

てっこう
【鉄鋼】 0

鋼鐵

例 叔父さんの工場は鉄鋼を製鉄する。

叔父的工廠在煉製鋼鐵。

てつづき
【手続き・手続】 2

手續；程序 ★

例 税関手続きで時間が掛かった。

在海關手續時花了許多時間。

てつどう
【鉄道】 0

鐵路 ★

例 この村に鉄道を敷設する予定だ。

預計在這個村子鋪設鐵路。

てっぽう
【鉄砲・鉄炮】 0

槍砲

例 鉄砲の弾を抜いた。

卸下槍炮的彈藥。

てぬぐい
【手拭い・手拭】 0

長型手巾 ★

例 手拭いをよく絞ってください。

請把手巾擰乾。

てま 【手間】　②	**時間；勞力**　★★ 例 この仕事は随分手間が掛かる。 這項工作很費工夫。	

デモ／　① デモンスト レーション　⑥ 【demonstration】	**示威遊行**　★ 例 物価上昇反対のデモを行う。 舉行反對物價上漲的示威遊行。

てんけい 【典型】　⓪	**典型；模範**　★ 例 彼女は台湾人女性の典型だ。 她是台灣女性的典型。

てんこう 【天候】　⓪	**天氣**　★★ 例 この季節は天候が変わりやすい。 這個季節天氣容易變化。

でんし 【電子】　①	**電子** 例 電子マネーを使ったことはない。 不曾用過電子錢包。

てんじかい 【展示会】　③	**展示會** 例 明日、新型の自動車の展示会に行く。 明天，要去新車的展示會。

でんせん 【電線】　⓪	**電線；電纜** 例 海底電線を張った。 架設了海底電纜。

でんちゅう 【電柱】　⓪	**電線桿**　★ 例 あの車は電柱にぶつかった。 那輛車撞上了電線桿。

でんとう 【伝統】　⓪	**傳統**　★★ 例 日本の伝統音楽はあまり好きではない。 不太喜歡日本的傳統音樂。

てんねん 【天然】　0	天然　★★
	例 彼女の髪の毛は天然の茶色だ。
	她的頭髮是天然的咖啡色。

てんのう 【天皇】　3	天皇　★
	例 今の天皇は徳仁天皇だ。
	現今的天皇是德仁天皇。

でんぱ 【電波】　1	電波　★
	例 こちらの電波は弱いようだ。
	這裡的電波似乎很弱。

テンポ 【(義)tempo】　1	拍子，節拍；速度　★
	例 先生が手を叩くテンポに合わせてピアノを弾いている。
	配合老師拍手的節拍彈奏著鋼琴。

てんぼうだい 【展望台】　0	展望台
	例 その展望台からは綺麗な景色が望める。
	從展望台可以眺望美麗的景色。

でんりゅう 【電流】　0	電流
	例 電流の単位はアンペアだ。
	電流的單位是安培。

でんりょく 【電力】　1 0	電力
	例 この機械は電力を使い過ぎる。
	這機器太過耗電。

とト

▶ MP3-020

といあわせ 【問い合わせ・ 問い合せ・ 問合わせ・ 問合せ】　0	打聽；詢問　★★
	例 お問い合わせはこちらの番号へ。
	有任何問題請撥打這個電話。

とう 【党】 ①	政黨；同夥 例 核廃絶はあの党の公約の一つだ。 廢除核能是那個政黨的承諾之一。
とう 【塔】 ①	塔 例 時計塔から町の全体が見渡せる。 從時鐘塔可以一窺城鎮的全貌。
どう 【胴】 ①	軀體；腹部；共鳴箱 例 ダックスフントは胴が長い。 臘腸狗的身體長。
とうあん 【答案】 ⓪	答案　　　　　　　　★ 例 答案を出してください。 請交出答案。
どういつ 【同一】 ⓪	同様　　　　　　　　★ 例 検定試験は全国で同一の試験が行われる。 檢定考是在全國舉行同樣的考試。
どうかく 【同格】 ⓪	同等資格；同等對待；（語法）同格 例 各学生を同格に扱っている。 同等對待每位學生。
とうげ 【峠】 ③	山頂；極點 例 父の病状はもう峠を過ぎた。 父親的病情已經過了危險期。
どうさ 【動作】 ①	動作　　　　　　　　★ 例 亀は動作が鈍い。 烏龜動作遲鈍。
とうじ 【当時】 ①	當時；目前　　　　★★ 例 当時のことはすっかり忘れた。 當時的事情完全忘光了。
とうだい 【灯台】 ⓪	燈台；燭台；燈塔 例 灯台下暗し。 當局者迷。

どうとく 【道徳】 ⓪	道徳 例 ビジネスでは、商業道徳を守らなければならない。 生意上，必須遵守商業道德。	
とうなん 【盗難】 ⓪	竊盜，失竊 ★ 例 昨日、学校で盗難事件があった。 昨天，學校發生竊盜事件了。	
とうばん 【当番】 ①	值班；值班者 ★ 例 毎月二回、当番が回ってくる。 每個月值班兩次。	
とうひょう 【投票】 ⓪	投票 ★ 例 その議案に反対の投票をした。 對那個議案投了反對票。	
どうよう 【童謡】 ⓪	童謠，兒歌 例 みんなで一緒に童謡を歌おう。 大家一起唱兒歌吧！	
どうりょう 【同僚】 ⓪	同事 ★★ 例 彼は同じ事務所の同僚だ。 他是同一個事務所的同事。	
どうわ 【童話】 ⓪	童話 例 この童話は幼稚園の子供でも読める。 這個童話幼稚園的小朋友也看得懂。	
とかい 【都会】 ⓪	都會 ★★ 例 都会と田舎の風俗は違う。 都會與鄉下的風俗不同。	
どく 【毒】 ②	病毒；毒藥；毒性；毒害；惡意 ★ 例 ダイエットのし過ぎは体に毒だ。 過度減肥對身體有害。	
とくしょく 【特色】 ⓪	特色 ★ 例 このかばんには何の特色もない。 這包包沒有任何特色。	

どくしん 【独身】　⓪	獨身，單身　★★ 例 彼女はまだ独身だ。 她還是單身。
とくちょう 【特長】　⓪	特長，優點 例 各学生の特長を生かす。 使每個學生發揮所長。
とくばい 【特売】　⓪	特賣　★ 例 あの店は今週、かばんの特売を行っている。 那家店本週正舉辦包包的特賣。
とこのま 【床の間】　⓪	壁龕 例 床の間にバラを生ける。 壁龕裡插上玫瑰。
としつき 【年月】　②	歲月，光陰；年月；多年來 例 それから十年の年月が流れた。 從那時起已經過了十年。
どしゃくずれ 【土砂崩れ】　④	坍方 例 豪雨が原因で大規模な土砂崩れが起きた。 因為豪雨，引起了大規模的土石坍方。
としん 【都心】　⓪	市中心　★ 例 都心は地価が安くない。 市中心地價不便宜。
とだな 【戸棚】　⓪	櫥櫃，櫃子 例 戸棚に赤ワインがたくさん並んでいる。 櫥櫃裡陳列著許多紅酒。
とたん 【途端】　⓪	一～就～　★ 例 家を出た途端、雨が降り出した。 一出門，就開始下雨了。
とち 【土地】　⓪	土地　★ 例 ここの土地は肥えている。 這裡的土地很肥沃。

とも 【友・朋】 ⓵	朋友 ★★
	例 類は友を呼ぶ。
	物以類聚。

とら 【虎】 ⓪	老虎；醉鬼
	例 虎に翼。
	如虎添翼。

ドレス 【dress】 ⓵	洋裝，女裝 ★★
	例 このドレスは君に似合っている。
	這件洋裝很適合妳。

どろ 【泥】 ⓶	泥；泥土
	例 あなたの靴は泥だらけだから、よく洗いなさい。
	你的鞋子都是泥，好好地洗乾淨！

トンネル 【tunnel】 ⓪	隧道 ★
	例 海底にトンネルを掘った。
	在海底挖了隧道。

な行

なナ ▶ MP3-021

な 【名】 ⓪	名字；名稱；名聲；名義 ★★
	例 家の猫に「黒」という名を付けた。
	幫家裡的貓取了「小黑」這個名字。

ないか 【内科】 ⓪	内科
	例 あの医者は内科の権威だ。
	那位醫生是内科的權威。

ないせん 【内線】 ⓪	内線；分機
	例 内線六三一に繋いでください。
	請幫我轉接分機六三一。

なかば 【半ば】 ③②	一半；（距離的）中央；（期間的）中途；途中，正在進行當中 ★
	例 その小説家はまだ二十代半ばだ。
	那位小説家還是二十歲中段班而已。

なかま 【仲間】 ③	夥伴；同類；同事 ★★ 例 彼らは子供の頃からの遊び仲間だ。 他們是自小的玩伴。
ながめ 【眺め】 ③	眺望；風景 ★★ 例 頂上からの眺めがとても綺麗だ。 從山頂眺望景色非常優美。
なかよし 【仲良し・仲好し】 ②	感情好，要好 ★★ 例 祖父と隣のお爺さんは一番の仲良しだ。 爺爺跟隔壁的爺爺最要好。
ながれ 【流れ】 ③	流水；流派；流當；流產；坡度 例 この大通りは車の流れがスムーズだ。 這條大馬路車流平順。
なし 【無し】 ①	沒有 ★★ 例 名ありて実無し。 有名無實。
なぞ 【謎】 ⓪	謎，難以了解或不可思議的事情或話語；謎語，謎題 ★ 例 推理小説の謎を解くのは面白い。 解推理小說的謎題很好玩。
なみ 【波・浪】 ②	波浪；潮流；起伏；皺紋 例 夕暮れの海辺は波が高い。 傍晚海邊的波浪高。
なみき 【並木・並樹】 ⓪	街樹；林蔭樹 例 その大通りは、両側に桜の並木がある。 那條大馬路的兩側有櫻花林蔭大道。
なわ 【縄】 ②	繩子，繩索 例 縄で荷物を縛りなさい。 用繩子將行李綑綁起來！
なんきょく 【南極】 ⓪	南極；南磁極 例 彼女は二年前、南極探検に行った。 她兩年前去南極探險了。

に二

にじ 【虹・霓】 ⓪	彩虹　　　　　　　　　　　　　　　　　★★
	例 空に虹が出た。
	天空出現了彩虹。

にちじ 【日時】 ①	日期跟時間　　　　　　　　　　　　　　★
	例 説明会の日時を教えてください。
	請告訴我説明會的日期跟時間。

にちじょう 【日常】 ⓪	日常　　　　　　　　　　　　　　　　　★★
	例 祖母の日常の活動範囲を教えてください。
	請告訴我奶奶日常的活動範圍。

にちようひん 【日用品】 ⓪	日用品　　　　　　　　　　　　　　　　★★
	例 そのスーパーで日用品が買える。
	在那家超市可以買到日用品。

にっか 【日課】 ⓪	每天的例行工作　　　　　　　　　　　　★
	例 毎晩、英語を勉強するのを日課としている。
	把每晚讀英語當成每天的例行工作。

にっこう 【日光】 ①	日光
	例 小犬は日光を浴びている。
	小狗在做日光浴。

にっちゅう 【日中】 ⓪①	①⓪ 白天 ②① 日本跟中國　　　　　　★
	例 日中は勉強して、夜は家事をする。
	白天讀書，晚上做家事。

にってい 【日程】 ⓪	日程　　　　　　　　　　　　　　　　　★
	例 ピアノレッスンの日程はまだ決まっていない。
	鋼琴課的日程尚未決定。

にょうぼう 【女房】 ①	妻子；女官；侍女　　　　　　　　　　　★
	例 女房を殴る夫は、男ではないと思う。
	（我）認為打老婆的老公不是男人。

名詞

ぬヌ
▶ MP3-023

ぬの【布】 ⓪	布；麻布；棉布；粗布　★ 例 手織りの布でかばんを作った。 用手織的布做了包包。

ねネ
▶ MP3-024

ね【根】 ①	根；根底；根源；內心；本性　★ 例 根を断って葉を枯らす。 斬草除根。
ね【値】 ⓪	價錢，價格　★ 例 このコンピューターは値が張る。 這台電腦價格很貴。
ねがい【願い】 ②	願望；請求；申請書　★★ 例 彼女の転学願いが聞き入れられた。 她的轉學申請被批准了。
ねじ【螺子・捻子・捩子】 ①	螺絲 例 ねじをしっかりと締めた。 將螺絲好好地拴緊了。
ねずみ【鼠】 ⓪	老鼠；深灰色　★ 例 猫が鼠を追い掛けている。 貓在追老鼠。
ねったい【熱帯】 ⓪	熱帶 例 熱帯の果物を栽培する。 栽培熱帶的水果。
ねまき【寝間着・寝巻】 ⓪	睡衣　★ 例 寝間着のまま外出してはいけない。 不能就這樣穿著睡衣出門！
ねんかん【年間】 ⓪	一年的時間 例 売り上げは、年間十億台湾ドルに達する。 營業額一年達到十億台幣。

ねんげつ 【年月】 1	長時間 例 年月が経つにつれて、彼の英語はますます上手になってきた。 隨著時間的流逝，他的英語越來越厲害了。
ねんだい 【年代】 0	年代 ★ 例 歴史上の事件を年代順に並べた。 將歷史上的事件按照年代順序排列了。
ねんど 【年度】 1	年度 ★ 例 二千十八年度の売り上げを計算する。 計算二零一八年度的營業額。
ねんれい 【年齢】 0	年齢 ★★ 例 入学願書に氏名と年齢を記入してください。 請在入學申請書上寫下姓名與年齡。

のノ ▶ MP3-025

のう 【能】 1 01	①1 能力 ②01 能樂 例 能ある鷹は爪を隠す。 真人不露相。
のうさんぶつ 【農産物】 3	農產品 例 農協には季節の農産物が多い。 農業合作社有很多當季的農產品。
のうそん 【農村】 0	農村 例 農村は人口がだんだん少なくなってきた。 農村人口漸漸變少了。
のうみん 【農民】 0	農民 例 農民は農作物を作る。 農民種植農作物。
のうやく 【農薬】 0	農藥 例 これらの野菜には農薬が入っていない。 這些蔬菜沒有放農藥。

のうりつ 【能率】 ⓪	**効率** 例 生産能率を向上させるために新しい機械を導入した。 為了讓生產效率提高，引進了新機器。
のき 【軒】 ⓪	**屋簷** ★ 例 この大通りにはラーメン屋が軒を連ねている。 這條大街上拉麵店櫛比鱗次。
のこり 【残り】 ③	**剩餘；留下** ★★ 例 残り時間は三十分です。 剩餘時間是三十分鐘。
のぞみ 【望み】 ⓪	**願望；希望；聲望** ★★ 例 彼女と付き合うという望みが叶った。 跟她交往的願望實現了。
のはら 【野原】 ①	**原野** 例 その野原は大きな岩が多い。 那原野上有許多大岩石。
のびのび 【延び延び】 ⓪	**拖延** 例 昇進は延び延びになった。 升職變得遙遙無期。
のみかい 【飲み会】 ⓪②	**酒會** ★★ 例 昨夜の飲み会で、ワインをたくさん飲んだ。 在昨晚的酒會上，喝了很多紅酒。

は行

はハ

▶ MP3-026

はいく 【俳句】 ⓪	**俳句（由五、七、五，共十七個音節組成的日本短詩）** 例 俳句を作れる若者がだんだん少なくなってきた。 會做俳句的年輕人變得越來越少了。
パイプ 【pipe】 ⓪	**導管；菸斗；聯繫** 例 パイプを吸う人は多くない。 抽菸斗的人不多。

はか 【墓】 ②	墓地
	例 花で墓を覆った。
	用花覆蓋了墓地。

はかせ 【博士】 ①	博士 ★
	例 私のいとこは医学博士の学位を持っている。
	我的堂哥擁有醫學博士的學位。

はかり 【秤・計り・量り】 ⓪③	秤；計量；份量
	例 果物を秤にかけた。
	把水果過秤。

はきけ 【吐き気・吐気】 ③	噁心
	例 虫が嫌いで、写真を見ただけで吐き気がする。
	因為討厭蟲，所以光看照片就想吐。

はぐるま 【歯車】 ②	歯輪
	例 会社の社員は、機械の歯車のような存在だ。
	公司的員工就如同機器上的齒輪般存在。

バケツ 【bucket】 ⓪	水桶 ★
	例 このバケツは釣り用だ。
	這水桶是釣魚時用的。

はしご 【梯子・梯】 ⓪	梯子
	例 はしごから降りる時は、気を付けてください。
	下梯子時，請小心。

はす 【斜】 ⓪	歪斜
	例 大通りを斜に横切っては危ない。
	斜越大馬路很危險。

パス 【pass】 ①	通行許可證 ★★★
	例 彼らはパスを見せて入場した。
	他們出示通行許可證入場了。

はだ 【肌・膚】 ①	肌膚；事物的表層；風度；氣質 ★
	例 彼女には哲学家肌のところがある。
	她有哲學家的氣質。

パターン 【pattern】 ②	類型；版型 ★★ 例 下記のパターンに従って製作してください。 請按照以下的版型來製作。
はだか 【裸】 ⓪	裸體；裸露；精光 例 彼女は裸で寝る習慣がある。 她有裸睡的習慣。
はだぎ 【肌着】 ⓪③	汗衫 例 去年香港へ行ったとき、肌着をたくさん買った。 去年去香港時，買了許多汗衫。
はち 【鉢】 ②	鉢；花盆；頭蓋骨 例 キャンディーをガラスの鉢に盛った。 把糖果裝在玻璃盆裡。
はちうえ 【鉢植え・鉢植】 ⓪	盆栽 例 母はバラを鉢植えにした。 母親把玫瑰種在花盆裡。
ばつ ①	「×（叉叉）」符號 ★★ 例 間違えたところを「ばつ」で示した。 錯誤的地方用「×（叉叉）」符號表示了。
ばつ 【罰】 ①	懲罰 例 先生の厳しい罰を受けた。 受到了老師嚴厲的懲罰。
はついく 【発育】 ⓪	發育；成長 例 野菜の発育が悪い。 蔬菜的成長不良。
はなび 【花火】 ①	煙火 ★★ 例 毎年、国慶節には花火を打ち上げて祝う。 每年的國慶日都會放煙火慶祝。
はなよめ 【花嫁】 ②	新娘 ★ 例 早く娘の花嫁姿を見たい。 （我）想早點看到女兒當新娘的樣子。

はね 【羽・羽根】 ⓪	羽毛；翅膀；羽毛毽子；箭翎；機翼　　　　　　★
	例 この鳥は片方の羽が引き裂かれている。
	這隻鳥一邊的翅膀斷裂了。

ばね 【発条】 ①	彈簧；彈性
	例 ばねでドアを動かしたい。
	（我）想用彈簧來推動門。

ははおや 【母親】 ⓪	母親　　　　　　　　　　　　　　　　　★★
	例 彼女は駅へ母親を迎えに行った。
	她去車站接母親了。

はへん 【破片】 ⓪	破片，碎片
	例 この部屋は陶器の破片だらけだから、気を付けてください。
	這房間到處都是陶器碎片，請小心！

はり 【針】 ①	針；刺；勾；裁縫　　　　　　　　　　　★
	例 傷口を十六針縫った。
	傷口縫了十六針。

はりがね 【針金】 ⓪	鐵絲
	例 このたわしは針金で作られている。
	這刷子是用鐵絲做的。

はれ 【晴れ・晴】 ②	天晴；隆重；正式　　　　　　　　　　★★
	例 普段着で晴れの舞台に出るのは失礼だ。
	穿著便服出席正式場合是很沒禮貌的。

パンク 【puncture】 ⓪	爆胎；脹破；分娩；超過負荷
	例 博物館はパンク状態だ。
	博物館已達爆滿狀態。

はんけい 【半径】 ①	半徑
	例 半径は直径の半分だ。
	半徑是直徑的一半。

はんざい 【犯罪】 ⓪	犯罪	
	例 環境を整備すればするほど、犯罪の機会を軽減できる。	
	環境維護得越好，越能減少犯罪的機會。	

ばんざい 【万歳】 ③	萬歲；萬年；可喜可賀；沒辦法，投降 ★	
	例 万歳！夏休みが始まった！	
	萬歲！暑假開始了！	

はんじ 【判事】 ①	審判官	
	例 判事は審理の日を宣告した。	
	審判官宣告審理的日子。	

バンド 【band】 ⓪	帶，繩；鑲邊；樂團；束縛 ★	
	例 高校時代は友達とバンドを組んでいた。	
	高中時代跟朋友組了樂團。	

ハンドル 【handle】 ⓪	把手；方向盤 ★	
	例 車のハンドルが壊れた。	
	車子的把手壞了。	

ひヒ　　　▶MP3-027

ひ 【灯】 ①	燈；光	
	例 今夜は蛍の灯が見えるか。	
	今晚可以看見螢火蟲的光嗎？	

ひあたり 【日当たり・ 日当り・ 陽当たり・ 陽当り】 ⓪	日照；向陽 ★	
	例 この家は日当たりがよくない。	
	這棟房子日照不佳。	

ひがえり 【日帰り】 ⓪④	當天來回 ★★	
	例 旅行会社のツアーには、日帰りツアーもある。	
	旅行公司的行程中，也有當天來回的行程。	

ひきわけ 【引き分け・ 引分け・引分】 0	拉開；不分勝負 ★ 例 野球の試合は一対一の引き分けに終わった。 棒球比賽以一比一打成平手結束了。
ひげき 【悲劇】 1	悲劇 例 その時の悲劇を思い出した。 憶起了當時的悲劇。
ひこう 【飛行】 0	飛行 例 ほとんどの飛行機では、飛行中はインターネットが使えない。 在大部分的飛機飛行中，不能使用網路。
ひざし 【日差し・日差・ 陽射し・陽射】 0	陽光 ★ 例 明け方の日差しはとても弱い。 清晨的陽光非常微弱。
ピストル 【pistol】 0	短槍 例 学校の軍事訓練の授業で、ピストル射撃を練習したことがある。 在學校的軍訓課，曾練習過短槍射擊。
ビタミン 【vitamin】 2	維他命 ★ 例 健康のために、毎日ビタミンの錠剤を飲む。 為了健康，每天吃維他命錠劑。
ひっき 【筆記】 0	筆記 例 筆記試験に合格した。 考上了筆試。
ひっきしけん 【筆記試験】 5 4	筆試 例 運転免許試験には、筆記試験と実技試験がある。 考駕照有筆試跟路考。
ひづけ 【日付け・ 日付・日附】 0	日期 ★ 例 説明会の日付けを忘れた。 忘了説明會的日期。

ひっしゃ 【筆者】　①	筆者，作者 例 この文章の筆者は私のクラスメートだ。 這篇文章的作者是我的同學。
ひつじゅひん 【必需品】　⓪	必需品 例 辞書は外国語を勉強する人の必需品だ。 字典是學習外語的人的必需品。
ひとこと 【一言】　②	一句話　　　　　　　　　　　　　　　　★ 例 一言忠告したい。 （我）想奉勸你一句話。
ひとごみ 【人混み・人込み】⓪	人群，人潮　　　　　　　　　　　　　　★ 例 デパートの人混みは苦手だ。 不喜歡百貨公司的人潮。
ひとすじ 【一筋】　②	一條；一行；一線 例 一筋の涙が頬を流れた。 一行淚從臉頰流下。
ひとどおり 【人通り】　⓪	來往的行人　　　　　　　　　　　　　　★ 例 夜になると、この道は人通りが絶える。 一到晚上，這條路上人煙絕跡。
ひとみ 【瞳・眸】　⓪	瞳孔；眼睛 例 彼は瞳を凝らして彼女を見ている。 他凝視著她。
ひとめ 【人目】　⓪	他人眼光；世人眼光 例 この村は人目がうるさい。 這個村子人言可畏。
ひとりごと 【独り言】　⓪④	自言自語 例 あの子は時々独り言を言う。 那個孩子有時候會自言自語。
ひにく 【皮肉】　⓪	皮和肉（引申為身體）；表面；諷刺；挖苦；事與願違的結果 ★★ 例 彼は皮肉を言うのが好きな人だ。 他是個喜歡冷嘲熱諷的人。

ひにち 【日にち】 ⓪	日子；日期　　　　　　　　　　　　　　　★★
	例 説明会の日にちを覚えてください。
	請記得説明會的日期。

ひのいり 【日の入り・ 日の入】 ⓪	日落
	例 こんな美しい日の入りを見たことがない。
	不曾見過這麼美的日落。

ひので 【日の出】 ⓪	日出
	例 これは今まで見たうちで、一番美しい日の出だ。
	這是目前為止看過最美的日出。

ひび ②	（東西或感情）產生裂痕；身體出現毛病　　　★
	例 二人の関係にひびが入った。
	兩個人的關係出現了裂痕。

ひびき 【響き】 ③	聲響；迴響；影響；震動　　　　　　　　　★
	例 彼女の声には多少怒りの響きがある。
	她的聲音裡多少有生氣的情緒。

ひゃっかじてん 【百科事典】 ④	百科事典
	例 百科事典は知識の宝庫だと思う。
	（我）認為百科事典是知識的寶庫。

ひょう 【表】 ⓪	表格　　　　　　　　　　　　　　　　　　★
	例 最近の温度の変化を表で示す。
	用圖表表示最近溫度的變化。

ひよう 【費用】 ①	費用　　　　　　　　　　　　　　　　　★★
	例 彼は妹の旅の費用を負担している。
	他負擔妹妹的旅費。

ひょうし 【表紙】 ③⓪	封面　　　　　　　　　　　　　　　　　★★
	例 本の表紙に名前を書いてください。
	請在書的封面寫上名字。

ひょうしき 【標識】 ⓪	標誌
	例 プラスチック標識の上には「安全第一」と書いてある。
	塑膠標誌上寫著「安全第一」。

ひょうじゅん 【標準】 ⓪	**標準** ★ 例 家族は皆標準体型だ。 家人都是標準體型。	
びょうどう 【平等】 ⓪	**平等** 例 教師として、生徒を平等に扱うのは当たり前だ。 身為教師，公平對待學生是理所當然的。	
ひょうばん 【評判】 ⓪	**評價，名聲；傳聞；出名** ★ 例 あの映画は評判が高い。 那部電影評價高。	
ひよけ 【日除け・日避け】 ⓪	**遮陽的東西** 例 車の窓に日除けを付けたい。 （我）想在車窗裝遮陽的東西。	
ビル／ ビルディング ① 【building】 ①	**大樓** ★★ 例 この新しいビルはとても安全だ。 這棟新大樓很安全。	
ひるまえ 【昼前】 ③	**上午；接近中午** 例 明日の昼前、受付のところで会おう。 明天接近中午時，在櫃檯那邊碰面吧！	
ひろば 【広場】 ①	**廣場** 例 そのビルは駅前の広場に面している。 那棟大樓面對著車站前的廣場。	
ひん 【品】 ⓪	**物品；人品；風度；體面** ★ 例 そんな品のない言葉を使わないで。 不要説那麼粗俗的話！	
びん 【便】 ①	**班機；郵寄的梯次；機會** ★★ 例 韓国から日本に一日八便飛んでいる。 韓國到日本一天飛八個航班。	
ピン 【pin】 ①	**別針；髮夾；機栓；保齡球瓶** ★ 例 彼女はヘアピンでドアを開けようとした。 她打算用髮夾把門打開。	

びんづめ 【瓶詰・瓶詰め】 304	瓶装，罐装
	例 瓶詰の胡椒を買ってもらいたい。
	（我）想請你幫忙買瓶裝的胡椒粉。

ふフ

▶ MP3-028

ふうけい 【風景】 1	風景 ★
	例 田舎の風景の絵葉書をたくさん買った。
	買了許多鄉下的風景明信片。

ふうせん 【風船】 0	氣球 ★
	例 風船はゴムで作ったものだ。
	氣球是橡膠做的。

ふえ 【笛】 0	笛子；橫笛；哨子
	例 送別会で笛を吹くつもりだ。
	（我）打算在歡送會上吹笛子。

ふか 【不可】 1 2	不行；不好；不可；不及格 ★
	例 試験会場への携帯電話の持ち込み不可。
	不可攜帶手機進入試場。

ぶき 【武器】 1	武器；強項
	例 英語は彼女の武器だ。
	英語是她的強項。

ふきん 【付近・附近】 2 1	附近 ★
	例 この付近には本屋が一軒もない。
	這附近連一家書局也沒有。

ふくすう 【複数】 3	複數 ★
	例 複数の人がその交通事故を目撃した。
	很多人目擊了那場車禍。

ふくそう 【服装】 0	服裝；服飾 ★
	例 服装に凝る人は多くない。
	講究衣著的人不多。

ふさい 【夫妻】 ①②	夫妻 ★ 例 田中夫妻はお似合いの夫婦だ。 田中夫妻是很相配的夫婦。	

ふし 【節】 ②	（竹子等的）節；關節；段落；曲調；一塊魚片 例 年を取ると、体の節々がよく痛む。 上了年紀，常常全身關節痛。

ぶし 【武士】 ①	武士 例 武士は食わねど高楊枝。 打腫臉充胖子。

ぶしゅ 【部首】 ①	部首 例 この漢字の部首を調べてください。 請查查這個漢字的部首。

ふじん 【夫人】 ⓪	夫人 例 田中夫人はピアノが上手に弾ける。 田中夫人很會彈鋼琴。

ふじん 【婦人】 ⓪	婦人 例 そのニュースを聞くと、婦人の顔が青白くなった。 聽到那個消息，婦人的臉變得蒼白了。

ふせい 【不正】 ⓪	不正當 ★ 例 彼は試験で不正を働いた。 他考試作弊了。

ふたご 【双子・二子】 ⓪	雙胞胎 ★ 例 僕は双子の弟だ。 我是雙胞胎中的弟弟。

ふち 【縁】 ②	邊；緣；框 ★ 例 グラスの縁にレモンが刺さっている。 杯緣上插著檸檬片。

ふつう 【普通】 ⓪	普通，一般 ★★ 例 彼女は普通の人と考え方が違う。 她跟一般人的想法不同。

ぶっしつ 【物質】	⓪	**物質**
		例 この物質は環境汚染を引き起こしやすい。
		這種物質容易造成環境汙染。

ふで 【筆】	⓪	**毛筆；毛筆字；水墨畫；文筆**
		例 彼女はなかなか筆が立つ。
		她文筆相當好。

ぶひん 【部品】	⓪	**零件** ★
		例 このラジオは古いから、修理しようにも部品がなかなか見付からない。
		這台收音機很老舊，就算要修理也不太找得到零件。

ふぶき 【吹雪】	①	**暴風雪**
		例 吹雪のせいで、飛行機が欠航になった。
		因為暴風雪，飛機停飛了。

ぶぶん 【部分】	①	**部分** ★★
		例 このテーブルの足の部分は鉄で出来ている。
		這張桌子的桌腳部分是用鐵做的。

ふへい 【不平】	⓪	**不滿；牢騷**
		例 不平を言っても無駄だ。
		發牢騷也沒用。

ふぼ 【父母】	①	**父母** ★★
		例 彼は幼い頃に父母を失った。
		他年幼時就失去了父母。

ブラシ 【brush】	①②	**刷子** ★★
		例 ブラシで湯船を擦る。
		用刷子刷浴缸。

プラン 【plan】	①	**計畫；方案** ★★
		例 本を書くプランを立てた。
		訂了寫書的計畫。

フリー 【free】 ②	自由；免費 ★★ 例 著作権フリーの素材を使おうと思う。 （我）想使用著作權免費的素材。	
ふりがな 【振り仮名】 ③⓪	漢字旁的假名標記 ★★ 例 六年生の国語教科書の漢字には、振り仮名が付いていない。 六年級的國語教科書，並未在漢字旁標記假名。	
ふりょう 【不良】 ⓪	（品質或品行）不良；瑕疵 ★ 例 このコンピューターは不良品だ。 這台電腦是瑕疵品。	
ふるさと 【故郷・古里・ 故里】 ②③	故郷，老家 ★ 例 彼女は故郷の方言が話せない。 她不會說老家的方言。	
ブローチ 【broch】 ②	胸針 例 母はブラウスにブローチを付けている。 母親襯衫上別著胸針。	
プログラム 【program】 ③	節目；程序表；電腦計算程式 ★★ 例 今日の試合のプログラムは次の通りだ。 今天的比賽程序表如下。	
ふろしき 【風呂敷】 ⓪	包巾；包袱 ★ 例 弁当を風呂敷で包んだ。 便當用包巾包起來了。	
ぶん 【文】 ①	文章；句子 ★★ 例 彼女は文を作るのが上手だ。 她擅長作文。	
ふんいき 【雰囲気】 ③	氣氛；氣質；大氣層 ★★ 例 彼女はミステリアスな雰囲気の人だ。 她是一個有神秘氣氛的人。	

ぶんげい 【文芸】　[0][1]	文藝 例 彼は詩や小説などの<u>文芸</u>を研究している。 他正在研究詩、小説等等的文藝。
ぶんけん 【文献】　[0]	文獻 例 文末に五十音順で参考文献を付けた。 文末以五十音的順序列出了參考文獻。
ふんすい 【噴水】　[0]	噴水；噴水池 例 噴水から水が出ている。 噴水池噴著水。
ぶんみゃく 【文脈】　[0]	文脈；文理 例 前後の文脈が分からないと、翻訳しづらい。 不知道前後的文脈的話，不好翻譯。
ぶんめい 【文明】　[0]	文明 例 文明が進むにつれて、多くの古い風俗は自然に衰えていく。 隨著文明的進步，許多古老的風俗自然衰退。
ぶんや 【分野】　[1]	範圍；領域；層面　★ 例 彼らの子供達は、社会の各分野で活躍している。 他們的孩子們，在社會各層面活躍著。
ぶんりょう 【分量】　[3]	分量；數量　★ 例 小麦粉の分量を増やしなさい。 請增加麵粉的分量。

へへ
▶ MP3-029

へいや 【平野】　[0]	平原 例 その平野には小さな石が多い。 那平原上小石塊很多。
べっそう 【別荘】　[3]	別墅 例 山の上には別荘が立ち並んでいる。 山上有許多別墅座落排列著。

ヘリコプター 【helicopter】 ③	直升機 ★
	例 難民達はヘリコプターで救出された。
	難民們被直升機救出了。

べん 【便】 ①	方便；大小便 ★
	例 村の人への便を図りたい。
	（我）想為村人謀求方便。

ペンチ 【pinchers】 ①	老虎鉗
	例 ペンチで釘を抜いた。
	用老虎鉗將釘子拔除。

ほ ホ

▶ MP3-030

ぼう 【棒】 ⓪	棒棍；指揮棒；粗線 ★
	例 この棒は鉄で作られている。
	這根棍棒是用鐵所製成的。

ぼうえんきょう 【望遠鏡】 ⓪	望遠鏡
	例 望遠鏡で星を見よう。
	用望遠鏡來看星星吧！

ほうがく 【方角】 ⓪	方位；方向；角度 ★
	例 火事は東の方角だ。
	火災在東邊的方向。

ほうき 【箒・帚】 ⓪①	掃帚
	例 箒で教室を掃いてください。
	請用掃帚掃教室。

ほうげん 【方言】 ③⓪	方言 ★★
	例 彼は故郷の方言が聞き取れない。
	他聽不懂老家的方言。

ほうこう 【方向】 ⓪	方向 ★★★
	例 私は方向音痴だ。
	我是路癡。

ぼうさん 【坊さん】 0	和尚
	例 あのお坊さんはお経を読んでいる。
	那位和尚正在誦經。

ほうしん 【方針】 0	方針 ★
	例 新年度にはっきりとした方針を立てた。
	在新年度訂定了明確的方針。

ほうせき 【宝石】 0	寶石 ★
	例 宝石をイヤリングに加工した。
	將寶石加工成耳環。

ほうそく 【法則】 0	法則；定律，規律
	例 万有引力の法則を発見したのはニュートンだ。
	發現萬有引力定律的是牛頓。

ほうていしき 【方程式】 3	方程式
	例 この学生は方程式を解くのが早い。
	這名學生解方程式解得很快。

ぼうはん 【防犯】 0	防止犯罪 ★
	例 防犯のために、監視カメラを設置した。
	為了防止犯罪，設置了監視器。

ほうめん 【方面】 3	方面；領域 ★★
	例 彼女は言語学の中でも、特に発音方面に詳しい。
	她在語言學中，特別精通發音方面。

ぼうや 【坊や】 1	小寶寶，小男孩；未見過世面的人
	例 叔母の二歳の坊やがとても可愛い。
	阿姨的兩歲大的小男孩非常可愛。

ぼくじょう 【牧場】 0	牧場
	例 定年後、牧場を経営したい。
	退休後，（我）想經營牧場。

ぼくちく 【牧畜】 0	畜牧業
	例 オーストラリアは牧畜が発達している。
	澳洲畜牧業發達。

ほけん 【保健】 ⓪	保健 ★ 例 体育の時間に怪我をしたので、保健室に行った。 因為體育課的時候受傷了，所以去了保健室。	
ほけん 【保険】 ⓪	保險 ★★ 例 二十歳になってすぐ保険に入った。 一到二十歲就投保了。	
ほこり 【埃】 ⓪	灰塵 ★★ 例 二週間の海外旅行から家へ帰ると、部屋が埃だらけ だった。 經過兩週的海外旅遊回到家，房間滿是灰塵。	
ほこり 【誇り】 ⓪	驕傲；自豪；自尊心 ★ 例 彼の話は私の誇りを傷つけた。 他的話傷了我的自尊心。	
ポスター 【poster】 ①	海報 ★★ 例 会社の掲示板にポスターを貼った。 在公司的公布欄張貼了海報。	
ほっきょく 【北極】 ⓪	北極 例 初めて徒歩で北極に到達したのはイギリス人だった。 初次徒步到達北極的是英國人。	
ぼっちゃん 【坊ちゃん】 ①	令郎；少爺；不諳世事的人 ★ 例 彼はいいところのお坊ちゃんだ。 他是好人家的少爺。	
ほとけ 【仏】 ⓪③	佛，佛像；死者；像佛般仁慈的人 例 知らぬが仏。 眼不見心不煩。	
ほのお 【炎・焔】 ①	火焰；火苗 例 蝋燭の赤い炎が揺れている。 蠟燭的紅色燭光搖曳著。	

ほり 【堀・濠・壕】 ②	溝渠；護城河
	例 排水用の堀を掘った。
	挖了排水用的溝渠。

ほり 【彫り】 ②	雕刻；輪廓
	例 彼女は彫りが深い。
	她的輪廓很深。

ぼろ 【襤褸】 ①	襤褸，破爛衣服；破綻，漏洞，缺點 ★
	例 襤褸で家具の掃除をする。
	用破爛衣服擦拭家具。

ぼん 【盆】 ⓪	托盤；盂蘭盆節（近似台灣的中元節） ★
	例 八月のお盆には、みんな墓参りに行く。
	八月份盂蘭盆節的時候，大家都去掃墓。

ぼんち 【盆地】 ⓪	盆地
	例 川の盆地には一般的に肥えた農地がある。
	河川的盆地一般都有著肥沃的農地。

ほんもの 【本物】 ⓪	真貨；道地 ★★
	例 この二つの花瓶はそっくりだから、偽物と本物を見分けられない。
	這兩個花瓶極為相似，無法分辨真偽。

ほんらい 【本来】 ①	原來；應該
	例 本来ならば、電話で彼女に知らせるところだ。
	按道理，應該打電話通知她一下。

ま行

まマ ▶ MP3-031

マーケット 【market】 ①③	市場；商場 ★
	例 今年から、海外のマーケットを開拓しようと思う。
	今年開始，（我）打算開拓海外市場。

まいご 【迷子】 ①	走失的孩子　★ 例 息子が遊園地で迷子になってしまった。 （我）兒子在遊樂園走失了。
まえがみ 【前髪】 ⓪	瀏海 例 今回は前髪だけ切ってほしい。 （我）這次只想剪瀏海。
まく 【幕】 ②	劇幕；布幕；場合；（相撲）一流力士 例 観劇が好きで、幕が上がる瞬間はとても興奮する。 喜歡看戲，開幕那一瞬間非常興奮。
ましかく 【真四角】 ③②	正方形 例 あの漫画の主人公は顔が真四角だ。 那本漫畫主角的臉是正方形的。
マスク 【mask】 ①	面具；面罩；口罩；容貌　★★ 例 風邪が流行っているので、マスクをつけようと思う。 因為感冒在流行，所以（我）想要戴口罩。
まつ 【松】 ①	松樹；松枝（新年裝飾門前七天） 例 松の内が過ぎた。 正月初七過了。
まっさき 【真っ先】 ③④	首先，最先；最前面 例 毎朝、真っ先に庭の花に水をやる。 每天早上，先幫院子裡的花澆水。
まどぐち 【窓口】 ②	窗口　★ 例 入場券は、赤の窓口で購入してください。 入場券，請在紅色窗口購買。
まふゆ 【真冬】 ⓪	寒冬，嚴冬 例 真冬は道路が凍る恐れがある。 在嚴冬，道路有結冰的危險。
まめ 【豆】 ②	豆子　★ 例 遠くから見ると、人が豆のように見える。 從遠處看，人看起來像豆子一樣。

マラソン 【marathon】 ⓪	馬拉松；耗時費勁的工作　★ 例 今度のマラソン大会に参加するつもりだ。 （我）打算參加下次的馬拉松比賽。
まわりみち 【回り道】 ③⓪	彎路，繞道 例 今日家に帰る途中、回り道をするつもりだ。 今天回家途中，（我）打算繞路。
まんいち 【万一】 ①	萬一　★★ 例 万一に備えて、色々な準備をした。 預防萬一，做好了各種準備。
まんいん 【満員】 ⓪	客滿；名額已滿　★ 例 ラッシュ時は、どの電車も満員だ。 尖峰時間，每輛電車都是客滿的。
まんてん 【満点】 ③	滿分；頂級　★ 例 このレストランのサービスは満点だ。 這家餐廳服務滿分。
まんまえ 【真ん前】 ③	正前方，對面 例 駅の真ん前の建物は図書館だ。 車站正對面的建築物是圖書館。

みミ

▶ MP3-032

みかけ 【見掛け・見掛】 ⓪	外觀，外表，外貌　★ 例 人は見掛けに寄らない。 人不可貌相。
みかた 【見方】 ②③	看法，見解；用法　★ 例 父は物事の見方が多角的だ。 父親對事物的見解是多方面的。
みかづき 【三日月】 ⓪	新月；月牙型 例 彼女は眉が三日月のような形をしている。 她的眉毛呈月牙型。

みさき 【岬】 ⓪	**海角** 例 その岬は広い水域まで伸びている。 那個海角綿延到深廣的水域。	
みずぎ 【水着】 ⓪	**泳衣；青蛙裝** 例 水着に着替えて泳ごう。 換上泳裝去游泳吧！	
みぞ 【溝】 ⓪	**水溝；槽溝；隔閡** 例 小犬が溝に落ちてしまった。 小狗掉進水溝裡了。	
みちじゅん 【道順】 ⓪	**路線；過程** ★ 例 この標識は道順を示している。 這標誌標示著路線。	
みつ 【蜜】 ①	**蜂蜜；糖蜜** 例 蝶が花の蜜を吸う。 蝴蝶採花蜜。	
みぶん 【身分】 ①	**身分** ★★ 例 留学生の身分でこの国にやってきた。 以留學生的身分來到這個國家。	
みほん 【見本】 ⓪	**樣品；典型** ★★ 例 この見本の通りに作ってください。 請按照這個樣品來做。	
みやげ 【土産】 ⓪	**特產；禮品** ★★★ 例 オーストラリアで両親にあげるお土産を買った。 在澳洲買了要給父母的特產。	
みやこ 【都】 ⓪	**首都；首府；城市** 例 パリは花の都と言われている。 巴黎被稱為花都。	
みりょく 【魅力】 ⓪	**魅力，吸引力** ★★ 例 ゴルフには魅力がある。 高爾夫球對我有吸引力。	

みんよう 【民謡】　0	民謡
	例 彼は日本の民謡を研究している。
	他正在研究日本的民謡。

むム

▶ MP3-033

むげん 【無限】　0	無限　　　　　　　　　　　　　　　★
	例 あの子は無限の可能性を持っている。
	那個孩子有無限的可能性。

むこうがわ 【向こう側】　0	對面；另一側　　　　　　　　　　　★
	例 学校は橋の向こう側にある。
	學校在橋的另一側。

むしば 【虫歯】　0	蛀牙　　　　　　　　　　　　　　　★
	例 虫歯が痛いから、抜きたい。
	因為蛀牙好痛，所以（我）想拔掉。

むりょう 【無料】　0	免費；義務　　　　　　　　　　★★★
	例 十二歳以下の子供だけが入場無料だ。
	僅限十二歳以下的孩童，免費入場。

むれ 【群れ・群】　2	一群；一夥
	例 魚は群れを成して泳いでいる。
	魚成群地游著。

めメ

▶ MP3-034

め 【芽】　1	芽；事情的苗頭
	例 じゃが芋の芽を取り除いた。
	把馬鈴薯的芽挖掉了。

めいさく 【名作】　0	名作；傑作
	例 この絵は油彩画界にとって意味深い名作だ。
	這幅畫在油畫界是意義深遠的名作。

めいしょ 【名所】　0 3	**名勝** 例 私達は花蓮の名所巡りをした。 我們參觀了花蓮名勝。
めいしん 【迷信】　0 3	**迷信** 例 民間の迷信を打破した。 打破了民間的迷信。
めいじん 【名人】　3	**名人；健將；能手**　★ 例 大谷翔平は野球の名人だ。 大谷翔平是棒球健將。
めいぶつ 【名物】　1	**名產；有名的人事物** 例 お茶は台湾の名物だ。 茶葉是台灣的名產。
めいめい 【銘々・銘銘】　3	**各自** 例 銘々の部屋に小型の冷蔵庫がある。 各自的房間裡都有小型的冰箱。
メーター 【meter】　0	**儀表（水表、電表、瓦斯表等）；（計程車的）計程表**　★ 例 毎晩クーラーを入れて寝ると、電気メーターがぐんぐん上がる。 每天晚上開冷氣睡覺的話，電表度數就會直線上升。
めし 【飯】　2	**飯；開飯**　★ 例 息子は毎晩、白飯を二杯食べる。 兒子每天晚上吃兩碗飯。
めした 【目下】　0 3	**晚輩；部下**　★ 例 目下の人を可愛がるのは当たり前だ。 疼愛晚輩是應該的。
めじるし 【目印】　2	**記號，標記**　★ 例 辞書に目印を付ける習慣がある。 有在字典上做記號的習慣。

めまい 【目眩い・眩暈】 ②	眩暈，頭昏眼花 例 眩暈_{めまい}がするから、医者_{いしゃ}に行_いきたい。 因為眩暈，所以（我）想去看醫生。
めやす 【目安】 ①⓪	標準；目標 ★★ 例 クリームの使用量_{しようりょう}の目安_{めやす}は五百円玉硬貨_{ごひゃくえんだまこうか}の大_{おお}きさです。 潤膚霜的用量標準是五百日圓硬幣的大小。
めんぜい 【免税】 ⓪	免税 ★ 例 「tax-free」は、消費税_{しょうひぜい}だけが免税_{めんぜい}になる店_{みせ}だ。 「tax-free」是只有消費税免税的商店。
めんせき 【面積】 ①	面積 ★ 例 タイの面積_{めんせき}は世界_{せかい}で五十位_{ごじゅうい}となっている。 泰國的面積是世界第五十名。
メンバー 【member】 ①	成員；隊員 ★★★ 例 彼_{かれ}らはロータリークラブのメンバーだ。 他們是扶輪社的成員。

も モ

▶ MP3-035

もうしわけ 【申し訳・申訳】 ⓪	申辯，辯解 ★★ 例 そんなことを言_いって、申_{もう}し訳_{わけ}が立_たつと思_{おも}うのか。 （你）認為那麼説，就能辯解了嗎？
モーター 【motor】 ⓪①	馬達 例 モーターのオイルが切_きれた。 馬達的油用光了。
もくざい 【木材】 ②⓪	木材 例 この森_{もり}は木材_{もくざい}を産出_{さんしゅつ}する。 這座森林出產木材。
もくじ 【目次】 ⓪	目次，目錄 ★ 例 本_{ほん}を読_よむ時_{とき}、まず目次_{もくじ}を見_みる。 看書時，先看目錄。

もくひょう
【目標】 ⓪

目標 ★★

例 自分の人生の目標は自分で立ててください。

自己的人生目標請自己訂定。

もじ
【文字】 ①

字，文字；文章；學問 ★★

例 文字と文字の間は、三ミリの間隔を開けてください。

字與字之間請間隔三釐米。

もち
【餅】 ⓪

年糕；糕點 ★

例 餅は餅屋。

老馬識途。

モデル
【model】 ⓪①

模型；模範；模特兒 ★★

例 この絵画は母をモデルとして描いたものだ。

這幅繪畫是以母親為模型所畫出來的。

もと
【元・本・基】 ②⓪

根源；基礎；原料；本錢 ★

例 元も子もなくなる。

賠了夫人又折兵。

もの
【者】 ②

人 ★

例 二十歳以下の者は入場禁止だ。

二十歲以下者禁止入場。

ものおき
【物置】 ②③④⓪

小屋；倉庫

例 物置からテーブルと椅子を出した。

從倉庫搬出桌子與椅子。

ものおと
【物音】 ②③④

聲音，聲響

例 私達は昨夜、大きな物音で目が覚めた。

我們昨晚被巨大的聲響吵醒了。

ものがたり
【物語】 ③

講述的內容；故事，傳奇 ★★★

例 この料理には、こんな物語が伝わっている。

關於這道菜，有這樣的傳說。

ものごと
【物事】 ②

事物；事情 ★

例 物事がますます複雑になってきた。

事情越來越複雜了。

ものさし 【物差し・物差・ 物指し・物指】③④	尺；尺度 ★ 例 彼は普通の人と物差しが違う。 他與一般人的尺度不同。
モノレール 【monorail】③	單軌電車 例 東京モノレールの時刻表を持っている。 有東京單軌電車的時刻表。
もよおし 【催し】⓪	舉辦；藝文活動；催促 ★ 例 学園祭では色々な催しが行われる。 校慶舉行各式各樣的藝文活動。

や行

やく 【役】②	角色；職務；任務；用途 ★★ 例 この器材はきっと役に立つと思う。 （我）認為這器材一定會有幫助。
やくしゃ 【役者】⓪	演員；有辦法的人 ★ 例 彼は有名な役者になった。 他成了有名的演員。
やくしょ 【役所】③	政府機構 例 定年で役所を退いた。 到了退休年齡，從政府機構退休。
やくにん 【役人】⓪	官員 例 彼は内政部の役人だ。 他是內政部的官員。
やくひん 【薬品】⓪	藥品 ★ 例 これは家庭に常備しておく薬品だ。 這是家庭常備的藥品。

やくめ 【役目】 ③	職責；職務 ★
	例 ベビーシッターの役目は子供の世話をすることだ。
	褓姆的職責就是照顧小孩。

やくわり 【役割】 ③⓪	分配的任務或角色；分配任務或角色的人 ★
	例 一日も早く自分の役割を果たしたい。
	（我）想早日完成自己的任務。

やこう 【夜行】 ⓪	夜間行走；夜間行駛的車
	例 夜行バスで花蓮を発った。
	坐夜車離開了花蓮。

やじるし 【矢印】 ②	箭頭符號 ★★
	例 矢印は新竹へ行く方向を示す。
	箭頭符號表示往新竹的方向。

やっきょく 【薬局】 ⓪	藥局
	例 あの薬局は夜十時まで開いている。
	那家藥局開到晚上十點。

やど 【宿】 ①	家，住所；過夜處；旅館 ★
	例 駅の近くの宿を探している。
	正在車站附近找旅館。

ゆユ

▶ MP3-037

ゆいいつ 【唯一】 ①	唯一 ★★
	例 ドラマを見るのが、祖母の唯一の趣味だ。
	看電視劇是奶奶唯一的興趣。

ゆうえんち 【遊園地】 ③	遊樂場 ★
	例 私達は、何回もその遊園地へ行った。
	那個遊樂場我們去了好幾次。

ゆうこう 【友好】 ⓪	友好
	例 両国は友好関係を築いた。
	兩國建立了友好關係。

ゆうじょう【友情】 ⓪	友情，友誼 ★
	例 私達は変わらない友情を大切にしている。
	珍惜我們不變的友誼。

ゆうしょく【夕食】 ⓪	晩餐，晩飯 ★★
	例 夕食はカレーライスにした。
	晚餐吃了咖哩飯。

ゆうだち【夕立】 ⓪	驟雨，雷陣雨
	例 夕立では常に雷が鳴る。
	雷陣雨常常伴隨著打雷。

ゆうひ【夕日・夕陽】 ⓪	夕陽
	例 赤い空が夕日で照り映えている。
	夕陽映照成紅紅的天空。

ゆうらんせん【遊覧船】 ⓪	遊覽船
	例 遊覧船で海中の生物を見物した。
	搭乘遊覽船參觀了海裡的生物。

ゆうりょう【有料】 ⓪	收費 ★★★
	例 この駐車場は有料だ。
	這個停車場是收費的。

ゆかた【浴衣】 ⓪	浴衣 ★
	例 花火大会は浴衣の人でいっぱいだ。
	在煙火大會穿浴衣的人很多。

ゆくえ【行方】 ⓪	行蹤，去向；前途
	例 彼女の息子は今も行方が分からない。
	她兒子目前仍然下落不明。

ゆげ【湯気】 ①	熱氣，水蒸氣
	例 フライパンから湯気が出ている。
	從平底鍋冒出熱氣。

よ ヨ

▶ MP3-038

よあけ 【夜明け・夜明】 ③	黎明，拂曉 例 毎朝、夜明けの時間になるとすぐ目が覚める。 每天早上，天一亮就醒了。
ようがん 【溶岩・熔岩】 ①	熔岩 例 この火山が溶岩を噴出したのは二十年前だった。 這座火山噴出熔岩是二十年前了。
ようき 【容器】 ①	容器 ★ 例 持ち帰り用の容器をください。 請給我外帶用的容器。
ようきゅう 【要求】 ⓪	要求；需要 ★★★ 例 彼女は仕事が出来るが、他人への要求も多い。 她很會工作，但對別人的要求也很多。
ようご 【用語】 ⓪	用語，措辭；專業術語 例 毎年、数多くの新しい用語が作り出されている。 每年都有很多新的用語產生。
ようし 【要旨】 ①	要旨，要點 例 この文章の要旨をまとめてみてください。 請試著整理一下這篇文章的要旨。
ようす 【様子】 ⓪	樣子；情況；跡象 ★★★ 例 家に帰って、会社の様子を主人に話した。 回家後，把公司的情況跟老公說了。
ようせき 【容積】 ①	容積，體積；容量 例 容積を計算する方法を習っている。 正在學容積的計算方法。
ようそ 【要素】 ①	要素，主要成分；因素 例 栄養は健康に不可欠な要素だ。 營養是健康不可欠缺的要素。

ようてん 【要点】 ③	要點，重點　★ 例 今日のスピーチの要点を書き出した。 摘錄了今天演講的重點。
ようと 【用途】 ①	用途，用處　★ 例 小麦粉は用途が多い。 麵粉的用途很廣。
ようひんてん 【洋品店】 ③	西洋服飾用品店 例 洋品店でブラウスを三着買った。 在西洋服飾用品店買了三件女用襯衫。
ようぶん 【養分】 ①	養分 例 血液は酸素と養分を組織に運ぶ。 血液運送氧氣與養分到組織。
ようもう 【羊毛】 ⓪	羊毛 例 羊毛のセーターをクリーニングに出したい。 （我）想將羊毛的毛衣送洗。
ようりょう 【要領】 ③	要領，竅門；手腕　★ 例 彼の演説は要領を得ていた。 他的演説有抓到要領。
ヨーロッパ 【（葡）Europa】 ⑤	歐洲　★★ 例 両親はヨーロッパ大陸を旅行している。 父母親正在歐洲大陸旅行。
よさん 【予算】 ⓪	預算　★ 例 立法院は国防と外交の予算を編成した。 立法院編列了國防與外交的預算。
よそ 【余所・他所】 ①②	別處；與己無關　★ 例 本籍を他所に移そうと思う。 （我）想把戶籍遷到別處。
よつかど 【四つ角】 ⓪	四個角；十字路口 例 あの四つ角を右へ曲がってください。 請在那個十字路口右轉。

ヨット【yacht】 1
遊艇
例 このヨットは今現在、一番速く走れるヨットだ。
這艘遊艇是目前能開得最快的遊艇。

よなか【夜中】 3 ★
半夜
例 もう夜中を過ぎたが、まだ眠れない。
已經過了半夜了，但還是睡不著。

よび【予備】 1 ★
預備；備用
例 予備のタオルを下さい。
請給我備用的毛巾。

よほう【予報】 0 ★★
預報
例 天気予報は当たらない。
天氣預報不準。

よめ【嫁】 0 ★
新娘，老婆；兒媳婦
例 君はいいお嫁さんになるよ。
妳會成為好老婆的呦！

よゆう【余裕】 0 ★★
從容，沉著；餘裕，剩餘
例 忙し過ぎて、休暇をとる余裕がない。
太忙了，沒有時間休假。

ら行

らラ
▶MP3-039

らくらい【落雷】 0
雷擊
例 お爺さんは落雷に遭って死んだ。
老爺爺遭遇雷擊死掉了。

らせん【螺旋】 0
螺旋狀；螺絲
例 螺旋状の形をしたパスタが一番気に入っている。
最喜歡螺旋狀的義大利麵。

ランニング【running】 0 ★
慢跑
例 ランニング用の靴を用意した。
準備了慢跑用的鞋子。

りリ

▶ MP3-040

りえき 【利益】 ①	利益	

例 自分の利益を捨てて、他人の福祉を図る。

捨棄自己的利益，謀求他人的福祉。

| りがい
【利害】 ① | 利害 |

例 彼らの間には利害の衝突がある。

他們之間有著利害的衝突。

| りく
【陸】 ⓪② | 陸地；陸軍 |

例 船が陸に向かって航行している。

船正向陸地航行。

| りこしゅぎ
【利己主義】 ③ | 利己主義 |

例 彼女は徹底した利己主義者だ。

她是個徹底的利己主義者。

| リズム
【rhythm】 ① | 節奏；旋律；格調 |

例 歌手は軽快なリズムで、歌を歌っている。

歌手以輕快的旋律唱著歌。

| りそう
【理想】 ⓪ | 理想 ★★ |

例 現実と理想は違う。

現實與理想不一樣。

| リットル
【（法）litre】 ⓪ | 公升 ★ |

例 この紙パックは二リットル入りだ。

這個鋁箔包是兩公升裝的。

| りゅういき
【流域】 ⓪ | 流域 |

例 その川は去年、流域を水浸しにした。

那條河去年造成該流域淹水。

| りょう
【寮】 ① | 宿舎 ★ |

例 私の大学には寮がある。

我就讀的大學有宿舍。

りょうじ 【領事】　①	領事
	例 彼はインドの日本領事館に勤めている。
	他在印度的日本領事館上班。

りょうたん 【両端】　③⓪	兩端，兩頭
	例 縄の両端を繋ぎ合わせた。
	把繩子的兩端繫在一起。

りょうめん 【両面】　⓪③	（正反或表裡）兩面；兩個方面
	例 両面に印刷してください。
	請雙面印刷。

りょくおうしょく 【緑黄色】　③	黃綠色
	例 緑黄色野菜は免疫力を高められると言われている。
	據說黃綠色蔬菜可以提升免疫力。

りんじ 【臨時】　⓪	臨時；暫時
	例 今月は臨時の収入がある。
	這個月有外快。

れレ

▶ MP3-041

れいてん 【零点】　③⓪	零分；沒資格　★
	例 彼女は数学の試験で零点を取った。
	她數學考試考了零分。

れいとう しょくひん 【冷凍食品】　⑤	冷凍食品　★
	例 冷凍食品にも賞味期限がある。
	冷凍食品也有賞味期限。

レクリエーション 【recreation】　④	消遣，娛樂　★
	例 この介護施設はレクリエーション施設が充実している。
	這家照護中心的娛樂設施豐富。

レジャー 【leisure】　①	休閒　★★
	例 この地域にはたくさんのレジャー施設がある。
	這區域有許多休閒設施。

れっとう 【列島】 0	**列島**	

例 この番組は、日本が今の列島の形になるまでの成り立ちを紹介する。

這節目介紹現今日本列島成形的演變過程。

れんが 【煉瓦】 1	**磚頭**	

例 この大学の校舎は煉瓦造りだ。

這所大學的校舍是磚頭建築。

れんごう 【連合・聯合】 0	**聯合**	★

例 五つの大学による連合がイベントを開催する。

五所大學的聯合辦活動。

レンズ 【（荷）lens】 1	**鏡片；鏡頭**	★

例 一眼レフカメラのレンズを買い替えた。

買了單眼相機替換的新鏡頭。

ろロ
▶ MP3-042

ろうそく 【蝋燭】 3 4	**蠟燭**	★

例 誕生日ケーキに蝋燭を灯した。

在生日蛋糕上點了蠟燭。

ロビー 【lobby】 1	**大廳**	★★

例 明日ホテルのロビーで待ち合わせて、遊びに行こうよ。

明天在飯店的大廳碰面，然後去玩玩吧！

ろんぶん 【論文】 0	**論文**	

例 彼女は台湾の政治の見通しについての論文を発表した。

她發表了有關台灣政治展望的論文。

わ行

わワ
▶ MP3-043

わ 【輪・環】 1	**圏，環；車輪**	★

例 みんな、輪になるように立ってください。

請大家圍成一個圈站好。

わえい 【和英】 ⓪	日英，日語和英語 ★ 例 その子は、本棚の和英辞典を取ろうと手を伸ばした。 那個孩子想伸手拿書架上的日英字典。
わかば 【若葉】 ①	嫩葉 例 春になると、桜の木には若葉が萌え出る。 春天一到，櫻花樹便冒出新芽。
わき 【脇・腋】 ②	腋下；衣服的腋窩處；旁邊 ★ 例 彼女は本を脇に挟んでいる。 她將書夾在腋下。
わた 【綿・棉】 ②	棉；棉花；棉絮 ★ 例 白雲が綿のように見える。 白雲看起來像棉花。
わだい 【話題】 ⓪	話題 ★★ 例 話題を逸らさないでください。 請別把話題岔開。
わふく 【和服】 ⓪	和服 ★ 例 彼女は和服がよく似合う。 她很適合和服。
わるくち・ **わるぐち** 【悪口】 ②	壞話 ★ 例 陰で人の悪口を言う人が嫌いだ。 討厭背地裡說人壞話的人。
ワンピース 【one-piece】 ③	連身裙 ★ 例 妹はワンピースがよく似合う。 妹妹很適合連身裙。

あちこち ②③	到處，各處 ★★
	例 小犬があちこち歩き回っている。
	小狗到處走來走去。

あちらこちら ④	到處，各處 ★
	例 小鳥があちらこちらへ飛んでいる。
	小鳥到處飛來飛去。

あれら ②	那些（指距離對話雙方皆遠的人事時地物） ★
	例 あれらは私の大学時代の写真だ。
	那些是我大學時期的照片。

おまえ 【お前】 ⓪	你（對同輩或晚輩的稱呼） ★★
	例 お前は誰だ？
	你是誰？

かたがた 【方々・方方】 ②	您們，各位，諸位；表示複數 ★★
	例 ご来賓の方々をご紹介いたします。
	讓我們介紹本次與會的來賓。

これら ②	這些（指距離說話者較近、聽話者較遠的人事時地物） ★
	例 これらは参考文献だ。
	這些是參考文獻。

それら ②	那些（指距離說話者較遠、聽話者較近的人事時地物） ★
	例 それらは陳さんの本だ。
	那些是陳小姐的書。

なになに 【何々・何何】 ②①	什麼；某某人；某件事 ★★
	例 「何々するための方法」を紹介した本を「ハウツー本」という。
	介紹「為了做某件事的方法」的書叫做「how-to 書」。

メモ

　　新日檢 N2 當中，以「い」結尾的「形容詞」占了 2.10%，如「青白い（蒼白的）」、「賢い（聰明的）」、「騒がしい（吵鬧的）」、「懐かしい（令人懷念的）」、「馬鹿らしい（愚蠢的）」……等，都是 N2 考生必須熟記的基礎必考單字。

あ行

▶ MP3-045

あおじろい 【青白い】　④	蒼白的 例 彼女は体が弱いから、顔が青白い。 她身體弱，所以臉色蒼白。	
あつかましい 【厚かましい】　⑤	厚臉皮的，厚顏無恥的 例 あの女は厚かましくて嫌になる。 那個女人厚臉皮，很討人厭。	
あやうい 【危うい】　③⓪	危險的 例 このままでは危ういと思った。 （我）原本以為一直這樣會很危險。	
あやしい 【怪しい】　③⓪	奇怪的；可疑的；靠不住的　　　　　★★ 例 明後日の天気は怪しい。 後天的天氣靠不住。	
あらい 【荒い】　⓪②	粗暴的；洶湧的；猛烈的 例 彼は気性が荒い。 他脾氣粗暴。	
あらい 【粗い】　⓪	粗糙的　　　　　★ 例 彼女は肌が粗い。 她皮膚粗糙。	
ありがたい 【有難い】　④	寶貴的，難得的；值得感謝的；值得慶幸的　★★★ 例 これは有難いチャンスだ。 這是個難得的機會。	
あわただしい 【慌ただしい】　⑤	慌慌張張的；匆匆忙忙的　　　　　★ 例 その子の両親が慌ただしく駆け込んできた。 那個孩子的父母慌慌張張地跑了進來。	
いさましい 【勇ましい】　④	勇敢的；勇猛的；雄壯的；潑辣的 例 勇ましい女はあまり好きではない。 不太喜歡潑辣的女人。	

うすぐらい 【薄暗い】 ⓪④	昏暗的 ★ 例 薄暗い電灯の下で本を読むのは良くない。 在昏暗的燈光下看書是不好的。
おさない 【幼い】 ③	年幼的；幼小的 ★★ 例 幼い頃のことをすっかり忘れてしまった。 童年的事情完全忘記了。
おしい 【惜しい】 ②	可惜的；遺憾的；值得惋惜的 ★★ 例 お金はいくら掛かってもいいが、時間が惜しい。 無論花多少錢都無所謂，倒是花時間比較可惜。
おもいがけない 【思い掛けない】⑤⑥	意外的，出乎意料的 ★ 例 思い掛けない出会いがきっかけで恋に落ちた。 因意外的邂逅而墜入情網。
おもたい 【重たい】 ⓪	重的；沉重的（「重たい」較為主觀；「重い」則較為客觀）★ 例 荷物がとても重たい。 行李很重。 （註：説話者強調「自己感覺」行李非常重，此處如果用「重い」則 單純表示行李重而已。）

か行

▶ MP3-046

かしこい 【賢い】 ③	聰明的；高明的；周到的 ★★ 例 猿はとても賢い動物だ。 猴子是非常聰明的動物。
かわいらしい 【可愛らしい】 ⑤	可愛的；小巧玲瓏的 ★★ 例 彼女には可愛らしいイヤリングが似合う。 她適合小巧玲瓏的耳環。
きみわるい 【気味悪い】 ④	令人不快的；令人毛骨悚然的 ★★ 例 蜘蛛の姿は気味悪い。 蜘蛛的樣子令人毛骨悚然。
きよい 【清い・浄い】 ②	清澈的；純淨的 例 心が清い人々は幸せだ。 心態純淨的人們是幸福的。

くだらない 【下らない】 ⓪	毫無價值的；無聊的 ★ 例 何でそんな下らないことで喧嘩しているの？ 為什麼為了那麼無聊的事吵架呢？
くどい ②	嘮叨的；冗長無趣的；味道過重的 ★ 例 今朝の校長先生の演説はくどかった。 今天早上校長的演說冗長無趣。
こいしい 【恋しい】 ③	愛慕的；眷戀的；懷念的 ★ 例 寒い日は布団が恋しい。 天氣冷的日子眷戀被窩。

さ行

▶ MP3-047

さわがしい 【騒がしい】 ④	吵鬧的；議論紛紛的 ★★ 例 周りのクラスメートが騒がしく、先生の話が聞こえ なかった。 周遭的同學很吵，聽不見老師的話。
しつこい ③	糾纏不休的；（味道、顏色）過濃的 ★★ 例 このお菓子は味がしつこくなくて美味しい。 這點心味道不會過濃，很好吃。
ずうずうしい 【図々しい】 ⑤	厚臉皮的；死皮賴臉的 ★★ 例 図々しいにも程があると思った。 （我）原本以為厚臉皮也會有個限度。
ずるい ②	狡猾的；耍賴的 ★★ 例 そんなずるいやり方は止めてください。 請停止那樣狡猾的作法。
するどい 【鋭い】 ③	尖銳的；敏銳的；鋒利的 ★ 例 突然、鋭い叫び声が聞こえた。 突然，聽見了尖銳的叫聲。
そうぞうしい 【騒々しい】 ⑤	嘈雜的 ★ 例 突然、騒々しい足音が聞こえた。 突然，聽見了嘈雜的腳步聲。

そそっかしい ⑤	草率的；冒失的 ★
	例 息子はそそっかしくて、いつも忘れ物をしている。
	兒子冒冒失失的，總是丟三落四。

た行

▶ MP3-048

たのもしい 【頼もしい】 ④	可靠的；有出息的 ★
	例 仕事のパートナーとして、あなたはとても頼もしい。
	作為工作夥伴，你相當可靠。

だらしない ④	邋遢的；馬虎的；沒出息的 ★★
	例 彼は何をするにもだらしない。
	他無論做什麼都很馬虎。

ちからづよい 【力強い】 ⑤	矯健的；有依靠的；強而有力的；極有信心的
	例 友人から力強い応援を受けた。
	得到朋友強而有力的支持。

つらい 【辛い】 ⓪②	辛苦的；難受的；難堪的；苛薄的 ★★★
	例 あんな辛い仕事は辞めた方がいいと思う。
	（我）覺得那樣辛苦的工作辭了比較好。

な行

▶ MP3-049

なつかしい 【懐かしい】 ④	令人懷念的；依依不捨的 ★★★
	例 高校時代のことが懐かしく思い出される。
	高中時期的事情使人懷念。

にくい 【憎い】 ②	討厭的；可憎的；令人欽佩的 ★
	例 憎い憎いは可愛いの裏。
	打是情罵是愛。

にぶい 【鈍い】 ②	遲鈍的；鈍的；微弱的 ★
	例 あの子は反応が鈍い。
	那個孩子反應很遲鈍。

のろい 【鈍い】　②	（行動）遅緩的；（腦筋）遲鈍的　　★★ 例 あの子は動作が鈍い。 那個孩子動作很遲鈍。

は行

▶ MP3-050

ばからしい 【馬鹿らしい】　④	愚蠢的；毫無意義的　　★ 例 そんなことで喧嘩するなんて馬鹿らしい。 為了那種事吵架很愚蠢。
はなはだしい 【甚だしい】　⑤	非常的 例 これは甚だしい間違いだ。 這是個非常大的錯誤。
はなばなしい 【華々しい・ 華華しい・ 花々しい・ 花花しい】　⑤	華麗的；顯赫的；光彩的 例 彼女は芸能界で華々しく活躍をしている。 她在演藝圈大放異彩。
ひとしい 【等しい】　③	相等的　　★ 例 正方形は四辺の長さが等しい。 正方形四邊的長相等。

ま行

▶ MP3-051

まずしい 【貧しい】　③	貧困的；貧乏的　　★ 例 彼らは非常に貧しい生活をしている。 他們過著非常貧困的生活。
まんまるい 【真ん丸い】　⓪④	渾圓的　　★ 例 中秋節のお月様は真ん丸い。 中秋節月亮渾圓。
みっともない 【見っとも無い】　⑤	不體面的；不像樣的　　★★ 例 寝間着姿で外出するなんて見っとも無い。 穿著睡衣出門真是不像話。

みにくい 【醜い】　③	醜陋的，難看的　★★
	例 この動物は醜い顔をしている。
	這種動物臉長得很難看。

めでたい 【目出度い】　③	可喜可賀的　★★
	例 彼女には最近お目出度いことが続いている。
	她最近喜事連連。

めんどうくさい 【面倒臭い】　⑥	非常麻煩的　★★
	例 デザートを作るのが面倒臭い。
	做甜點很麻煩。

ものすごい 【物凄い】　④	驚人的；可怕的　★★
	例 昨日の寒さは物凄かった。
	昨天冷得要命。

や行

▶ MP3-052

やかましい 【喧しい】　④	吵鬧的；嘮叨的；嚴格的；挑剔的　★
	例 周りのクラスメートが喧しく、先生の話が聞こえ
	なかった。
	周遭的同學很吵，聽不見老師的話。

わ行

▶ MP3-053

わかわかしい 【若々しい・ 若若しい】　⑤	年輕的；朝氣蓬勃的　★
	例 彼女は年齢の割に若々しく見える。
	她比實際的年齡看起來年輕。

メモ

2-3

形容動詞

　　新日檢 N2 當中，以「な」結尾的「形容動詞」占了 4.97%，字數是 N3「形容動詞」的兩倍，由於「形容動詞」本身常有類似「名詞」與「形容詞」的用法，甚至在其後加上「に」還可以當成「副詞」來使用，可以說是日語當中最具特色的詞性了。

形容動詞的活用

　　形容動詞的原形，字尾是「だ」，在字典上只標示「語幹」，如「好き<ruby>き<rt>す</rt></ruby>だ（喜歡）」只標示「好き<ruby><rt>す</rt></ruby>」。

　　其語尾變化，共可區分為五種型態：

（一）未然形：（推測肯定常體）例：好きだろう。（喜歡吧！）

　　　　　　　（推測肯定敬體）例：好きでしょう。（喜歡吧！）

（二）連用形：①（否定常體）例：好きではない。（不喜歡。）

　　　　　　　（否定敬體）例：好きではありません。（不喜歡。）

　　　　　　　（過去否定常體）例：好きではなかった。（不喜歡。）

　　　　　　　（過去否定敬體）例：好きではありませんでした。

　　　　　　　　　　　　　　　　　（不喜歡。）

　　　　　　　②で（中止接續）例：好きで（喜歡）

　　　　　　　③（過去常體）例：好きだった。（曾經喜歡。）

　　　　　　　（過去敬體）例：好きでした。（曾經喜歡。）

　　　　　　　④に（副詞肯定常體）例：好きになった。（喜歡上了。）

　　　　　　　に（副詞肯定敬體）例：好きになりました。

　　　　　　　　　　　　　　　　　（喜歡上了。）

（三）終止形：（肯定常體）例：好きだ。（喜歡。）

　　　　　　　（肯定敬體）例：好きです。（喜歡。）

（四）連體形：去だ＋な＋人<ruby><rt>ひと</rt></ruby>（人）、こと（事）、とき（時）、ところ（地）、

　　　　　　　もの（物）或其他名詞。例：好きな人<ruby><rt>ひと</rt></ruby>（喜歡的人）

（五）假定形：去だ＋なら（ば）……。例：好きなら（ば）……（如果喜

　　　　　　　歡的話……）

※形容動詞本身常常可以當成「名詞」來使用，如「安全<ruby><rt>あんぜん</rt></ruby>ベルト（安全帶）」、

　　「普通列車<ruby><rt>ふ つうれっしゃ</rt></ruby>（普通車）」……等。

あいにく【生憎】 ⓪	①不巧；對不起 ②不巧（當副詞用） ★
	例 ①生憎なことに、彼女は留守だった。
	不巧的是，她不在家。
	②昨夜、わざわざ訪ねたのに、生憎彼女は留守だった。
	昨晚特意去拜訪她，不巧她不在家。

あいまい【曖昧】 ⓪	曖昧；模糊不清；不正經 ★★
	例 曖昧な態度を取るな。
	態度不要曖昧不明！

あきらか【明らか】 ②	明亮；顯然 ★★
	例 私達の立場を明らかにしたいと思う。
	（我）想清楚地表明我們的立場。

あらた【新た】 ①	新；重新 ★
	例 妻が妊娠して、来年新たに家族が増える。
	妻子懷孕了，明年會多一個新成員。

あわれ【哀れ】 ①	可憐；悲哀；哀傷
	例 彼女の泣き声は哀れだった。
	她的哭聲很哀傷。

あんい【安易】 ①⓪	容易；安逸；馬虎 ★
	例 あなたは人生を安易に考え過ぎている。
	你把人生看得太容易了。

いだい【偉大】 ⓪	偉大
	例 歴史上の偉大な人物を挙げてください。
	請舉出歷史上的偉大人物。

おうせい【旺盛】 ⓪	旺盛；充沛 ★
	例 彼女は食欲が旺盛なのに、非常に痩せている。
	她食慾旺盛，卻非常瘦。

おおざっぱ【大雑把】 ③	大致；草率；粗枝大葉 ★★
	例 大雑把に説明してください。
	請大致地説明。

おだやか 【穏やか】 ②	平穏；穏健 ★★ 囫 最近は穏やかな日が続いている。 最近風和日麗。	

おんだん 【温暖】 ⓪	温暖 ★ 囫 台湾は気候が温暖なところだ。 台灣是氣候溫暖的地方。	

か行

▶ MP3-055

かいてき 【快適】 ⓪	舒適；舒服 ★ 囫 快適な生活を送るには、自律が欠かせない。 為了達到舒適的生活，自律是不可或缺的。	

かくじつ 【確実】 ⓪	確實；可靠 ★★ 囫 約束したことは確実にやる。 約定好的事情要確實執行。	

かって 【勝手】 ⓪	任意；任性；隨便 ★★★ 囫 事務室には勝手に入らないでください。 請勿隨便進入辦公室。	

からっぽ 【空っぽ】 ⓪	空；空空洞洞 ★ 囫 この箱は空っぽだ。 這個箱子空空的。	

かわいそう 【可哀相】 ④	可憐 ★★★ 囫 この近くには、可哀相な捨て犬と捨て猫がたくさんいる。 這附近，有很多可憐的棄犬跟棄貓。	

きちょう 【貴重】 ⓪	貴重；寶貴 ★★ 囫 このような貴重な経験をさせていただき、本当にありがとうございました。 讓我有如此寶貴的經驗，真是非常感謝。	

きのどく 【気の毒】 ③④	可憐；可惜；不好意思 ★★★
	例 体調が悪いのに仕事を代わってもらって、彼には気の毒なことをした。
	（他）身體不好卻幫我代班，對他不好意思。

きみょう 【奇妙】 ①	奇妙；出奇
	例 野柳には奇妙な形の岩がたくさんある。
	野柳有許多奇形怪狀的岩石。

きゅうげき 【急激・急劇】 ⓪	急遽
	例 人口の急激な増加は社会問題となっている。
	人口遽增已形成社會問題。

きゅうそく 【急速】 ⓪	迅速；急遽
	例 少子化のため、子供の数が急速に減っている。
	因為少子化，所以小孩急遽地減少。

きよう 【器用】 ①	機靈；靈巧 ★★
	例 彼女は手先が器用だ。
	她的手很靈巧。

きょうりょく 【強力】 ⓪	強而有力
	例 両親は私の強力な後ろ盾だ。
	父母是我強而有力的後盾。

きょだい 【巨大】 ⓪	巨大 ★
	例 世界で一番巨大な動物は何だろうか。
	世界上最巨大的動物是什麼呢？

きらく 【気楽】 ⓪	輕鬆；無掛慮 ★★★
	例 子供は皆成人して家を出てしまったので、気楽だ。
	因為孩子都成年離開家了，所以很輕鬆。

くろう 【苦労】 ①	辛苦；操心 ★★★
	例 ご苦労様でした。
	辛苦了！（註：這句話用於上對下）

げひん 【下品】 ②	下流；庸俗	★★
	例 そんな下品な冗談を言わないでください。	
	請不要開那麼下流的玩笑！	

けんきょ 【謙虚】 ①	謙虚	★
	例 彼女は人の教えをいつも謙虚に聞いている。	
	她總是謙虛地聽別人的教導。	

げんじゅう 【厳重】 ⓪	嚴厲；嚴格；森嚴	
	例 今年から、税関の検査が厳重になった。	
	今年開始，海關的檢查變嚴格了。	

ごういん 【強引】 ⓪	強行；蠻幹	
	例 他人の家に強引に押し入ってはいけない。	
	不可以強行闖入別人的家！	

こううん 【幸運・好運】 ⓪	幸運；僥倖	★★
	例 彼は幸運にも志望の大学に合格した。	
	他幸運地考上了想進的大學。	

こうか 【高価】 ①	高價	★★
	例 このイヤリングは手作りだから、とても高価だ。	
	這耳環是手工做的，所以非常高價。	

ごうか 【豪華】 ①	豪華	★★
	例 彼らはいつも非常に豪華な生活をしている。	
	他們一直過著非常豪華的生活。	

こうかてき 【効果的】 ⓪	有效的	
	例 もっと効果的な方法を考えよう。	
	（我們）來想更有效的方法吧！	

こうきゅう 【高級】 ⓪	高等階級；高程度的	★★
	例 この高級チョコレートは年々人気が高まっている。	
	這種高級巧克力一年比一年受歡迎。	

こうせい 【公正】 ⓪	公正	
	例 両者の話を聞いて公正に判断したい。	
	（我）想聽兩邊的意見之後公正地判斷。	

こうど 【高度】 1	高度；高超
	例 この技師は高度な技術を持っている。
	這位技師有著高超的技術。

こうとう 【高等】 0	高等；高級
	例 彼らは高等な技術を持っている。
	他們擁有高級的技術。

こうへい 【公平】 0	公平 ★
	例 教師として、生徒達を公平に扱うことは大切だと思う。
	身為教師，（我）認為公平地對待學生們很重要。

こんなん 【困難】 1	困難 ★
	例 始めはとりわけ困難だ。
	萬事起頭難。

さ行

▶ MP3-056

さいわい 【幸い】 0	幸運；幸福；幸虧 ★★
	例 彼は幸いにも志望の大学に合格した。
	他幸運地考上了想進的大學。

さかさま 【逆さま・逆様】 0	顛倒；相反；違背常理 ★
	例 子供が服を逆さまに着てしまった。
	孩子把衣服穿反了。

さわやか 【爽やか】 2	清爽；涼爽；清晰；清楚 ★★
	例 今日は爽やかな天気だ。
	今天是涼爽的天氣。

しなやか 2	柔軟；柔嫩；溫柔
	例 そのピアニストの指は長くてしなやかだ。
	那位鋼琴家的手指又長又柔軟。

しゅよう 【主要】 0	主要 ★
	例 日本の主要な特産物は何だろうか。
	日本的主要特產是什麼呢？

じゅんじょう 【純情】 ⓪	純情；天真	
	例 彼女はこの映画で純情な少女の役を演じた。	
	她在這部電影中扮演天真少女的角色。	
じゅんすい 【純粋】 ⓪	純粋；純真；專心致志	
	例 彼はこの映画で純粋な若者の役を演じた。	
	他在這部電影中扮演純真的年輕人。	
じゅんちょう 【順調】 ⓪	順利	★★
	例 会議は順調に進んでいる。	
	會議順利地進行著。	
じょうとう 【上等】 ⓪	上等，高級	★
	例 これが一番上等なウーロン茶だ。	
	這是最上等的烏龍茶。	
じょうひん 【上品】 ③	高尚；文雅；高級	★★
	例 彼女はいつも上品だ。	
	她總是很高尚。	
しんけん 【真剣】 ⓪	認真	★★
	例 もうそろそろ結婚について真剣に考えてもいいはずだ。	
	也差不多應該認真考慮結婚的事了。	
しんこく 【深刻】 ⓪	深刻；嚴重	★★
	例 深刻に考え過ぎないでください。	
	別想得太嚴重。	
しんちょう 【慎重】 ⓪	慎重，謹慎	★★
	例 母は何をするにも慎重だ。	
	母親做什麼事都很謹慎。	
すいちょく 【垂直】 ⓪	垂直	★
	例 まず横に直線を引いてください。 それから、その線に垂直な線を引いてください。	
	請先橫向地畫直線。接著，請在那條橫線上畫垂直線。	

すいへい 【水平】　0	水平
	例 箱を水平に持たないと、中のケーキが寄ってしまう。
	盒子要水平地拿，不然裡面的蛋糕會往一邊靠。

すてき 【素敵】　0	絶佳；絶妙；絶美　★★★
	例 彼女は笑顔が素敵だ。
	她的笑容真美。

すなお 【素直】　1	天真；純樸；誠摯；虛心；老實；工整；自然　★★
	例 素直な子供が好きだ。
	喜歡天真的小孩。

スマート 【smart】　2	瀟灑；漂亮；時髦　★★
	例 彼女は装いがスマートだ。
	她打扮時髦。

せいしき 【正式】　0	正式　★
	例 二人はやっと正式に離婚した。
	兩人終於正式離婚了。

ぜいたく 【贅沢】　3 4	奢侈；過分　★★
	例 彼らはいつも非常に贅沢な生活をしている。
	他們總是過著非常奢侈的生活。

そっちょく 【率直】　0	率直；坦率　★
	例 彼女の率直な態度が気に入った。
	喜歡她坦率的態度。

そまつ 【粗末】　1	粗糙；寒酸；輕忽；怠慢　★
	例 食べ物を粗末にしては駄目だよ。
	輕忽食物是不行的喔！

た行

▶ MP3-057

たいら 【平ら】　0	平坦　★
	例 あの屋根が平らな建て物が陳さんの家だ。
	那棟屋頂平坦的建築物是陳先生的家。

だとう 【妥当】　⓪	**妥當** ★	
	例 彼女の意見が妥当だと思う。	
	（我）認為她的意見妥當。	

たんじゅん 【単純】　⓪	**單純；簡單；無條件** ★★	
	例 手続きはとても単純だ。	
	手續非常簡單。	

ちゅうしょうてき 【抽象的】　⓪	**抽象的；空洞的** ★	
	例 校長先生の演説は余りに抽象的なので、私には理解	
	できない。	
	因為校長的演説太過抽象了，所以我無法理解。	

つよき 【強気】　⓪	**剛強；強硬；行情看漲** ★	
	例 面接は強気で臨んだ方がいい。	
	面試用剛強的心態面對比較好。	

てきかく 【的確・適確】　⓪	**正確；恰當；得體** ★	
	例 彼女の対応は丁寧で的確だ。	
	她的應對體貼又得體。	

てきせつ 【適切】　⓪	**適當；恰當** ★★	
	例 ダイエットは適切なやり方でないと、体を壊す。	
	減肥要用適當的方法，不然會弄壞身體。	

てきど 【適度】　①1	**適度；適當** ★★	
	例 適度な運動は体にいい。	
	適度運動有益身體健康。	

てごろ 【手ごろ・手頃】　⓪	**（大小或粗細）合手；適合** ★★	
	例 この辞書は持ち歩くのに手ごろだ。	
	這本字典適合攜帶。	

とうめい 【透明】　⓪	**透明** ★	
	例 透明な水晶でイヤリングを作った。	
	用透明水晶做了耳環。	

どうよう 【同様】　0	同様；一様　★★
	例 彼女もお姉さんと同様に美人だ。
	她跟姊姊同樣是美女。

とくしゅ 【特殊】　0	特殊　★
	例 社長は私に特殊な任務を与えた。
	社長給了我特殊的任務。

どくとく 【独特】　0	獨特　★
	例 彼女は独特な雰囲気と考え方を持っている。
	她擁有獨特的氣質與想法。

な行

▶ MP3-058

なだらか　2	平穏；平緩；順利
	例 彼の家はなだらかな坂の途中にある。
	他家在緩坡的中途。

なまいき 【生意気】　0	傲慢；自大　★★
	例 あの子はだんだん生意気になっている。
	那孩子越來越傲慢了。

のんき 【呑気】　1	逍遙；悠哉；不在乎　★
	例 彼は何故、あんなに呑気にしていられるのだろうか。
	他為什麼，能夠那麼悠哉悠哉的呢？

は行

▶ MP3-059

ばくだい 【莫大】　0	重大；巨大
	例 彼女は莫大な貯金がある。
	她擁有鉅額存款。

はなやか 【華やか・花やか】　2	美麗；華麗；盛大　★
	例 とても豪華で華やかなパーティーだね。
	好豪華盛大的派對啊！

ひきょう 【卑怯】 ②	卑鄙（在現代日語中的意思）；懦弱（僅用於古文中）	★
	例 彼がそんなに<u>卑怯</u>な人だとは<ruby>思<rt>おも</rt></ruby>わなかった。 （我）沒想到他是那麼卑鄙的人。	

ひっし 【必死】 ⓪	拚命	★★
	例 <ruby>今<rt>いま</rt></ruby>、<u>必死</u>に<ruby>日本語<rt>にほんご</rt></ruby>を<ruby>勉強<rt>べんきょう</rt></ruby>している。 現在，正在拚命學日語。	

びみょう 【微妙】 ⓪	微妙	★★
	例 この<ruby>料理<rt>りょうり</rt></ruby>は<u>微妙</u>な<ruby>味<rt>あじ</rt></ruby>がする。 這道菜有種微妙的味道。	

びょうどう 【平等】 ⓪	平等	★
	例 <ruby>時間<rt>じかん</rt></ruby>は<ruby>誰<rt>だれ</rt></ruby>にでも<u>平等</u>だ。 時間之前，人人平等。	

ふうん 【不運】 ①	不幸；倒楣	★
	例 <ruby>昨日<rt>きのう</rt></ruby>は<u>不運</u>な<ruby>日<rt>ひ</rt></ruby>だった。 昨天是個倒楣的日子。	

ふきそく 【不規則】 ②③	凌亂；不規律	★
	例 <ruby>彼女<rt>かのじょ</rt></ruby>は<u>不規則</u>な<ruby>生活<rt>せいかつ</rt></ruby>をしている。 她過著不規律的生活。	

ふけつ 【不潔】 ⓪	髒，不乾淨；不純潔	★
	例 ホテルの<u>不潔</u>なタオルに<ruby>私<rt>わたし</rt></ruby>は<ruby>吐<rt>は</rt></ruby>き<ruby>気<rt>け</rt></ruby>を<ruby>催<rt>もよお</rt></ruby>した。 飯店的髒毛巾讓我想吐了。	

ぶじ 【無事】 ⓪	平安無事；健康	★★
	例 <ruby>私<rt>わたし</rt></ruby>は<u>無事</u>に<ruby>帰宅<rt>きたく</rt></ruby>した。 我平安到家了。	

ぶっそう 【物騒】 ③	騷動不安；不安寧；危險	★
	例 この<ruby>辺<rt>あた</rt></ruby>りは<ruby>痴漢<rt>ちかん</rt></ruby>やひったくりが<ruby>多<rt>おお</rt></ruby>く、とても<u>物騒</u>だ。 這附近有很多色狼跟搶劫，非常不安寧。	

ふとう 【不当】 ⓪	不妥當；非法	
	例 <ruby>彼女<rt>かのじょ</rt></ruby>が<ruby>首<rt>くび</rt></ruby>にされたのは<u>不当</u>だと<ruby>思<rt>おも</rt></ruby>う。 （我）認為她被開除這件事不妥當。	

ふり 【不利】 ①	**不利** 例 この証拠は容疑者に不利だ。 <small>しょうこ ようぎしゃ ふり</small> 這證據對嫌疑犯不利。
へいぼん 【平凡】 ⓪	**平凡;普通** ★ 例 彼女は非常に平凡な顔をしている。 <small>かのじょ ひじょう へいぼん かお</small> 她的臉非常平凡。
ぼうだい 【膨大】 ⓪	**膨脹;擁腫;龐大** 例 本を書くには膨大な時間を要する。 <small>ほん か ぼうだい じかん よう</small> 寫書需要龐大的時間。
ほうふ 【豊富】 ⓪①	**豊富** ★★ 例 彼女は日本語の語彙がとても豊富だ。 <small>かのじょ にほんご ごい ほうふ</small> 她的日語語彙非常豐富。
ほがらか 【朗らか・朗か】 ②	**晴朗;舒暢;愉悦;響亮** 例 彼女はいつも朗らかな顔をしている。 <small>かのじょ ほが かお</small> 她總是神色愉悦。

ま行

▶ MP3-060

まれ 【稀・希】 ⓪	**稀少,罕見** ★★ 例 あのような天才は世に稀な存在だ。 <small>てんさい よ まれ そんざい</small> 像那樣的天才世間罕見。
みごと 【見事】 ①	**漂亮;出色;精緻;徹底** ★★ 例 桜の花が見事に咲き乱れている。 <small>さくら はな みごと さ みだ</small> 櫻花漂亮地盛開著。
みじめ 【惨め】 ①	**悽慘;悲慘** ★ 例 作者は新作で自分の幼い頃の辛く惨めな生活を描いた。 <small>さくしゃ しんさく じぶん おさな ころ つら みじ せいかつ えが</small> 作者在新書裡描寫了自己幼年時期辛苦且悲慘的生活。
みょう 【妙】 ①	**巧妙;奇怪;格外** ★ 例 私は妙な音を聞いた。 <small>わたし みょう おと き</small> 我聽見了奇怪的聲音。

めいかく 【明確】　⓪	**明確** 例 君の明確な返事が欲しい。 （我）想要你明確的答覆。
めちゃくちゃ 【滅茶苦茶】　⓪	①亂七八糟；一蹋糊塗 ②非常地（當副詞用）　★★★ 例 ①子供達は台所を滅茶苦茶にした。 孩子們把廚房搞得亂七八糟了。 ②このコーヒーは滅茶苦茶美味しい。 這咖啡非常地好喝。
モダン 【modern】　⓪	**現代；時髦；流行**　★ 例 母はモダンな家具が好きだ。 母親喜歡時髦的家具。
もっとも 【尤も】　③①	①正確；合理 ②不過（當接續詞用）　★★ 例 ①お客様に何を言われてもご無理ご尤もと聞かなくて はいけない。 顧客永遠是對的。(顧客不管說什麼都要當成是對的。) ②冬は寒いものだ。尤も暖冬というものもあるが。 冬天很冷。不過，也有所謂的暖冬。

や行

▶ MP3-061

やっかい 【厄介】　①	**麻煩；難對付；關照；幫助**　★ 例 工場で非常に厄介な問題が起きている。 工廠發生了非常麻煩的問題。
ゆうこう 【有効】　⓪	**有效**　★ 例 ポイントは最後に買い物をした日から一年有効だ。 點數從最後一次買東西那天開始一年有效。
ゆうじゅうふだん 【優柔不断】　⓪⑤	**優柔寡斷**　★★ 例 彼女は優柔不断なのが玉に瑕だ。 她的優柔寡斷真是美中不足。
ゆうのう 【有能】　⓪	**有能力，能幹**　★ 例 彼は若くて有能なエンジニアだ。 他是年輕又能幹的工程師。

ようい 【容易】　0	容易，輕而易舉　★★ 例 この瓶の蓋は容易には開かない。 這瓶蓋不容易打開。	

ようき 【陽気】　0	開朗；活潑；熱鬧；歡樂 例 彼女は綺麗で陽気だ。 她美麗又開朗。

ようち 【幼稚】　0	年幼；幼稚　★ 例 彼女は考え方がとても幼稚だ。 她的想法非常幼稚。

よくばり 【欲張り】　3 4	貪心；貪婪　★ 例 彼は欲張りで、さらに悪いことにとても意地悪だ。 他很貪婪，更糟的是非常壞心眼。

よけい 【余計】　0	多餘；用不著；過度；格外　★★ 例 人のことに余計な干渉をするな。 不要過度干涉人家的事。

よぶん 【余分】　0	多餘；剩餘；格外　★★ 例 物を増やしたくないので、余分な物は買わないようにしている。 因為不想增加東西，所以盡量不買多餘的東西。

ら行

▶ MP3-062

らくてんてき 【楽天的】　0	樂天的；樂觀的　★ 例 彼氏は明るくて楽天的だが、少しは先のことも考えて行動してほしい。 他既開朗又樂觀，但（我）希望他多少也能想想未來的事情再行動。

りこう 【利口】　0	聰明；靈活；乖巧　★ 例 この犬は利口そうに見える。 這隻狗看起來很靈活。

れいせい 【冷静】　0	冷靜；沉穩　★★ 例 彼はとても冷静で落ち着いている。 他非常冷靜沉著。

メモ

2-4
動詞・
補助動詞

　　新日檢 N2 當中，「動詞・補助動詞」的部分，占了 30.49%。各種類型的動詞交相穿插，包含長相類似的「自他動詞」，如「当て嵌まる / 当て嵌める」、「砕く / 砕ける」、「膨らます / 膨らむ」……等；以及「同音異義」的動詞，如「収める / 治める」、「除く / 覗く」、「儲ける / 設ける」……等；此外，「サ行變革動詞」出現的頻率甚高，如「暗記する」、「測量する」、「用心する」……等，均為 N2 動詞的學習重點。

本系列書的動詞分類

◆ 本書在動詞的分類上，首先區分為兩大類：

1. 不需要目的語（受格）的「自動詞」，標示為「自」。

2. 需要目的語（受格）的「他動詞」，標示為「他」。

　「自他動詞」的標記，主要是依據「標準国語辞典（日本「旺文社」出版）」來標示，並參考「例解新国語辞典（日本「三省堂」出版）」中的例句來調整。

◆ 其次，再依據動詞的活用（語尾的變化），以「字典形」來分類，標示各類詞性：

1. 「五段動詞」，標示為「五」，包含三類：

　①字尾不是「る」者，都是「五段動詞」，例如：「行く」、「指す」、「手伝う」……等。

　②字尾是「る」，但「る」的前一個字是ア、ウ、オ行音者，也是「五段動詞」，例如：「終わる」、「被る」、「直る」……等。

　③除了①②的規則之外，有一些「外型神似上下一段動詞」，但實際卻是「五段動詞」的單字，例如：「帰る」、「限る」、「切る」、「知る」、「滑る」……等，本書特別標示為「特殊的五段動詞」，提醒讀者注意。

2. 「上一段動詞」，標示為「上一」，字尾是「る」，但「る」的前一個字是イ行音者。

3. 「下一段動詞」，標示為「下一」，字尾是「る」，但「る」的前一個字是エ行音者。

4. 「サ行變格動詞（名詞＋する）」，標示為「名・サ」

　①狹義上只有「する」。

　②廣義上則是由「帶有動作含義的名詞＋する」所組成，例如「電話」這個單字，既含有「電話」的名詞詞性，又帶有「打電話」的動作含義，所以在其後加上「する」，就可以當成動詞來使用。像這類同時具有「名詞」與「動詞」雙重身分的單字，在日語中占了相當大的分量，是讀者必須特別花心思學習的地方。

5. 「カ行變格動詞」，標示為「カ」，只有一個，就是「来る」。

あ行

あう 【遭う】 自五 1	遭遇 ★ 例 全くひどい目に遭った。 可真倒楣了！

あおぐ 【扇ぐ】 他五 2	搧風 例 うちわで扇いで火を起こす。 用團扇搧風點火。

あきらめる 【諦める】 他下一 4	放棄，死心；打消念頭 ★★★ 例 夢を諦めるのはまだ早い。 要放棄夢想還太早。

あきれる 【呆れる】 自下一 0	吃驚，錯愕；愣住 ★ 例 こんなひどい教師がいるなんて呆れる。 有這種壞教師真令人錯愕！

あこがれる 【憧れる】 自下一 0	憧憬；渴望；眷戀 ★★ 例 私は純粋な愛情に憧れている。 我憧憬純粹的愛情。

あじわう 【味わう】 他五 3 0	品嘗；體驗；玩味 ★★ 例 私達は旬の食べ物を味わった。 我們品嘗了當季的食物。

あつかう 【扱う】 他五 0 3	使用，操作；對待，接待；處理；販售 ★★ 例 息子を大人として扱っている。 將兒子當成大人對待。

あっしゅく (する) 【圧縮】 名・他サ 0	壓縮 例 このデータを三分の一に圧縮してください。 請將這份資料壓縮成三分之一。

あてはまる 【当て嵌まる】 自五 4	合適；適用 ★ 例 この場合には、この規則は当て嵌まらない。 在這個場合，這個規則不適用。

2-4
動詞・補助動詞

あてはめる【当て嵌める】 他下一 4	適用；應用；套用 ★
	例 この場合には、この規則を当て嵌めることができない。
	在這個場合，這個規則無法適用。

あばれる【暴れる】 自下一 0	胡鬧；大顯身手
	例 教室で暴れるな。
	不要在教室胡鬧！

あぶる【炙る】 他五 2	烘烤
	例 海苔を炙って食べる。
	烤海苔吃。

あふれる【溢れる】 自下一 3	溢出，流出；洋溢，充滿 ★
	例 娘を思うと涙が溢れる。
	一想到女兒就熱淚盈眶。

あまやかす【甘やかす】 他五 4 0	驕寵；放任 ★
	例 子供を甘やかしてはいけない。
	不可驕寵小孩！

あむ【編む】 他五 1	編織；編輯；安排 ★
	例 セーターを編むのはこの子には難しかったに違いない。
	編織毛衣對這孩子來說肯定相當困難。

あやまる【誤る】 他五 3	搞錯，弄錯；耽誤 ★
	例 よく漢字の読み方を誤る。
	常常搞錯漢字的唸法。

あらためる【改める】 他下一 4	改變；改正；修訂 ★
	例 以下の平仮名を片仮名に改めてください。
	請將以下的平假名改成片假名。

あれる【荒れる】 自下一 0	狂暴；洶湧；激烈；荒唐；荒廢；粗糙；龜裂；胡鬧 ★
	例 冬になると、肌が荒れる。
	一到冬天，皮膚就變得粗糙。

あんき（する）【暗記】 名・他サ 0	記住；背誦 ★★
	例 弟は暗記するのが苦手だ。
	弟弟最怕背書。

| あんてい （する）
【安定】 名・自サ ⓪ | 安定；安穩；穩定 ★★
例 彼らは安定した生活をしている。
他們過著安定的生活。 |

いイ

▶ MP3-064

| いいだす
【言い出す・言出す】
他五 ③ | 開口；說出 ★
例 君がこんなことを言い出すとは思わなかった。
（我）沒想到你會說出這樣的話。 |

| いいつける
【言い付ける・
言付ける】
他下一 ④ | 命令，吩咐，使喚；告狀，告密，告發
例 彼はいつも人に用事を言い付ける。
他老是使喚人。 |

| いくじ （する）
【育児】 名・自サ ① | 育兒，帶小孩
例 今のところ、家で楽しく育児している。
目前，在家開心地帶小孩。 |

| いじ （する）
【維持】 名・他サ ① | 維持；維修；保養 ★
例 家計を維持するために、父は一生懸命頑張っている。
為了維持家計，父親拚命努力。 |

| いだく
【抱く】 他五 ② | 摟，抱；抱持，懷有 ★★
例 そのことに疑問を抱いている。
對那件事抱持著懷疑。 |

| いたむ
【痛む・傷む】
自五 ② | （傷口）疼痛；（心理）痛苦；（食物）腐壞；（物品）破損 ★★
例 頭が痛むので、何も考えられない。
因為頭痛，所以什麼都無法思考。 |

| いたる
【至る】 自五 ② | 到～（時間，地點）；達到～（地步，狀況）；來臨 ★
例 この道は図書館に至る。
這條路到圖書館。 |

| いっち （する）
【一致】 名・自サ ⓪ | 一致 ★★
例 みんなの意見はぴったり一致した。
大家的意見完全一致。 |

いってい (する)
【一定】名・自サ ⓪

一定，統一；固定 ★★

例 私の収入は一定していない。

我的收入不固定。

いてん (する)
【移転】
名・自他サ ⓪

遷移，搬移；轉讓 ★

例 その店は駅の向こう側に移転した。

那間店搬到了車站的另一邊。

いでん (する)
【遺伝】名・自サ ⓪

遺傳 ★★

例 能力の中には遺伝するものもある。

有些能力是遺傳的。

いどう (する)
【移動】
名・自他サ ⓪

移動；巡迴 ★★

例 少し左側に移動してください。

請稍微往左側移動。

いねむり (する)
【居眠り】
名・自サ ③

打瞌睡 ★

例 彼は授業中よく居眠りする。

他上課常常打瞌睡。

いばる
【威張る】自五 ②

誇耀，吹牛；驕傲，擺架子

例 彼はいつも威張っているので、評判が悪い。

他總是很驕傲，所以風評不佳。

いはん (する)
【違反】名・自サ ⓪

違反 ★

例 法律に違反する契約は取り消された。

違反法律的合約被取消了。

いやがる
【嫌がる】他五 ③

討厭；不高興；不耐煩 ★

例 あの子は学校へ行くのを嫌がっている。

那個孩子討厭去上學。

いらい (する)
【依頼】名・他サ ⓪

委託；依靠 ★

例 プロの翻訳家に依頼しましょう。

（我們）委託專業的翻譯吧！

いる
【煎る】他五 ①

煎；炒

例 フライパンで豆腐を煎る。

用平底鍋煎豆腐。

いんさつ (する) 【印刷】名・他サ ⓪	印刷 ★★ 例 この雑誌は日本で印刷されたものだ。 這本雜誌是在日本印刷的。	

いんさつ (する)
【印刷】名・他サ ⓪

印刷　　　　　　　　　　　　　　　　　★★
例 この雑誌は日本で印刷されたものだ。
這本雜誌是在日本印刷的。

いんたい (する)
【引退】名・自サ ⓪

引退；下台，下野　　　　　　　　　　　★
例 安室奈美恵は去年九月をもって引退した。
安室奈美惠去年九月引退了。

いんよう (する)
【引用】名・他サ ⓪

引用　　　　　　　　　　　　　　　　　★
例 この記事は広く例を引用している。
這篇報導中廣泛地引用例子。

うウ
▶ MP3-065

うえる
【飢える・餓える】
自下一 ②

飢餓，吃不飽；渴求
例 カンボジアでは戦後、難民が飢えている。
在柬埔寨戰後難民鬧饑荒。

うがい (する)
【嗽】名・自サ ⓪

漱口　　　　　　　　　　　　　　　　　★★
例 私は食後に、必ずうがいする。
我飯後一定會漱口。

うかぶ
【浮かぶ・浮ぶ】
自五 ⓪

漂浮；浮現，呈現；想出　　　　　　　　★
例 いいアイデアが浮かんでこない。
想不出好的點子。

うかべる
【浮かべる・
浮べる】他下一 ⓪

使～漂（浮）起；露出；憶起　　　　　　★
例 悲しそうな表情を顔に浮かべる。
臉上露出悲傷的表情。

うく
【浮く】 自五 ⓪

漂浮；浮現；鬆動　　　　　　　　　　　★
例 油は水に浮く。
油浮在水面。

うけたまわる
【承る】 他五 ⑤

聽取；接受；知道；聽說　　　　　　　★★
（「聞く」、「伝える」、「受ける」、「承諾する」的謙讓語）
例 ご注文を承りました。
收到您的訂單了。

うけとる
【受け取る・受取る】他五 0 3

收取；領取；理解 ★★★

例 どこで荷物を受け取るのですか。

在哪裡領行李呢？

うけもつ
【受け持つ・受持つ】他五 3 0

擔任；擔當

例 彼は英語の授業を受け持っている。

他教授英語課。

うしなう
【失う】他五 0

失去；丟掉；錯過；迷失 ★★

例 友達の信用を失った。

失去了朋友的信任。

うすめる
【薄める】他下一 0 3

稀釋；弄淡（稀） ★

例 レモンジュースを氷水で薄めてください。

請用冰水稀釋檸檬汁。

うたがう
【疑う】他五 0

懷疑；疑惑 ★★

例 その噂が正しいかどうか疑う人もいるだろう。

也有人懷疑那傳聞正確與否吧！

うちあわせる
【打ち合わせる・打ち合せる・打合せる】他下一 5 0

商量 ★★

例 彼とは事前に打ち合わせた。

跟他事前商量好了。

うちけす
【打ち消す・打消す】他五 3 0

否認；打消

例 彼女はその噂を打ち消したがっている。

她想闢謠。

うつす
【映す】他五 2

放映；映照 ★

例 スライドを映して説明させていただきたいと思います。

請讓我來放幻燈片說明。

うったえる
【訴える】他下一 4 3

訴說；申訴；控訴；起訴；打動 ★

例 患者は医者に腹痛を訴えた。

患者向醫生訴說肚子痛。

うなずく 【頷く】 自五 3 0	點頭（表示同意或贊成） ★★	
	例 彼は頻りに彼女の話に頷いた。	
	他對她的話頻頻點頭。	

うなる 【唸る】 自五 2	呻吟；吼叫；喝采	
	例 子犬がお客様に向って唸っている。	
	小狗對著客人吼叫。	

うばう 【奪う】 他五 2 0	搶奪；剝奪；奪走 ★	
	例 津波で何万人もの命が奪われた。	
	海嘯奪走了數萬人的性命。	

うやまう 【敬う】 他五 3	尊敬	
	例 元社長はみんなから敬われていた。	
	前社長受到大家的尊敬。	

うらがえす 【裏返す】 他五 3	翻過來；反過來	
	例 コートを裏返して干してください。	
	請將外套翻過來曬。	

うらぎる 【裏切る】 他五 3	背叛，出賣；辜負 ★	
	例 私は両親の期待を裏切ってしまった。	
	我辜負了父母的期待。	

うらなう 【占う・卜う】 他五 3	占卜；算命；預言 ★	
	例 私は運勢を占ってもらったことがある。	
	我有算過命。	

うらむ 【恨む・怨む】 他五 2	懷恨；埋怨	
	例 人を恨んだことはない。	
	不曾恨過人。	

うらやむ 【羨む】 他五 3	羨慕；忌妒，眼紅 ★	
	例 彼らは誰もが羨むような夫婦仲だ。	
	他們是人人稱羨的一對夫妻。	

うわる 【植わる】 自五 0	種植，栽植；種活	
	例 庭に桜の木が植わっている。	
	院子裡種著櫻花樹。	

うんぬん (する) 【云々・云云】 名・他サ 0	談論，議論；云云 ★ 例 人の私生活について云々してはいけない。 不可議論關於他人的私生活！
うんぱん (する) 【運搬】 名・他サ 0	搬運；運載 例 船で木材を運搬しようと思う。 （我）打算用船搬運木材。
うんよう (する) 【運用】 名・他サ 0	運用 ★ 例 資金は皆の判断で運用されている。 資金依大家的判斷來運用。

えエ ▶ MP3-066

えいぎょう (する) 【営業】 名・自他サ 0	営業 ★★★ 例 その店は午後十一時まで営業している。 那家店營業到晚上十一點為止。
えんき (する) 【延期】 名・他サ 0	延期 ★★ 例 運動会は雨で来週に延期された。 運動會因雨而延到下週了。
えんじょ (する) 【援助】 名・他サ 1	援助；幫助 ★ 例 カンボジアの難民を援助した。 援助了柬埔寨的難民。
えんちょう (する) 【延長】 名・自他サ 0	延長 ★★ 例 本の貸し出し期間は延長できる。 借書的期間可以延長。

おオ ▶ MP3-067

おいかける 【追い掛ける・ 追掛ける】 他下一 4	追趕；追求；緊接著 ★ 例 夢を追い掛けている女性が一番美しい。 追求著夢想的女性最美。

おいつく 【追い付く・ 追付く】 自五 3	追上；趕上　　　　　　　　　　　　★ 例 日本の生活水準に追い付くことができない。 無法趕上日本的生活水準。
おう 【追う】　他五 0	追求；追趕；遵循　　　　　　　　　★ 例 馬に乗って鹿を追っている。 騎馬追著鹿。
おうじる 【応じる】 自上一 0 3	答覆；接受；滿足；按照　　　　　　★ 例 お客様の要求に応じた。 回應了客人的要求。
おうせつ (する) 【応接】名・自サ 0	應接；接待　　　　　　　　　　　　★ 例 私の仕事内容はお客様に応接することだ。 我的工作內容就是接待客人。
おうたい (する) 【応対】 名・自サ 0 1	應答；應對；接待　　　　　　　　　★ 例 毎日お客様に応対するのに忙しい。 每天忙著接待客人。
おうだん (する) 【横断】名・他サ 0	橫跨；橫渡；橫切　　　　　　　　　★ 例 この鉄道は中国大陸を横断している。 這條鐵路橫跨中國大陸。
おうよう (する) 【応用】名・他サ 0	應用　　　　　　　　　　　　　　★★ 例 この理論は広く応用されている。 這理論被廣泛地應用。
おえる 【終える】他下一 0	完畢；做完　　　　　　　　　　　★★ 例 会議を終えてから一緒に食事をしよう。 開完會後一起吃飯吧！
おおう 【覆う・蔽う・ 蓋う】　他五 0 2	覆蓋；掩飾；籠罩；概括　　　　　　★ 例 庭は雑草で覆われている。 院子被雜草所覆蓋。

おがむ
【拝む】 他五 2

禮拜；懇求

例 手を合わせて拝んだ。

將雙手合掌禮拜。

おぎなう
【補う】 他五 3

補充；補貼 ★

例 点滴で栄養を補う。

用點滴補充營養。

おこたる
【怠る】自他五 3 0

怠慢；怠忽，疏忽；怠惰（他動詞）；中斷；休息；好轉（自動詞）

例 アルバイトをして勉強を怠る学生もいる。

也有為了打工而怠忽課業的學生。

おさめる
【収める】 他下一 3

獲得；收到；止住；收斂 ★

例 いつか彼が勝利を収める日が必ず来る。

總有一天他一定會得到勝利。

おさめる
【治める】 他下一 3

治理；平定；處理

例 社長が言い争いを治めた。

社長將紛爭給擺平了。

おせん （する）
【汚染】

名・自他サ 0

汚染 ★

例 工場からの廃液が川を汚染した。

從工廠來的廢水汙染了河川。

おそれる
【恐れる・怖れる・
畏れる・懼れる】

他下一 3

害怕，畏懼；擔心

例 彼らは津波をひどく恐れている。

他們十分畏懼海嘯。

おちつく
【落ち着く・
落着く】 自五 0

安頓；平穩；沉著；調和；理出頭緒 ★★★

例 慌てないで落ち着いて言いなさい。

別慌，沉住氣説！

おどかす
【脅かす・嚇かす】

他五 0 3

威脅，恐嚇；嚇唬

例 後ろから友人を脅かした。

從後面嚇唬了朋友。

おどりでる 【躍り出る】 自下一 ④	跳出來；躍居 例 彼女は芸能界のトップに躍り出た。 她躍居藝能界的頂端了。

おとる 【劣る】 自五 ② ⓪	次於～，劣於～ ★ 例 今日は昨日に劣らず暑い。 今天的熱不亞於昨天。

おどろかす 【驚かす】 他五 ④	嚇唬；驚動 例 その事件は彼女をひどく驚かした。 那事件把她嚇壞了。

おぼれる 【溺れる】 自下一 ⓪	淹死；溺愛；沉溺，迷戀 例 過去の成功経験に溺れてはいけない。 不可沉溺於過去的成功經驗。

おもいこむ 【思い込む】 自五 ④ ⓪	沉思；深信，確信 ★ 例 彼は自分がかっこいいと思い込んでいる。 他深信自己很帥。

およぼす 【及ぼす】 他五 ③ ⓪	波及；帶來 ★★ 例 津波は日本に大きな被害を及ぼした。 海嘯給日本帶來了很大的災害。

おろす 【卸す】 他五 ②	批發 例 自社で化粧品を作って卸す。 在自己公司製作批發化妝品。

か行

かカ

▶ MP3-068

カーブ (する) 【curve】 名・自サ ①	曲線；曲線球；彎曲 ★ 例 その道は緩やかにカーブしていた。 那條路緩緩地轉彎。

2-4
動詞・補助動詞

かいえん (する) 【開演】 名・自他サ ⓪	**開演** 例 コンサートは午後六時にホールで開演する。 音樂會下午六點在禮堂開演。
かいかく (する) 【改革】名・他サ ⓪	**改革** 例 彼は政治を改革することに熱心だ。 他熱衷於政治改革。
かいさん (する) 【解散】 名・自他サ ⓪	**解散；散會** ★★ 例 私達はここで解散しよう。 我們在這裡解散吧！
かいし (する) 【開始】 名・自他サ ⓪	**開始** ★★ 例 一月から英語の勉強を開始した。 從一月開始學英語了。
がいしゅつ (する) 【外出】名・自サ ⓪	**外出；出門** ★★★ 例 お昼休みはだいたい外出する。 午休時間都會外出。
かいせい (する) 【改正】名・他サ ⓪	**修改；修訂** 例 この法律は改正する必要があると思う。 （我）認為這項法律有修訂的必要。
かいせつ (する) 【解説】名・他サ ⓪	**解説** ★★ 例 この点については、図表で解説したい。 關於這一點，（我）想用圖表解説。
かいぜん (する) 【改善】名・他サ ⓪	**改善** ★★ 例 腹痛の症状が少し改善した。 肚子痛的症狀稍微改善了。
かいぞう (する) 【改造】名・他サ ⓪	**改組；改裝** ★★ 例 父は倉庫を書斎に改造した。 父親將倉庫改成書房。

かいつう (する) 【開通】 _{名・自他サ} ⓪	通車 囫 この地区にはまだ電話が開通していない。 這個地區還未開通電話。
かいてん (する) 【回転・廻転】 _{名・自サ} ⓪	旋轉；周轉　　　　　　　　　　　　　★★ 囫 独楽が回転している。 陀螺旋轉著。
かいとう (する) 【回答】_{名・自サ} ⓪	回答，答覆　　　　　　　　　　　　　★ 囫 アンケートに回答してくださり、ありがとうございました。 謝謝您為我回答問卷。
かいとう (する) 【解答】_{名・自サ} ⓪	解答　　　　　　　　　　　　　　　　★ 囫 この用紙に解答してください。 請在這張格式紙上解答。
かいふく (する) 【回復・恢復】 _{名・自他サ} ⓪	恢復；康復　　　　　　　　　　　　★★ 囫 祖父の体力は回復しつつある。 祖父的體力正在恢復中。
かいほう (する) 【開放】_{名・他サ} ⓪	開放；敞開　　　　　　　　　　　　　★ 囫 学校は週末、体育施設を開放している。 學校在週末開放體育設施。
かいほう (する) 【解放】_{名・他サ} ⓪	解放；釋放　　　　　　　　　　　　　★ 囫 テロリストはアラブ人の人質を多数解放した。 恐怖分子把多數的阿拉伯人質釋放了。
かえす 【帰す・還す】 _{他五} ①	讓～回家；打發回去　　　　　　　　　★ 囫 近藤さんを家に帰した。 已經讓近藤小姐回家了。
かかえる 【抱える】_{他下一} ⓪	抱著；承擔著；雇用　　　　　　　　★★ 囫 高齢になれば、誰でも健康上の問題を抱える。 上了年紀後，每個人都承擔著健康上的問題。

かがやく 【輝く・耀く】 自五 ③	閃爍，發出光芒；燦爛 ★
	例 あの子の目は喜びで輝いている。
	那個孩子的眼睛閃爍著喜悦。

かかわる 【係わる・係る・ 関わる・関る・ 拘わる・拘る】 自五 ③	攸關；拘泥 ★
	例 それは命に係わる問題だ。
	那是攸關生命的問題。

かぎる 【限る】 自他五 ②	限定；只要；最好（屬於特殊的五段動詞） ★★
	例 人数を百人に限る。
	人數限定一百人。

かくご （する） 【覚悟】 名・自他サ ① ②	有心理準備；下決心 ★★
	例 私は既に覚悟した。
	我已經做好心理準備了。

かくじゅう （する） 【拡充】 名・他サ ⓪	擴充
	例 工場の生産設備を拡充した。
	擴充了工廠的生產設備。

がくしゅう （する） 【学習】 名・他サ ⓪	學習 ★★★
	例 彼女は英語を学習している。
	她正在學英語。

かくだい （する） 【拡大】 名・自他サ ⓪	擴大；放大 ★
	例 工場の規模を拡大したい。
	（我）想擴大工廠的規模。

かくちょう （する） 【拡張】 名・他サ ⓪	擴張；擴充；擴大
	例 図書館の敷地を拡張する。
	擴大圖書館用地。

かけつ （する） 【可決】 名・他サ ⓪	通過
	例 議会で、議案が可決された。
	在議會，議案被通過了。

かけまわる
【駆け回る・
駆回る】 自五 4 0

奔波；奔走；到處亂跑

例 自転車に乗ってあちこちを駆け回っている。

騎著腳踏車到處亂跑。

かげん (する)
【加減】
名・他サ 0 1

程度，情況；加減（法）；斟酌；調節　★★

例 料理の塩気を加減してみてください。

請調調看菜的鹹淡。

かこう (する)
【下降】 名・自サ 0

下降

例 温度は零度以下に下降した。

溫度下降到零度以下。

かさなる
【重なる】 自五 0

重疊；重複；頻頻　★

例 不幸は重なるものだ。

禍不單行。

かじる
【齧る】 他五 2

啃咬；懂得皮毛（屬於特殊的五段動詞）

例 日本語も少し齧っている。

日文也略懂一點皮毛。

かぜい (する)
【課税】 名・自サ 0

課税

例 所得税は所得に応じて課税される。

所得税按照所得課稅。

かせぐ
【稼ぐ】 他五 2

做工；賺錢；贏得　★★★

例 父は生活費を稼ぐために、朝から晩まで働いている。

父親為了賺生活費，從早到晚工作。

かそく (する)
【加速】
名・自他サ 0

加速；增加的速度　★

例 百二十キロまで加速した。

加速到一百二十公里。

かたまる
【固まる】 自五 0

凝固；鞏固；聚在一起　★

例 やっと日本語の基礎が固まってきた。

終於日語的基礎鞏固了。

かたむく
【傾く】 自五 3

歪，傾斜；偏向於～　★

例 大勢の意見が反対に傾いた。

大多數人的意見傾向於反對。

かたよる 【偏る・片寄る】 自五 ③	偏於～；不公平；不平衡　★ 例 どちらにも<u>偏</u>らない立場に立ってください。 不管哪一方，都請站在不偏不倚的立場。
かたる 【語る】　他五 ⓪	說，談，講；說唱（淨琉璃等）　★★ 例 事情を<u>語</u>って聞かせてください。 請把事情原委講給我聽。
がっかり（する） 副・自サ ③	失望；掃興；灰心喪氣　★★★ 例 今回の同窓会に彼が来なくて<u>がっかり</u>した。 這次同學會他沒來真掃興。
かつぐ 【担ぐ】　他五 ②	扛；挑；抬；擁戴；捉弄　 例 あの子は人を<u>担</u>ぐのがうまい。 那孩子很會捉弄人。
がっしょう（する） 【合唱】 名・自他サ ⓪	合唱；齊唱 例 学生達は国歌を<u>合唱</u>した。 學生們齊唱了國歌。
かつどう（する） 【活動】名・自サ ⓪	活動；工作　★★★ 例 彼は政界で<u>活動</u>している。 他在政治界活動。
かつよう（する） 【活用】 名・自他サ ⓪	充分利用（他動詞）；（文法上的）活用（自動詞）　★★ 例 私はこの辞書をうまく<u>活用</u>している。 我充分地利用這本字典。
かてい（する） 【仮定】 名・自他サ ⓪	假設，假定　★★ 例 私が日本に行っていると<u>仮定</u>してください。 請假設我現在去了日本。
かねそなえる 【兼ね備える・ 兼備える】 他下一 ⑤	兼備，兼具　★ 例 彼女は美しさと知恵を<u>兼</u>ね<u>備</u>えている。 她美麗與智慧兼具。

かねつ （する） 【加熱】 名・他サ ⓪	加熱，加溫 ★★
	例 この料理は冷めているから、加熱してください。
	因為這道菜冷了，請加熱。

かねる 【兼ねる】 他下一 ②	兼職；兼做；兼具 ★
	例 キッチンがダイニングを兼ねている。
	廚房兼做飯廳。

カバー （する） 【cover】 名・他サ ①	覆蓋；包覆；彌補；掩護 ★★
	例 経験不足を努力でカバーする。
	用努力來掩護經驗不足。

かぶせる 【被せる】 他下一 ③	蓋上；罩上；戴上；澆灌 ★
	例 園児達に帽子を被せた。
	幫幼稚園的幼童們戴上了帽子。

からかう 【揶揄う】 他五 ③	嘲弄，逗弄；調戲；開玩笑 ★★
	例 彼女は自分の犬をからかって遊んでいる。
	她在逗弄自己的狗玩。

かる 【刈る】 他五 ⓪	剪；割
	例 羊毛を刈ったことがある。
	剪過羊毛。

かれる 【枯れる】 自下一 ⓪	枯萎，枯乾；凋謝 ★
	例 庭の花がみんな枯れてしまった。
	院子裡的花都枯萎了。

かわいがる 【可愛がる】 他五 ④	疼愛；寵愛 ★★
	例 彼は子供達をとても可愛がっている。
	他很疼愛孩子們。

かんき （する） 【換気】 名・他サ ⓪	通風換氣 ★
	例 教室の窓を開けて換気しよう。
	把教室的窗戶打開通風吧！

かんげい （する） 【歓迎】 名・他サ ⓪	歡迎 ★★
	例 心から歓迎する。
	由衷歡迎。

かんげき (する)
【感激】 名・自サ 0

感激；感動 ★★

例 彼の優しさに感激した。

被他的溫柔感動了。

かんさつ (する)
【観察】 名・他サ 0

観察 ★★

例 あらゆる面から観察してください。

請從各種層面進行觀察。

かんしょう (する)
【鑑賞】 名・他サ 0

鑑賞；欣賞 ★

例 私の趣味は絵画を鑑賞することだ。

我的興趣是欣賞畫作。

かんじょう (する)
【勘定】 名・他サ 3

計算；算帳；估計 ★

例 お勘定してください。

請結帳。

かんする
【関する】 自サ 3

關於 ★★

例 語気助詞に関する論文を書いている。

正在寫關於語氣助詞的論文。

かんそう (する)
【乾燥】
名・自他サ 0

乾燥；枯燥 ★

例 最近は寒いから、肌が乾燥している。

最近天氣寒冷，所以肌膚乾燥。

かんそく (する)
【観測】 名・他サ 0

観測；観察；推測

例 星を観測して記録した。

觀測星星並記錄下來。

かんちがい (する)
【勘違い】 名・自サ 3

誤會；誤認 ★★★

例 彼をあなたの弟だと勘違いしていた。

（我）將他誤認為你弟弟了。

かんとく (する)
【監督】 名・他サ 0

監督；監督者；導演

例 彼の仕事は現場の作業員を監督することだ。

他的工作是監督現場的工人。

かんびょう (する)
【看病】 名・他サ 1

看護 ★★

例 彼女は病気の父を看病した。

她照顧了生病中的父親。

かんり (する) 【管理】 名・他サ ①	管理 ★★ 例 書類をきちんと管理してください。 請妥善地管理好文件。
かんりょう (する) 【完了】 名・自他サ ⓪	完成 ★ 例 もう納税の手続きは完了した。 已經完成了繳稅的手續。
かんれん (する) 【関連・関聯】 名・自サ ⓪	關聯；關於 ★ 例 社長は退職に関連した声明を発表した。 社長發表了關於退休的聲明。

き キ

▶ MP3-069

きざむ 【刻む】 他五 ⓪	切碎；雕刻；銘記 例 にんにくを刻んでください。 請將蒜頭切碎。
きしょう (する) 【起床】 名・自サ ⓪	起床 ★★ 例 私は普段朝六時に起床する。 我平常早上六點起床。
きせる 【着せる】 他下一 ⓪	讓～穿上（鑲上；蓋上）；使～蒙受 ★ 例 彼女は犬に服を着せるのが好きだ。 她喜歡讓狗穿衣服。
きたい (する) 【期待】 名・他サ ⓪	期待，期望 ★★★ 例 息子の将来に期待している。 期待兒子的將來。
きづく 【気付く】 自五 ②	發覺，察覺 ★★ 例 彼はあなたのミスに気付くだろう。 他會察覺你的失誤吧！
きにゅう (する) 【記入】 名・他サ ⓪	記入；寫上 ★ 例 住所と電話番号を記入してください。 請寫上住址與電話。

きねん (する) 【記念】 名・他サ ⓪	紀念 ★ 例 両親は結婚二十五周年を記念するパーティーを行った。 父母親舉辦了紀念結婚二十五周年的派對。	

きゅうぎょう (する) 【休業】 名・自他サ ⓪	歇業 例 銀行は日曜は休業している。 銀行週日歇業。

きゅうしゅう (する) 【吸収】 名・他サ ⓪	吸收 ★★ 例 この雑巾は水をよく吸収する。 這抹布很能吸水。

きゅうじょ (する) 【救助】 名・他サ ①	救助 ★ 例 その団体は難民を救助している。 那個團體救助難民。

きょうか (する) 【強化】 名・他サ ①	強化，加強 ★ 例 初乳は免疫系を強化できる。 初乳可以強化免疫系統。

きょうしゅく (する) 【恐縮】 名・自サ ⓪	惶恐；羞愧；勞駕；不好意思 ★★ 例 恐縮するには及ばない。 沒什麼不好意思的。

きょか (する) 【許可】 名・他サ ①	允許，准許；批准 ★★ 例 彼女は東京大学の入学を許可された。 她東京大學的入學被批准了。

きらう 【嫌う】 他五 ⓪	不喜歡；討厭，厭惡 ★★ 例 あの子はクラスメート達に嫌われている。 那個孩子被同班同學們討厭。

きる 【斬る】 他五 ①	砍，斬；開除 例 社長は容赦なく社員の首を斬る。 老闆毫不猶豫地開除員工。

ぎろん (する) 【議論】 名・自他サ ①	爭論，爭辯 例 議論するための議論が好きではない。 不喜歡為了爭辯而爭辯。

くう
【食う・喰う】
他五 ①

吃；叮咬；擊敗；侵占；耗費；上當　　★★
例 これはかなり時間を食う仕事だ。
這是相當耗費時間的工作。

くぎる
【区切る・句切る】
他五 ②

劃分段落；加上句讀（屬於特殊的五段動詞）　　★
例 あれは両国の領地を区切る境界線だ。
那是畫分兩國領地的邊界線。

くしん (する)
【苦心】
名・自サ ① ②

苦心
例 この作品には作者の苦心した跡が見える。
這部作品可以看出作者苦心的痕跡。

くずす
【崩す】 他五 ②

使～崩潰；使～凌亂；拆掉；換零錢；找零錢　　★★
例 この一万円札を千円札十枚に崩してください。
請將這張一萬元日幣換成十張千元日幣。

くずれる
【崩れる】 自下一 ③

崩潰；凌亂；倒塌；（錢）找得開　　★★
例 この一万円札が崩れるか。
這張一萬元日幣找得開嗎？

くだく
【砕く】 他五 ②

弄碎；摧毀；淺顯易懂地說　　★
例 これらの氷を砕いてください。
請將這些冰塊搗碎。

くだける
【砕ける】 自下一 ③

破碎；氣勢減弱；和藹可親；淺顯易懂　　★
例 茶碗が落ちて砕けた。
碗掉落摔碎了。

くたびれる
【草臥れる】 自下一 ④

疲倦；厭膩；用舊　　★★
例 このかばんはもうだいぶくたびれてきた。
這個包包已經用得相當舊了。

くっつく
【くっ付く】 自五 ③

黏住；附著；癒合；緊挨著；跟隨　　★★
例 手術の傷口はもうくっ付いたか。
手術的傷口已經癒合了嗎？

くっつける 【くっ付ける】 他下一 4	黏上；靠近；拉攏；撮合　★★ 例 メモをのりでノートにくっ付けた。 把紙條用漿糊黏貼在筆記本上了。
くぶん (する) 【区分】 名・他サ 0 1	區分，劃分；分類 例 相続した土地を区分して売ってしまった。 將繼承的土地劃分之後賣掉了。
くべつ (する) 【区別】名・他サ 1	區別，分辨　★★ 例 善悪を区別するのは難しい。 善惡難分。
くぼむ 【窪む・凹む】 自五 0	塌陷；凹陷 例 地面の窪んでいるところに水溜まりができている。 地面的凹陷處產生了積水。
くむ 【組む】 自他五 1	組成；編排；交叉 (他動詞)；扭打；對戰；合夥（自動詞）★★ 例 来月のスケジュールを組んでいる。 正在編排下個月的行程。
くむ 【汲む・酌む】 他五 0	汲水；體諒　★ 例 川の水を汲んで飲んだ。 取河裡的水喝了。
くやむ 【悔やむ】 他五 2	後悔；悼念　★ 例 今更悔やんでももう遅い。 現在才來後悔已經太遲了。
くるう 【狂う】 自五 2	發瘋；著迷；故障　★★ 例 彼女は悲しみのあまり気が狂ってしまった。 她因為太過悲傷而發瘋了。
くるしむ 【苦しむ】 自五 3	痛苦；吃苦；苦於～　★★ 例 小さい頃から生理痛に苦しんでいる。 從小就為生理痛所苦。

くるしめる 【苦しめる】 他下一 ④	虐待；折磨；使～操心；使～為難　　★ 例 母を苦しめないでください。 請別讓媽媽操心。
くるむ 【包む】 他五 ②	包上；裹上 例 この箱を紙で包んでください。 請把這個盒子用紙包起來。
くわえる 【加える】 他下一 ⓪③	加上；添加，增加；施加　　★★ 例 一に一を加えると二になる。 一加一是二。
くわえる 【銜える】 他下一 ⓪③	叼著；銜著　　★ 例 箸を口に銜えないでください。 請不要用嘴含著筷子。
くわわる 【加わる】 自五 ⓪③	增加；加入　　★ 例 チームに新しいメンバーが加わった。 團隊增加了新的成員。

けケ

▶ MP3-071

けいこく (する) 【警告】 名・他サ ⓪	警告　　★ 例 私がしばしば警告したのに、彼は無視した。 雖然我屢次警告，但是他都忽視了。
けいじ (する) 【掲示】 名・他サ ⓪	公布；布告 例 先生が期末試験の成績を掲示した。 老師公布了期末考的成績。
けいぞく (する) 【継続】 名・自他サ ⓪	繼續　　★ 例 子供の頃から継続して同じピアノ教室に通っている。 從小持續去同一家鋼琴教室。
げきぞう (する) 【激増】 名・自サ ⓪	激增；暴漲 例 この二十年来、人口が激増した。 這二十年來，人口激增。

げしゃ (する) 【下車】 名・自サ ①	下車 ★★ 例 彼女はデパートの手前で下車した。 她在百貨公司前面下車了。	

けっしん (する) 【決心】 名・自他サ ①	決心 ★★ 例 彼女はアメリカ留学を決心した。 她決心要去美國留學。

けつだん (する) 【決断】 名・自他サ ⓪	決断，果断 ★★ 例 彼は決断する勇気に欠けている。 他缺乏決斷的勇氣。

けってい (する) 【決定】 名・自他サ ⓪	決定；確定 ★★ 例 忘年会は有名なレストランで行われることが決定した。 確定今年的尾牙在有名的餐廳舉行了。

けんせつ (する) 【建設】 名・他サ ⓪	建設；蓋 ★ 例 この橋はいつ建設されたんですか。 這座橋是何時所蓋的呢？

けんとう (する) 【検討】 名・他サ ⓪	研究；探討 ★ 例 この問題は更に検討する必要があると思う。 （我）認為這問題有進一步探討的必要。

こ コ

▶ MP3-072

こう 【請う・乞う】 他五 ①	請求；希望（屬於特殊的五段動詞）★ 例 教えを請う前に自分で考えるべきだ。 請教別人之前應該自己先思考。

こうえん (する) 【講演】 名・自サ ⓪	演講；報告 ★ 例 高齢化社会について講演した。 做了關於高齡化社會的報告。

ごうけい (する) 【合計】 名・他サ ⓪	合計 ★ 例 イベントの来場者を合計すると一万人を超えていた。 活動的到場者合計超過了一萬人。

こうげき （する） 【攻撃】名・他サ ⓪	攻撃；進攻 ★★ 例 激しく攻撃された。 受到了激烈的攻擊。	

こうけん （する） 【貢献】名・自サ ⓪	貢献 ★★ 例 彼女は会社に大きく貢献した。 她對公司有很大的貢獻。

こうこう （する） 【孝行】名・自サ ①	孝順 ★★ 例 孝行したい時分に親は無し。 子欲養而親不在。

こうさい （する） 【交際】名・自サ ⓪	交際；交往 ★★ 例 彼女とは五年交際して結婚した。 跟她交往五年之後結婚了。

こうせい （する） 【構成】名・他サ ⓪	構成；結構 ★ 例 この小説はどういった要素で構成されているのか。 這部小説是怎樣的要素所構成？

こうてい （する） 【肯定】名・他サ ⓪	肯定，承認 ★★ 例 彼はその論点が正しいと肯定した。 他承認那論點是正確的。

こうどう （する） 【行動】名・自サ ⓪	行動 ★★★ 例 彼らはいつも別々に行動する。 他們總是分別行動。

こうひょう （する） 【公表】名・他サ ⓪	公開發表 ★★ 例 彼女が引退するニュースはまだ公表されていない。 她引退的消息還未公開發表。

こうりゅう （する） 【交流】名・自サ ⓪	交流；溝通；往來 ★★ 例 外国人と交流する時に大切なことは何ですか。 跟外國人交流時重要的是什麼？

ごうりゅう （する） 【合流】名・自サ ⓪	交匯，匯合；會合 ★ 例 三つの川はそこで合流している。 三條河在那裡匯合。

こうりょ (する) 【考慮】名・他サ ①	考慮　★★ 例 学歴以外に、人格も考慮してください。 學歷之外，也請考慮個性。
こえる 【肥える】自下一 ②	肥胖；肥沃；講究；富裕 例 台湾に来て、五キロ肥えた。 來台灣，胖了五公斤。
こがす 【焦がす】他五 ②	燒焦；煎熬　★ 例 魚を真っ黒に焦がした。 把魚烤得焦黑了。
こきゅう (する) 【呼吸】 名・自他サ ⓪	①呼吸 ②步調；訣竅 (當名詞用)　★ 例 ①深く呼吸してください。 請深呼吸。 ②彼女達とはどうも呼吸が合わない。 跟她們總是不合拍。
こぐ 【漕ぐ】他五 ①	划（船）；踩（腳踏車）；盪（鞦韆） 例 彼女はボートを漕いだことがない。 她不曾划過船。
こくふく (する) 【克服】名・他サ ⓪	克服，征服　★★ 例 彼女は癌を克服した。 她征服了癌症。
こげる 【焦げる】自下一 ②	烤焦　★ 例 魚が真っ黒に焦げてしまった。 魚烤得焦黑了。 （註：請對照自動詞「焦がす」的用法一起學習。）
こごえる 【凍える】自下一 ⓪	凍僵 例 あまりに寒くて、凍えている。 太冷了，都凍僵了。
こころえる 【心得る】他下一 ④	領會；應允；懂得 例 そのことは私が心得ているから、安心してください。 那件事我心裡有數，請放心。

こしかける 【腰掛ける】 自下一 4	坐下　　　　　　　　　　　　　　　★★ 例 どうぞ腰掛こし かけてください。 請坐。
こしらえる 【拵える】 他下一 0	做；製造；修建；籌集；捏造；生育　　　★ 例 口実こうじつを拵こしらえて学校がっこうをサボった。 捏造藉口沒去上學。
こす 【越す】 自他五 0	越過（場所、時間、某個點）；搬家；串門子　★★ 例 もう峠とうげを越こした。 已經度過最艱苦的時期。
こす 【超す】 自他五 0	超過（某個數量、基準、限度）　　　　★★ 例 今日きょうの気温き おんは三十七度さんじゅうななどを超こしている。 今天的氣溫超過三十七度了。
こする 【擦る】 他五 2	搓；揉；擦　　　　　　　　　　　　★★ 例 寒さむくて、両手りょうてを擦こすっている。 因為很冷，所以在搓擦雙手。
こっせつ（する） 【骨折】名・自サ 0	骨折 例 転ころんで、手てを骨折こっせつした。 因跌倒，手骨折了。
ことづける 【言付ける・託ける】 他下一 4	託人帶口信；託人捎東西 例 姉あねに母ははへの伝言でんごんを言付こと づけた。 要給媽媽的傳言託給姊姊了。
ことなる 【異なる】 自五 3	不同，不一樣　　　　　　　　　　　★ 例 あの双子ふたごはよく似にているが、性格せいかくが異ことなる。 那對雙胞胎雖然長得很像，但是性格不同。
このむ 【好む】 他五 2	喜歡；愛好；追求　　　　　　　　　★★ 例 日本にほんのドラマを見みることを好このむ外国人がいこくじんも多おおい。 喜歡看日劇的外國人也很多。
こらえる 【堪える】 他下一 3	忍耐；抑制 例 怒いかりを堪こらえた。 忍住了忿怒。

こる 【凝る】 自五 ①	熱衷；講究；肌肉痠痛 ★★★
	例 母は最近、山登りに凝っている。
	母親最近熱衷於爬山。

ころがす 【転がす】 他五 ⓪	滾動；駕駛；推動；弄倒
	例 犬はボールを転がして遊んでいる。
	狗在滾著球玩。

ころがる 【転がる】 自五 ⓪	滾動；絆倒；躺下 ★
	例 転がる石に苔はつかない。
	滾石不生苔。

ころぶ 【転ぶ】 自五 ⓪	跌倒 ★★
	例 転んで、頭に怪我をした。
	因跌倒，頭弄傷了。

こわがる 【恐がる・怖がる】 自五 ③	害怕，膽怯
	例 この子は犬を恐がっている。
	這個孩子怕狗。

こんやく（する） 【婚約】 名・自サ ⓪	訂婚 ★
	例 彼女は大学時代の先輩と婚約した。
	她跟大學學長訂婚了。

こんらん（する） 【混乱】 名・自サ ⓪	混亂 ★★
	例 頭が混乱して、先生の話が理解できない。
	頭腦混亂，無法理解老師的話。

さ行

さサ　▶ MP3-073

さいかい（する） 【再開】 名・自他サ ⓪	重新開放；再次舉行；恢復
	例 昨日議会が再開された。
	昨天議會再次舉行了。

ざいこう （する）
【在校】 名・自サ ⓪

在校；在學

例 本校に在校している生徒は約三千名だ。

本校的在校生大約三千人。

さいそく （する）
【催促】 名・他サ ①

催促 ★

例 忙しいのに催促してごめんなさい。

在您百忙之中還催促您，真是抱歉！

さいてん （する）
【採点】 名・他サ ⓪

評分 ★

例 先生は今、教室で答案を採点している。

老師現在正在教室改考卷。

さいほう （する）
【再訪】 名・他サ ⓪

再次訪問

例 二十年の歳月が経って日本を再訪する機会があった。

過了二十年有了再訪日本的機會。

サイン （する）
【sign】 名・自サ ①

署名；簽字；信號，暗號 ★★★

例 この契約書にサインしてください。

請在這份合約上簽名。

さかのぼる
【遡る・溯る】
自五 ④

逆流而上；回溯，追溯 ★

例 話は二十年前に遡る。

事情追溯到二十年前。

さからう
【逆らう】 自五 ③

違背，違反；抗拒

例 両親に逆らいたくない。

不想違背父母。

さぎょう （する）
【作業】 名・自サ ①

工作；作業 ★★

例 高いところに登って作業するときは、十分注意して

ください。

攀登到高處工作的時候，請非常小心。

さく
【裂く・割く】
他五 ①

切；劈；撕；扯；分裂；騰出；勻出；割讓

例 不合格通知は裂いて捨ててしまった。

將不及格的通知撕掉之後丟掉了。

さくせい (する) 【作成】 名・他サ 0	寫成；做成（文件、單據……等「文書方面」）	★
	例 報告書を作成してください。	
	請做成報表。	
さくせい (する) 【作製】 名・他サ 0	製作，製造	★
	例 この工場は家具を作製している。	
	這家工廠製造家具。	
さぐる 【探る】 他五 0 2	尋找；摸索；探訪；偵查	★
	例 京都の古跡の謎を探る。	
	探訪京都的古蹟之謎。	
ささえる 【支える】 他下一 0 3	支撐；維持；攙扶；阻止	★★
	例 息子は私を支える力だ。	
	兒子是支撐我的力量。	
ささやく 【囁く】 自他五 3 0	耳語；小聲說話	★
	例 子供は母親の耳元で囁いている。	
	小孩子在母親的耳邊小聲說話。	
さしひく 【差し引く・差引く】 他五 3	扣除，減去；撥出	★
	例 保険料は給料から差し引かれる。	
	保險的費用從薪水扣除。	
さつえい (する) 【撮影】 名・他サ 0	拍照；攝影；拍攝	★★
	例 娘は最近、人物を撮影している。	
	女兒最近在拍攝人物。	
さっきょく (する) 【作曲】 名・自他サ 0	作曲	★
	例 この曲は彼女が作曲したものだ。	
	這首曲子是她作曲的。	
さびる 【錆びる】 自上一 2	生鏽	
	例 大切な包丁が錆びてしまった。	
	珍貴的菜刀生鏽了。	
さべつ (する) 【差別】 名・他サ 1	差別；區別；歧視	★★
	例 老人を差別してはいけない。	
	不可以歧視老人。	

さまたげる 【妨げる】 他下一 ④	妨礙；打擾；阻撓 例 工事は台風に妨げられた。 工程被颱風所妨礙了。
さゆう (する) 【左右】 名・他サ ①	左右，操縱，支配　　　　　　　　　　★★ 例 境遇が運命を左右するとは限らない。 境遇未必能左右命運。
さる 【去る】 自他五 ①	離開；距離；消除（他動詞）；消失；過去（自動詞）　★ 例 彼は既にこの会社を去った。 他已經離開這家公司了。
さんにゅう (する) 【参入】 名・自サ ①	參加，進入　　　　　　　　　　　　　★ 例 日本市場に参入するのは難しい。 進入日本市場很困難。

しシ

▶ MP3-074

しあがる 【仕上がる・仕上る】 自五 ③	做完，完成　　　　　　　　　　　　　★ 例 この仕事は明日までに仕上がるだろう。 這工作大概明天可以完成吧！
じえい (する) 【自衛】 名・自サ ①	自衛 例 自衛するために武器を持っている。 為了自衛持有武器。
しきゅう (する) 【支給】 名・他サ ①	支付；發放 例 一ケ月三万円の通勤手当を支給する。 一個月支付三萬日幣的通勤津貼。
しくじる 他五 ③	失敗；搞砸；被解雇（屬於特殊的五段動詞） 例 私達は何故よく「大事なところ」でしくじるのか。 我們為何常常在「重要的時刻」搞砸呢？
しげき (する) 【刺激】 名・他サ ①	①刺激；使興奮 ②刺激　　　　　　　　★ 例 ①雨の音が神経を刺激して眠れない。 雨聲刺激神經睡不著覺。 ②あなたの話は彼にとっていい刺激になっただろう。 你的話對他而言是很好的刺激吧！

しげる 【茂る・繁る】 自五 ②	繁茂，茂盛，茂密（屬於特殊的五段動詞） 例 森には木が茂っている。 森林裡樹木繁盛。
じさつ (する) 【自殺】 名・自サ ⓪	自殺　★ 例 彼女は毒を飲んで自殺した。 她服毒自殺了。
じさん (する) 【持参】 名・他サ ⓪	帶來（去）　★★ 例 毎日弁当を持参して出勤する。 每天帶便當上班。
しじ (する) 【指示】 名・他サ ①	指示　★ 例 編集者の指示する通りに本を書く。 遵照編輯的指示寫書。
しずまる 【静まる・鎮まる】 自五 ③	安靜；減弱；平靜 例 暴風雨がやっと静まった。 暴風雨終於平靜了。
しずむ 【沈む】 自五 ⓪	沉入；淪落；衰弱；鬱悶；苦惱 例 太陽は西に沈む。 太陽西下。
したがう 【従う・随う】 自五 ⓪③	跟隨；遵從；沿著　★★ 例 医者の指示に従って薬を飲む。 遵從醫生的指示服藥。
したがき (する) 【下書き・下書】 名・他サ ⓪	試寫；畫輪廓；打草稿　★ 例 手紙を書く時はいつも下書きしてから、清書する。 寫信時都會先打草稿之後再謄寫。
じっかん (する) 【実感】 名・他サ ⓪	真實感；真正感受到　★ 例 自分の日本語能力が不足していることを実感した。 真正感受到自己日語能力不足。

じつげん (する) 【実現】 名・自他サ 0	實現 ★ 例 彼女の夢は実現した。 她的夢想實現了。

實施，實行 ★
例 来月、アンケート調査を実施するつもりだ。
下個月，（我）打算實施問卷調査。

じっし (する)
【実施】名・他サ 0

實習 ★
例 冬休みを利用して、会社で実習する。
利用寒假，在公司實習。

じっしゅう (する)
【実習】名・他サ 0

執筆，撰稿
例 彼は暇な時に小説を執筆する。
他在空閒時撰寫小説。

しっぴつ (する)
【執筆】名・他サ 0

失望 ★
例 今回の同窓会に彼が来なくて失望した。
這次同學會他沒來真叫人失望。

しつぼう (する)
【失望】名・自サ 0

失戀 ★
例 これ以上失恋する痛みに堪えることができない。
已經無法再忍受失戀的痛苦了。

しつれん (する)
【失恋】名・自サ 0

指導；領導 ★★
例 週末はサッカー教室で小学生を指導している。
週末在足球班指導小學生。

しどう (する)
【指導】
名・他サ 1 0

支配，控制；統治 ★
例 この世の中では強者が弱者を支配する。
這世界是強者統治弱者。

しはい (する)
【支配】名・他サ 1

支付，付款 ★★
例 我が社は毎月の通勤費用を全額支払ってくれる。
我們公司全額支付每個月的通勤費用。

しはらう
【支払う】他五 3

綑綁；束縛，限制 ★
例 教科書を紐で縛った。
用繩子捆綁了教科書。

しばる
【縛る】他五 2

しびれる
【痺れる】 自下一 ③

麻木，發麻；陶醉，出神

例 この唐辛子は舌が痺れるほど辛い。

這辣椒是辣到舌頭會發麻的辣。

しぼむ
【萎む・凋む】
自五 ⓪

枯萎，凋謝；洩氣

例 庭の花がみんな凋んだ。

院子裡的花都枯萎了。

しぼる
【絞る・搾る】
他五 ②

搾；榨；擠；剝削；縮小　　　★

例 タオルの水を絞った。

將毛巾的水擰乾了。

しめきる
【締め切る・締切る】
他五 ③ ⓪

關閉；截止　　　★

例 投稿受付は三月五日で締切る。

稿件受理至三月五日截止。

しめす
【示す】　他五 ②

出示；指示；顯示　　　★★

例 学生証を示して野球場に入場した。

出示學生證進入了棒球場。

しめる
【占める】 他下一 ②

佔有；佔領　　　★

例 男性の顧客が大部分を占めている。

男性的顧客占了大部分。

しめる
【湿る】　自五 ⓪

潮濕；受潮；熄滅

例 干し椎茸を瓶に入れて湿らないようにする。

把乾香菇放在瓶子裡防止受潮。

しゃがむ
自五 ⓪

蹲下　　　★

例 長い間しゃがんでいたので足が痺れた。

長時間蹲著所以腿發麻了。

しゃせい (する)
【写生】名・他サ ⓪

寫生

例 彼はノートにたくさん植物を写生した。

他在筆記本上大量寫生植物。

しゃっきん (する)
【借金】名・自サ ③

借錢　　　★

例 彼女は二億円借金した。

她借了兩億日圓。

しゃぶる 他五 ⓪	吸吮
	例 あの子は緊張すると、指をしゃぶる。
	那個孩子一緊張，就會吸吮手指。

しゅうかく (する) 【収穫】 名・他サ ⓪	（作物）收成；（學習）心得，收穫 ★
	例 秋に米を収穫する。
	秋天稻米收成。

しゅうきん (する) 【集金】 名・他サ ⓪	收款
	例 来年の会費を集金している。
	正在收明年的會費。

しゅうごう (する) 【集合】 名・自他サ ⓪	集合 ★★
	例 明日、講堂に集合してください。
	明天，請在禮堂集合。

じゅうし (する) 【重視】 名・他サ ①⓪	重視 ★★
	例 文章の形式よりも内容を重視する。
	重視文章的內容勝過形式。

しゅうせい (する) 【修正】 名・他サ ⓪	修正 ★★
	例 この文章は修正する必要があると思う。
	（我）認為這篇文章有修正的必要。

しゅうぜん (する) 【修繕】 名・他サ ⓪①	修繕，修理
	例 コンピューターは修繕されているところだ。
	電腦正被送修中。

しゅうちゅう (する) 【集中】 名・自他サ ⓪	集中；專心 ★★★
	例 今は勉強に集中できない。
	現在無法專心讀書。

しゅうにん (する) 【就任】 名・自サ ⓪	就任，就職
	例 大統領は宣誓をして就任した。
	大總統宣誓就職了。

しゅうのう (する) 【収納】 名・他サ ⓪	徵收；收納，收存 ★★
	例 お皿を食器棚に収納してください。
	請把盤子收到餐碗櫃裡。

しゅうりょう (する) **【終了】** 名・自他サ 0	結束，完成 ★★ 例 投稿受付は終了した。 稿件受理結束了。		

しゅうりょう (する)
【終了】 名・自他サ 0

結束，完成　　★★
例 投稿受付は終了した。
稿件受理結束了。

しゅくしょう (する)
【縮小】 名・自他サ 0

縮小；縮減
例 予算が縮小された。
預算被縮減了。

しゅくはく (する)
【宿泊】 名・自サ 0

投宿，住宿　　★★
例 今晩は伝統のある旅館に宿泊する。
今晚要住有傳統的旅館。

しゅちょう (する)
【主張】 名・他サ 0

主張　　★★
例 彼は無罪だと主張した。
他主張無罪。

しゅっきん (する)
【出勤】 名・自サ 0

上班　　★★★
例 彼女は毎日電車で出勤する。
她每天搭電車上班。

しゅっちょう (する)
【出張】 名・自サ 0

出差；外派　　★★★
例 仕事のため、よく日本へ出張する。
因為工作的關係，常常去日本出差。

しゅっぱん (する)
【出版】 名・他サ 0

出版　　★
例 この小説は、出版されたばかりなのにすぐ売り切れた。
這本小說，才剛出版就立刻賣光了。

しよう (する)
【使用】 名・他サ 0

使用　　★★★
例 このノートは執筆に使用する。
這筆記本是用來撰稿的。

しょうか (する)
【消化】 名・自他サ 0

消化；吸收　　★★
例 食べ物を消化するのには長い時間が掛かる。
消化食物要花費很長的時間。

じょうきょう (する)
【上京】 名・自サ 0

進京；到東京去
例 上京すると、いつも友人の家に泊まる。
去東京時，總是住朋友家。

じょうげ （する）
【上下】 名・自サ ①

升降；漲落 ★

例 熱は三十九度と四十度の間を上下している。

體溫在三十九度跟四十度之間起起落落。

しょうじる
【生じる】
自他上一 ⓪③

生長；產生 ★

例 予算上の問題が生じた。

預算上產生了問題。

じょうたつ （する）
【上達】 名・自サ ⓪

進步 ★

例 彼女は英語が少し上達した。

她英語進步了一些。

しょうどく （する）
【消毒】 名・他サ ⓪

消毒 ★

例 傷口を消毒した。

將傷口消毒了。

しょうにん （する）
【承認】 名・他サ ⓪

通過，批准；承認

例 休暇の申請が承認された。

休假申請通過了。

じょうはつ （する）
【蒸発】 名・自サ ⓪

蒸發

例 水が蒸発して水蒸気となる。

水蒸發變成水蒸氣。

しょうもう （する）
【消耗】
名・自他サ ⓪

消耗；疲勞 ★

例 寒い時は体力を消耗する。

天冷時會消耗體力。

しょめい （する）
【署名】 名・自サ ⓪

署名，簽名 ★★

例 この契約書に署名してください。

請在這份合約上署名。

しょり （する）
【処理】 名・他サ ①

處理 ★★

例 この問題は林さんがきちんと処理した。

這個問題林小姐確實地處理了。

しんこう （する）
【信仰】 名・他サ ⓪

信仰

例 荘さんはキリスト教を信仰している。

莊小姐信奉基督教。

しんさつ (する)
【診察】名・他サ 0

診察 ★

例 徐先生は患者を診察している。

徐醫生正在診察病患。

しんじゅう (する)
【心中】名・自サ 0

殉情；共同自殺

例 彼らは結婚に反対されて心中した。

他們因結婚遭反對而殉情了。

しんだん (する)
【診断】名・他サ 0

診斷；分析判斷

例 彼女は乳癌と診断された。

她被診斷為乳癌。

しんにゅう (する)
【侵入】名・自サ 0

侵入；闖入 ★

例 留守の間に誰かが部屋に侵入したようだ。

看來不在家的時候有人闖入了房間。

しんよう (する)
【信用】名・他サ 0

信用；信任 ★★

例 あの会社は代理商に信用されている。

那家公司被代理商所信任。

しんらい (する)
【信頼】名・他サ 0

信賴，信任；可靠 ★

例 彼は私を裏切ったから、もう信頼できない。

因為他背叛了我，所以我已經無法信任他了。

すス

▶ MP3-075

すいせん (する)
【推薦】名・他サ 0

推薦 ★★

例 李さんを学級委員に推薦する。

將李同學推薦為班長。

すいてい (する)
【推定】名・他サ 0

推斷，推定 ★

例 彼は山で行方不明になって、死亡と推定された。

他因為在山裡行蹤不明，被推斷為死亡了。

すきとおる
【透き通る・透通る】
自五 3

透明；清澈；清脆 ★

例 あの歌手の透き通った声が好きだ。

喜歡那位歌手清澈的聲音。

すくう 【救う】　他五 0	拯救，解救；救濟　　　　　　　　　★ 例 医者には病人を救う義務がある。 醫生有拯救病人的義務。	

すくう
【救う】　他五 0

拯救，解救；救濟　★

例 医者には病人を救う義務がある。

醫生有拯救病人的義務。

すぐれる
【優れる・勝れる】
自下一 3

優秀，卓越　★

例 彼女は鑑賞力に優れている。

她鑑賞力卓越。

すずむ
【涼む】　自五 2

乘涼

例 夏の夕方は、木影に座って涼むと気持ちがいい。

夏天的傍晚，坐在樹蔭下乘涼很舒服。

すっきり (する)
副・自サ 3

（心情）舒暢；（文章）通順；（裝束）整潔　★★★

例 宿題を全部終えてすっきりした。

作業都做完了，心情輕鬆愉快。

ストップ (する)
【stop】
名・自他サ 2

停止；站牌　★★

例 事故で電車がストップした。

因為事故電車停下來了。

スピーチ (する)
【speech】
名・自サ 2

致詞；演說　★

例 校長先生が卒業式でスピーチした。

校長在畢業典禮上致詞了。

すむ
【澄む・清む】
自五 1

清澈，清新；發清音

例 田舎の澄んだ空気を吸いたい。

（我）想呼吸鄉下清新的空氣。

ずらす　他五 2

挪開，挪一挪；錯開　★★

例 予定を三日間ずらしてください。

請將預定計畫往後挪三天。

する
【刷る】　他五 1

印刷

例 この雑誌は一万冊刷る予定だ。

這本雜誌預定印刷一萬本。

ずれる　自下一 2

移動；偏離；脫離　★★

例 あの子の考えは少しずれている。

那個孩子的想法有點偏差。

せセ

▶ MP3-076

せいきゅう (する)
【請求】名・他サ ⓪

請求；申請；索取 ★

例 上記金額をご請求致します。

申請上列金額。

せいげん (する)
【制限】名・他サ ③

限制；節制 ★★

例 学生達は外出を制限されている。

學生們限制外出。

せいさく (する)
【制作】名・他サ ⓪

製作，創作（電影、節目、網路影片……等「藝術作品」） ★

例 彼の仕事は工芸品を制作することだ。

他的工作是製作工藝品。

せいさく (する)
【製作】名・他サ ⓪

製作，製造（機械、器具……等「實用性物品」） ★

例 この工場は精密機械を製作している。

這家工廠製作精密機械。

せいしょ (する)
【清書】名・他サ ⓪

謄寫

例 スピーチの下書きを清書している。

正在謄寫演講的草稿。

せいそう (する)
【清掃】名・他サ ⓪

清掃，打掃 ★

例 この会社の主な業務はビル等の施設を清掃することだ。

這間公司的主要業務是清掃大廈等設施。

せいぞう (する)
【製造】名・他サ ⓪

製造 ★

例 この工場は自転車を製造している。

這家工廠製造腳踏車。

せいぞん (する)
【生存】名・自サ ⓪

生存 ★

例 大自然で生存していくために、動植物は進化した。

為了在大自然生存，動植物進化了。

せいちょう (する)
【成長】名・自サ ⓪

成長；成熟 ★★

例 息子は元気に成長した。

兒子健康地成長了。

せいび（する）【整備】 名・自他サ ①

維修；保養；配備 ★

例 彼女は自分の車をよく整備している。

她將自己的車子保養得很好。

せいりつ（する）【成立】名・自サ ⓪

成立；達成；通過 ★

例 その交渉は成立しなかった。

那項交涉並未達成。

せおう【背負う】 他五 ②

背著；負擔 ★★

例 彼女は一人でとても重い荷物を背負っている。

她一個人背負著非常重的行李。

せっきん（する）【接近】名・自サ ⓪

接近 ★

例 台風は台湾に接近しつつある。

颱風正逐漸接近台灣。

せっけい（する）【設計】名・他サ ⓪

設計；規劃 ★

例 この家は豪華に設計されている。

這棟房子設計得很豪華。

せっする【接する】 自他サ ⓪③

湊近；接連（他動詞）；毗連；挨著；偶遇；接待（自動詞） ★

例 佐藤先生はとても親切な態度で学生に接する。

佐藤老師對待學生的態度非常親切。

せつぞく（する）【接続】 名・自他サ ⓪

連接；銜接 ★

例 この電車は東京行きの特急に接続している。

這電車銜接去東京的特快車。

ぜつめつ（する）【絶滅】 名・自他サ ⓪

滅絕；消滅 ★

例 あの霊長類はもう絶滅した。

那種靈長類已經滅絕了。

せまる【迫る・逼る】 自他五 ②

逼迫（他動詞）；逼近；緊迫；胸扣鬱悶（自動詞） ★

例 必要に迫られて日本語を習い始めた。

迫於需要開始學日語了。

せめる 【攻める】 他下一 ②	進攻 ★ 例 敵を攻める機会を掴む。 把握進攻敵人的機會。	
せめる 【責める】 他下一 ②	責備；催促；折磨 ★★ 例 そのミスで彼を責めた。 因為那個過失而責備了他。	
せんこう (する) 【専攻】 名・他サ ⓪	専攻 ★★ 例 大学で心理学を専攻した。 在大學專攻了心理學。	
ぜんしん (する) 【前進】 名・自サ ⓪	前進 ★ 例 落ち着いて、一歩ずつ前進してください。 請沉著地，一步一步地前進。	
せんたく (する) 【選択】 名・他サ ⓪	挑選，選擇 ★★ 例 この中から一つ選択してください。 請從這當中挑選一個。	
せんれん (する) 【洗練】 名・他サ ⓪	精練；高尚 ★ 例 このデザインは美しく、洗練されている。 這設計又美又高尚。	

そソ

▶ MP3-077

ぞうか (する) 【増加】 名・自他サ ⓪	増加 ★ 例 台湾の人口は増加しつつある。 台灣的人口正在逐漸增加。	
ぞうげん (する) 【増減】 名・自他サ ⓪③	増減 例 観衆は日によって増減する。 觀眾因日子不同而有增有減。	
そうさ (する) 【操作】 名・他サ ①	操縱；周轉；竄改 ★★ 例 この機械を操作するのはすごく簡単だ。 操縱這機械非常簡單。	

ぞうさつ (する) 【増刷】 名・他サ 0	増印，加印 例 この小説はとても人気があるので、増刷された。 這本小説由於非常受到歡迎，已經加印了。
ぞうすい (する) 【増水】 名・自サ 0	漲水 例 雨で川が増水した。 因為雨，河水漲了。
そうぞう (する) 【創造】 名・他サ 0	創造 例 この子は創造する能力に富んでいる。 這個孩子創造能力豐富。
そうぞく (する) 【相続】 名・他サ 0 1	繼承 ★ 例 彼女は両親の土地を相続した。 她繼承了父母的土地。
ぞうだい (する) 【増大】 名・自他サ 0	増大；増多；増加 例 今年から、仕事のストレスが増大した。 從今年開始，工作的壓力增大了。
ぞくする 【属する】 自サ 3	屬於 ★ 例 この植物はイネ科に属する。 這種植物屬於稻科。
そくてい (する) 【測定】 名・他サ 0	測量 ★ 例 父は毎朝、血圧を測定する。 父親每天早上測量血壓。
そくりょう (する) 【測量】 名・他サ 0 2	測量 例 海の深さを測量するのは難しい。 測量海的深度很困難。
そそぐ 【注ぐ・灌ぐ】 自他五 0 2	注入；灌入；落下；傾注（他動詞）；流入（自動詞） ★★ 例 お湯を注ぐと、たった二分でラーメンが食べられる。 一注入熱開水，只要兩分鐘就能享用拉麵。

そなえる 【備える・具える】 他下一 ③	設置；防備；具備 ★★ 例 各部屋に冷蔵庫が備えてある。 每個房間設置有冰箱。	
それる 【逸れる】 自下一 ②	（話題、目標、方向）偏離 ★★ 例 台風は西に逸れた。 颱風轉向朝西去了。	
そんざい (する) 【存在】 名・自サ ⓪	存在 ★★ 例 神が存在することを信じている。 （我）相信神的存在。	
ぞんじる 【存じる】 自他上一 ③ ⓪	知道；採納；領會；認為；打算（「知る」、「承知する」、★★ 「心得る」、「思う」、「考える」的「謙讓語」） 例 来週の水曜日に出発しようと存じます。 打算下週三動身。	
そんぞく (する) 【存続】 名・自他サ ⓪	延續；連續 例 田舎ではこの古い風習がなお存続している。 鄉下還存在著這種古老的風俗。	
そんちょう (する) 【尊重】 名・他サ ⓪	尊重 ★★ 例 どんな意見も尊重されるべきだ。 任何意見都應該被尊重。	

た行

た タ ▶ MP3-078

たいざい (する) 【滞在】 名・自サ ⓪	逗留；旅居 ★★ 例 彼女が日本に滞在してもう二十年になった。 她旅居日本已經有二十年了。	
たいしょう (する) 【対照】 名・他サ ⓪	對照；對比 例 日本語の訳文を英語の原文と対照して勉強する。 將日語的翻譯文對照英語的原文來學習。	

たいする 【対する】 自サ ③	對於；對待；對比；面對 ★ 例 佐藤先生は誰に対しても親切だ。 佐藤老師對誰都很親切。	

對於；對待；對比；面對 ★
例 佐藤先生は誰に<u>対して</u>も親切だ。
佐藤老師對誰都很親切。

たいする
【対する】 自サ ③

抓，逮捕 ★
例 スピード違反で<u>逮捕</u>された。
因為超速被抓了。

たいほ (する)
【逮捕】 名・他サ ①

對立 ★
例 彼らはその点で<u>対立</u>した。
他們在那一點上是對立的。

たいりつ (する)
【対立】 名・自サ ⓪

插秧
例 皆で<u>田植え</u>すれば楽だ。
大家一起插秧的話比較輕鬆。

たうえ (する)
【田植え・田植】
名・自サ ③

耕作
例 鋤で土地を<u>耕した</u>ことがある。
用鋤頭耕作過土地。

たがやす
【耕す】 他五 ③

儲蓄；積蓄；蓄留 ★
例 明日は断水するから、少し水を<u>蓄え</u>よう。
因為明天停水，所以來儲一點水吧！

たくわえる
【蓄える・貯える】
他下一 ④③

作戰；競賽 ★★
例 彼女は癌と<u>戦って</u>いる。
她正與癌症搏鬥。

たたかう
【戦う・闘う】
自五 ⓪

站起來；往上升；振奮；開始 ★★
例 彼は失敗から<u>立ち上</u>がった。
他從失敗中站起來了。

たちあがる
【立ち上がる・
立上がる】
自五 ⓪④

站住；停留 ★★
例 生徒達は<u>立ち止</u>まって先生に挨拶した。
學生們停下來跟老師打了招呼。

たちどまる
【立ち止まる・
立ち留まる】
自五 ④⓪

たつ 【絶つ】　他五①	断絶；切断；結束　　　　　　　　　　　　★ 例 彼は酒を絶つと決心した。 他決心戒酒。	
たっする 【達する】 自他サ⓪③	達成；宣布（他動詞）；到達；精通（自動詞）　★★ 例 寄付金は二百億に達した。 捐款達到了兩百億。	
だっせん（する） 【脱線】名・自サ⓪	（電車）脱軌；（事情）脱離常軌　　　　★ 例 今朝、各駅停車が脱線した。 今天早上，普通車脱軌了。	
たとえる 【例える・譬える・ 喩える】　他下一③	比喩；舉例說明　　　　　　　　　　　★★ 例 花に例えると、あの女の子は薔薇だ。 用花來比喻的話，那個女孩就是玫瑰。	
たび（する） 【旅】　名・自サ②	旅行　　　　　　　　　　　　　　　　★★ 例 ヨットで旅したことがある。 曾搭遊艇旅行過。	
ダブる 【double】自五②	重複；留級　　　　　　　　　　　　　★★ 例 彼は高校でダブったから、みんなより一歳年上だ。 因為他高中留級過，所以比大家多一歲。	
ためす 【試す】　他五②	試驗；嘗試　　　　　　　　　　　　　★★ 例 自分の日本語能力を試したい。 （我）想試試自己的日語能力。	
ためらう 【躊躇う】自五③	猶豫不決　　　　　　　　　　　　　　★★ 例 どうしたらいいのか躊躇っている。 不知該怎麼做而猶豫不決。	
たよる 【頼る】　自五②	依靠；借助；靠關係　　　　　　　　　★★ 例 他人に頼らないで、自分に頼った方がいい。 不要依靠別人，依靠自己比較好。	
たらす 【垂らす】他五②	垂；吊；滴；流　　　　　　　　　　　★★ 例 鯖にレモン汁を垂らした。 給鯖魚滴上檸檬汁。	

たる 【足る】　自五 ⓪	足夠；值得 例 彼女は大事を託すに<ruby>足<rt>た</rt></ruby>ると<ruby>思<rt>おも</rt></ruby>う。 （我）認為她足以託付重任。
たれさがる 【垂れ下がる・ 垂れ下る・ 垂下る】 　自五 ④ ⓪	垂掛；下垂　★ 例 <ruby>凧<rt>たこ</rt></ruby>が<ruby>木<rt>き</rt></ruby>の<ruby>上<rt>うえ</rt></ruby>に<ruby>引<rt>ひ</rt></ruby>っ<ruby>掛<rt>か</rt></ruby>かって<ruby>垂<rt>た</rt></ruby>れ<ruby>下<rt>さ</rt></ruby>がっている。 風箏被樹勾住，垂了下來。
ダンス (する) 【dance】 　名・自サ ①	跳舞　★ 例 ダンスしている<ruby>彼女<rt>かのじょ</rt></ruby>は<ruby>別人<rt>べつじん</rt></ruby>のようだ。 在跳舞的她像變了一個人。
だんすい (する) 【断水】 　名・自他サ ⓪	停水　★ 例 <ruby>明日<rt>あした</rt></ruby>は<ruby>断水<rt>だんすい</rt></ruby>することをみんなに<ruby>伝<rt>つた</rt></ruby>えよう。 將明天停水的事告訴大家吧！
だんてい (する) 【断定】　名・他サ ⓪	斷定；判斷　★ 例 <ruby>証拠<rt>しょうこ</rt></ruby>から<ruby>犯人<rt>はんにん</rt></ruby>を<ruby>断定<rt>だんてい</rt></ruby>できると<ruby>言<rt>い</rt></ruby>われている。 據說可以用證據來判斷犯人。
たんとう (する) 【担当】　名・他サ ⓪	擔任；負責　★★ 例 この<ruby>仕事<rt>しごと</rt></ruby>は<ruby>彼女<rt>かのじょ</rt></ruby>が<ruby>担当<rt>たんとう</rt></ruby>する。 這件事由她負責。

ちチ　　▶MP3-079

ちかう 【誓う】　他五 ② ⓪	立誓；發誓；宣誓　★★ 例 <ruby>彼<rt>かれ</rt></ruby>は<ruby>禁酒<rt>きんしゅ</rt></ruby>を<ruby>誓<rt>ちか</rt></ruby>った。 他發誓要戒酒。
ちかよる 【近寄る】　自五 ⓪ ③	接近；靠近；挨近　★★ 例 <ruby>船<rt>ふね</rt></ruby>がだんだん<ruby>陸<rt>りく</rt></ruby>に<ruby>近寄<rt>ちかよ</rt></ruby>ってきた。 船漸漸地靠近陸地了。

ちぎる 【千切る】 他五 2	弄碎；撕碎；摘取（屬於特殊的五段動詞）	
	例 庭の花を千切ってはいけない。	
	不可以摘院子裡的花。	

ちぢむ 【縮む】 自五 0	縮小；縮回；畏縮 ★	
	例 このような素材の服は縮みやすい。	
	這種材質的衣服容易縮水。	

ちぢれる 【縮れる】 自下一 0	起皺；捲曲	
	例 アイロンで縮れている服を伸ばした。	
	用熨斗將起皺的衣服燙平。	

ちゅうしゃ (する) 【駐車】 名・自サ 0	停車 ★★★	
	例 学校の前に駐車してはいけない。	
	不可以在學校前面停車。	

ちゅうたい (する) 【中退】 名・自サ 0	中途退學 ★	
	例 彼女は病気で大学を中退した。	
	她因為生病大學中途退學了。	

ちょうか (する) 【超過】 名・自サ 0	超過；超額	
	例 荷物は規定の重量を五キロ超過した。	
	行李比規定的重量超重了五公斤。	

ちょうこく (する) 【彫刻】 名・自他サ 0	雕刻	
	例 この彫刻家は今年から仏像を彫刻し始めた。	
	這位雕刻家從今年開始雕刻佛像。	

ちょうせい (する) 【調整】 名・他サ 0	調整；協調 ★★	
	例 リーダーはメンバーの意見を調整した。	
	隊長協調了隊員們的意見。	

ちょうせつ (する) 【調節】 名・他サ 0	調節 ★★	
	例 室内の温度を調節してください。	
	請調節室內的溫度。	

ちょうだい (する) 【頂戴】 名・他サ ⓪ ③	「もらう」、「もらって飲食する」的「謙讓語」 ★★ 例 もう十分に頂戴致しました。 已經吃得很飽了。 （註：補助動詞「～てちょうだい」是「命令形」，表示「請給（借；幫）我～」等等，用於「請求某人做某事」時，例如；鉛筆を貸してちょうだい。請把鉛筆借給我。）
ちょぞう (する) 【貯蔵】名・他サ ⓪	儲藏；保存 例 台風が近付いてきたから、少し食品を貯蔵しよう。 颱風快靠近了，儲藏點食品吧！
ちょちく (する) 【貯蓄・儲蓄】 名・他サ ⓪	儲蓄 ★ 例 給料の中から少しずつ貯蓄しておく。 從薪水裡一點一點地儲蓄起來。
ちらかす 【散らかす】他五 ③ ⓪	亂扔；使～凌亂 ★★ 例 紙屑を散らかしっ放しにしないでください。 紙屑請不要亂扔。
ちらかる 【散らかる】自五 ⓪	凌亂，亂七八糟 ★★ 例 書斎には紙屑が散らかっている。 書房裡紙屑四散。
ちらばる 【散らばる】自五 ⓪	凌亂，分散 ★★ 例 散らばっていた紙屑を掃き集めた。 將四散的紙屑掃到一處。

つツ

▶ MP3-080

ついか (する) 【追加】名・他サ ⓪	追加 ★★ 例 飲み物を追加して頼もう。 加點飲料吧！
つうか (する) 【通過】名・自サ ⓪	通過（考試等）；經過（某地）；（列車等）不停 ★★ 例 入学試験を通過した。 通過入學考試了。

つうがく (する)
【通学】 名・自サ ⓪

通學，上下學　★★★

例 彼はバスで通学している。
他搭公車上下學。

つうこう (する)
【通行】 名・自サ ⓪

通行；往來　★★

例 前の通りは交通事故で通行できない。
前面那條街因為車禍無法通行。

つうち (する)
【通知】 名・他サ ⓪

通知　★

例 合否は葉書で通知します。
考試結果以明信片通知。

つうよう (する)
【通用】 名・自サ ⓪

通用；兩用；常用　★★

例 そんな方法では通用しない。
那種方法行不通。

つきあたる
【突き当たる・
突き当る・
突当る】 自五 ④

走到盡頭；撞上　★

例 突き当たって右に曲がると三軒目が先生のお宅だ。
走到盡頭向右轉第三間就是老師家。

つく
【突く】 他五 ① ⓪

戳刺；支撐；冒著；敲撞；吐漏　★

例 棒で地面を突いた。
用棒子戳了地面。

つく
【就く】 自五 ① ②

沿著；跟隨；袒護；就寢；就職　★★

例 高先生に就いてバイオリンを習う。
跟著高老師學小提琴。

つぐ
【次ぐ】 自五 ⓪

接著；亞於　★

例 台中は台北に次ぐ大都市だ。
台中是僅次於台北的大都市。

つぐ
【注ぐ】 他五 ⓪

注入；倒入（僅用於飲食方面）　★

例 カップにコーヒーを注いだ。
把咖啡倒入杯子裡。

つけくわえる 【付け加える・ 付加える】 他下一 5 0	補充；附加 ★ 例 一つ付け加えたいことがある。 ひと　　　くわ 有一處想補充。	

つっこむ 【突っ込む】 自他五 3	衝進；闖入；深入（他動詞）；刺入；塞進；截進；★★ 插進；指謫；介入（自動詞） 例 彼はいつも人のことに首を突っ込む。 かれ　　　　　ひと　　　　　くび　　つ　こ 他總是介入別人的事。

つとめる 【努める・勉める】 自下一 3	努力；盡力；忍耐 ★★ 例 私は健康の維持に随分努めてきた。 わたし　けんこう　いじ　ずいぶんつと 我為了維持健康，一路走來相當地努力。

つとめる 【務める】 自下一 3	擔任 ★★ 例 彼女はこの協会の理事長を務めている。 かのじょ　　　きょうかい　りじちょう　つと 她擔任這個協會的理事長。

つぶれる 【潰れる】 自下一 0	壓壞；倒閉；白費；丟臉 ★ 例 地震で、建物が潰れた。 じしん　　たてもの　つぶ 由於地震，建築物垮了。

つまずく 【躓く】 自五 0 3	絆倒；挫折 例 一度躓けば、それだけ利口になる。 いちど つまず　　　　　　　りこう 不經一事，不長一智。

つりあう 【釣り合う・釣合う】 自五 3	平衡；相配 ★★ 例 毎月の収入と支出が釣り合わない。 まいつき　しゅうにゅう　ししゅつ　つ　あ 每個月的收支不平衡。

つる 【吊る・攣る】 自他五 0	吊掛；相撲時，抓住對方的腰帶提起來（他動詞）；★ 抽筋；往上吊（自動詞） 例 蚊の対策に蚊帳を吊った。 か　たいさく　かや　つ 為了防蚊，掛上了蚊帳。

つるす 【吊るす】 他五 0	吊掛；懸掛 例 この鏡は吊るして使う。 かがみ　　　つ　　　つか 這面鏡子是掛起來用的。

てテ

▶ MP3-081

ていか (する)
【低下】 名・自サ ⓪

低落；降低；衰退
例 最近、モラルが低下しつつある。
最近道德逐漸淪喪。

ていこう (する)
【抵抗】 名・自サ ⓪

抵抗；抗拒；阻力　　　★
例 彼女の魅力にはとても抵抗し難い。
非常難抗拒她的魅力。

ていし (する)
【停止】
名・自他サ ⓪

停止；（列車等）停下；停頓　　★★
例 地震で仕事が一時停止した。
因為地震，工作暫時停頓了。

ていしゅつ (する)
【提出・呈出】
名・他サ ⓪

提出；提交　　　★★
例 答案を提出してください。
請交卷。

でいり (する)
【出入り・出入】
名・自サ ① ⓪

進出；（數字等）有出入；收支；常客；曲折；糾紛　★
例 彼女はよく、あのレストランに出入りしている。
她常常出入那家餐廳。

ていれ (する)
【手入れ・手入】
名・他サ ① ③

修理；保養；整理；搜捕　　★★
例 彼女は自分の車をよく手入れしている。
她將自己的車子保養得很好。

できあがる
【出来上がる・
出来上る】
自五 ⓪ ④

完成；完工　　　★★★
例 新しいビルは今月出来上がる予定だ。
新的大樓預計這個月會完工。

てきする
【適する】 自サ ③

適合　　　★
例 この土地は耕作に適している。
這土地適合耕作。

てきよう (する)
【適用】 名・他サ ⓪

適用；應用　　　★
例 今回の事故では保険は適用されない。
這次的車禍不能適用保險。

| でこぼこ (する)
【凸凹】 名・自サ 0 | 凹凸，坑坑窪窪；高低不平；參差不齊　★
例 表面は凸凹していて滑らかではない。
表面凹凸不平滑。 |

| てっする
【徹する】
自他サ 0 3 | 透徹；從頭到尾（他動詞）；滲透；徹底（自動詞）
例 経営方針を全社員に徹する。
向全公司員工貫徹經營方針。 |

| でむかえる
【出迎える】
他下一 4 0 | 迎接　★★
例 空港で里帰りの友達を出迎えた。
在機場接了回鄉的朋友。 |

| てらす
【照らす】他五 0 2 | 照耀；按照　★★
例 太陽は大地を照らす。
太陽照耀大地。 |

| てる
【照る】　自五 1 | 照耀；晴天（屬於特殊的五段動詞）　★★
例 太陽が部屋の隅々まで照っている。
太陽照耀著房間的每個角落。 |

| てんかい (する)
【展開】
名・自他サ 0 | 展開；展現　★
例 そのグループは様々な事業を展開している。
那個集團正展開各種事業。 |

| でんせん (する)
【伝染】 名・自サ 0 | 傳染　★★
例 インフルエンザが母親から子供に伝染した。
流行性感冒由母親傳染給孩子了。 |

| てんてんと (する)
【転々と・転転と】
副・自サ 0 | 輾轉，一次又一次地；滾動
例 彼らは台湾を転々としている。
他們在台灣居無定所。
（註：「転々とする」＝「引っ越しする」。） |

2-4 動詞・補助動詞

と ト

▶ MP3-082

| とういつ (する)
【統一】 名・他サ 0 | 統一　★
例 本の編集方式を統一した。
統一了書的編輯方式。 |

とうけい（する） 【統計】 名・他サ 0	統計 例 台北市の人口の増減を統計する。 統計台北市人口的增減。
とうしょ（する） 【投書】 名・自他サ 0	投書；投稿 例 新聞社に投書したことがある。 曾投稿給報社。
とうじょう（する） 【登場】 名・自サ 0	登台；上市 ★★ 例 今週の水曜日、新しいスマホが登場した。 本週三，新的智慧型手機上市了。
とうちゃく（する） 【到着】 名・自サ 0	到達，抵達 ★★ 例 午後五時に到着する予定だ。 預計下午五點抵達。
とうぶん（する） 【等分】 名・他サ 0	等分，平分，均分 ★ 例 ケーキを十等分してください。 請將蛋糕均分成十等分。
とおりかかる 【通り掛かる・ 通り掛る】 自五 5 0	路過 ★★ 例 あの店の犬は、人が通り掛かるたびに吠え立てる。 那家店的狗，每當有人經過時就吠叫。
とおりすぎる 【通り過ぎる】 自上一 5	走過；越過 ★★ 例 スマホに夢中になって、家の前を通り過ぎた。 顧著玩手機，走過了家門前。
とがる 【尖る】 自五 2	（刀鋒；下巴）尖銳；（神經）敏銳；不高興 例 あの女の子は顎が尖っている。 那個女孩的下巴很尖。
どく 【退く】 自五 0	閃避；讓開 例 退いてください。 請讓開。

とくてい (する) 【特定】 名・他サ 0	特定；確定 ★ 例 指紋から犯人を特定した。 從指紋確定了犯人。
どくりつ (する) 【独立】 名・自サ 0	獨立 ★ 例 彼女は独立して会社を経営している。 她獨自經營著一家公司。
とけこむ 【溶け込む・ 融け込む・ 解け込む】 自五 3 0	溶解；融入 例 外国人が日本社会に溶け込むのは難しい。 外國人很難融入日本社會。
どける 【退ける】 他下一 0	挪開 ★ 例 通れないから、それらの箱を退けてください。 因為無法通過，請挪開那些箱子。
とざん (する) 【登山】 名・自サ 1 0	登山 ★ 例 登山する時は専用の靴があった方がいい。 爬山的時候有專用的鞋子比較好。
ととのう 【整う・調う】 自五 3	整齊，端正；完整；談妥 ★★ 例 この文章は構成が整っている。 這篇文章結構完整。
とどまる 【止まる・留まる・ 停まる】 自五 3	留下；停止；止於 ★ 例 仕事が済んだから、ここに留まる必要がない。 工作結束了，沒有必要待在這裡。
どなる 【怒鳴る】 自他五 2	大聲呼喊；大聲斥責 ★ 例 社長は大声で社員を怒鳴る。 社長大聲斥責員工。
とびこむ 【飛び込む・飛込む】 自五 3	跳進；闖進；飛進 ★ 例 変な男の子が校庭に飛び込んできた。 一名奇怪的男子闖進校園來了。

とびだす 【飛び出す・飛出す】 自五 ③	起飛；跑出；跳出；闖出　　　★ 例 変な男の子が部屋から飛び出してきてびっくりした。 從房間闖出一名奇怪的男子，嚇了一跳。
とびはねる 【飛び跳ねる・ 飛跳ねる】 自下一 ④	蹦蹦跳跳；彈跳；飛濺　　　★ 例 魚が水面で頻りに飛び跳ねている。 魚兒在水面不停地跳躍。
とめる 【泊める】他下一 ⓪	留宿；停泊　　　★★ 例 今晩一晩、友人を自宅に泊める。 今晚一晚，讓朋友住在家裡。
とらえる 【捕らえる・ 捕える・ 捉える】他下一 ③	擒獲；捕捉；抓住；領會　　　★ 例 この機会を捕らえて、彼女とゆっくり相談しよう。 抓住這個機會跟她好好談吧！
とりあげる 【取り上げる・ 取上げる】 他下一 ⓪④	拿起來；奪取；沒收；接生　　　★★ 例 この子は小林先生に取り上げてもらった。 這個孩子是小林醫生接生的。
とりいれる 【取り入れる・ 取入れる】 他下一 ④⓪	收割；採用；收起　　　★★ 例 新しい授業方法を取り入れた。 採用了新的上課方法。
とりけす 【取り消す・取消す】 他五 ③⓪	取消；撤銷；吊銷　　　★★ 例 スピード違反で免許を取り消された。 因為超速被吊銷駕照。
とりこわす 【取り壊す・取壊す】 他五 ④⓪	拆毀，拆除 例 この古い図書館は来年取り壊す予定だ。 這間老舊的圖書館預計明年拆除。

とりだす 【取り出す・取出す】 他五 ③ ⓪	拿出；取出；抽出；挑出　　　　　　　　　　★★ 例 本棚から雑誌を取り出した。 從書架上抽出了雜誌。
とる 【捕る】　他五 ①	捕；捉 例 猫が鼠を捕っている。 貓正在捉老鼠。
とる 【採る】　他五 ①	摘；採集；採用　　　　　　　　　　　　　　　★ 例 お爺さんは山に行って薬草を採った。 老爺爺上山採了藥。
とれる 【取れる・捕れる】 自下一 ②	取得；收穫；捕獲；消除；能理解；能解釋；調和； 花時間；費工夫　　　　　　　　　　　　　　★★ 例 この海で捕れる魚は美味しい。 在這海裡所捕獲的魚味道鮮美。

2-4
動詞・補助動詞

な行

なナ　▶ MP3-083

なかなおり（する） 【仲直り】 名・自サ ③	和好；迴光返照　　　　　　　　　　　　　　★★ 例 あの二人は仲直りした。 那兩個人和好了。
ながびく 【長引く】　自五 ③	拖延；進度緩慢 例 父の病気は長引いている。 父親久病不癒。
ながめる 【眺める】　他下一 ③	眺望；盯著看　　　　　　　　　　　　　　　★★ 例 遠いところから富士山を眺めている。 遠遠地眺望著富士山。
なぐさめる 【慰める】　他下一 ④	安慰；安撫　　　　　　　　　　　　　　　　★ 例 動物は私の心を慰めてくれる。 動物可以安慰我的心。

なでる 【撫でる】 他下一 ②	撫摸;梳整 ★★ 例 犬は腹を撫でられるのが好きだ。 狗喜歡被撫摸肚子。	
ならう 【倣う】 他五 ②	模仿,仿照;學習 ★ 例 彼女の長所に倣いたい。 (我)想學習她的優點。	
なる 【生る】 自五 ①	結果;成熟 ★ 例 葡萄は蔓に生る。 葡萄在藤上結果。	
なれる 【馴れる】 自下一 ②	馴服;熟識 ★★ 例 柴犬が家族に馴れた。 柴犬跟家人熟識了。	

に二

▶ MP3-084

におう 【匂う】 自五 ②	散發香氣(味);綻放艷麗 ★ 例 部屋中に薔薇が匂っている。 房間裡散發著玫瑰的香氣。	
にがす 【逃がす】 他五 ②	放走;逃跑 ★ 例 捕った魚を逃がした。 將捕獲的魚放走了。	
にくむ 【憎む】 他五 ②	憎恨;忌妒 ★ 例 私達は暴力を憎む。 我們憎恨暴力。	
にげきる 【逃げ切る・逃切る】 自五 ③ ⓪	逃脫,跳脫;(比賽時)甩開對手達陣 例 人は自分の運命から逃げ切ることができる。 人能跳脫自己的命運。	
にごる 【濁る】 自五 ②	混濁;不正當;不清晰;發濁音 ★ 例 川の水が汚染で濁っている。 河川的水因為污染而混濁。	

にっこり (する) 副・自サ ③	微笑 ★★	
	例 彼女はいつもにっこりしている。	
	她總是面帶微笑。	

にゅうしゃ (する) 【入社】 名・自サ ⓪	進公司工作 ★★	
	例 入社して、もう二十二年になった。	
	進公司以來，已經二十二年了。	

にゅうじょう (する) 【入場】 名・自サ ⓪	入場 ★★	
	例 十二歳以下の子供に限り、無料で入場できる。	
	僅限十二歲以下的孩童，可以免費入場。	

にらむ 【睨む】 他五 ②	瞪；凝視；監視 ★	
	例 不良少年達が警察に睨まれている。	
	不良少年們被警察盯上了。	

2-4
動詞・補助動詞

ねネ

▶ MP3-085

ねがう 【願う】 他五 ②	期望；請求；拜託 ★★★	
	例 これは願ってもないことだ。	
	這是求之不得的事。	

ねじる 【捩じる・捻じる】 他五 ②	扭；擰；藉機教訓（屬於特殊的五段動詞）	
	例 それは赤ん坊の手を捩じるようなものだ。	
	那是易如反掌的事。	

ねっする 【熱する】 自他サ ⓪③	加熱；發熱；熱衷 ★	
	例 この料理は冷めているから、再度熱してください。	
	因為這道菜冷了，請再加熱。	

ねらう 【狙う】 他五 ⓪	瞄準；伺機；鎖定～為目標 ★	
	例 この商品の狙う客層はお年寄りだ。	
	這個商品的鎖定客群是老人。	

のノ　　▶ MP3-086

のぞく
【除く】 他五 0

消除；除了～之外 ★★
例 月曜日を除いて毎日営業している。
除了星期一之外每天營業。

のぞく
【覗く・覘く】 自他五 0

窺視；俯視；稍微瞄一眼（他動詞）；露出一部分（自動詞）★★
例 山の頂上から谷底を覗いている。
從山頂俯視著谷底。

のべる
【述べる・陳べる・宣べる】 他下一 2

陳述；說明；發表 ★
例 自分の意見を述べてください。
請陳述自己的意見。

のる
【載る】 自五 0

放置，擱置；刊載 ★★
例 妹の投書が新聞に載った。
妹妹的投稿刊登在報紙上了。

は行

はハ　　▶ MP3-087

ばいばい（する）
【売買】 名・他サ 1

買賣 ★
例 彼女は株を売買している。
她做股票的買賣。

はう
【這う】 自五 1

爬；爬行；攀爬；趴下
例 私の赤ちゃんはちょうど這い始めたところだ。
我的嬰兒剛好是開始在爬的時候。

はがす
【剥がす】 他五 2

剝除；撕除；掀起 ★
例 新しく買ったコップのラベルを剥がした。
把新買的杯子標籤撕下。

はかる
【計る・測る・量る】 他五 2

測量；衡量；推測 ★★★
例 メージャーで机の寸法を測った。
用捲尺測量了桌子的尺寸。

はく 【吐く】 他五1	吐出；冒出；吐露 ★★
	例 蚕は糸を吐いて繭を作る。
	蠶吐絲作繭。

ばくはつ (する) 【爆発】 名・自サ0	爆發；爆炸 ★
	例 課長の怒りが爆発した。
	課長的憤怒爆發了。

はさまる 【挟まる】 自五3	夾住；夾在中間 ★
	例 母と姉の間に挟まって閉口している。
	夾在媽媽跟姐姐中間閉著嘴。

はさむ 【挟む】 他五2	夾取；隔著 ★
	例 チーズをトーストに挟んで食べる。
	把起司夾在吐司裡吃。

はさん (する) 【破産】 名・自サ0	破産 ★
	例 安藤百福が理事長を務めた信用組合が破産した。
	安藤百福擔任理事長的信用合作社破産了。

パス (する) 【pass】 名・自サ1	合格；通過；到站不停；（玩牌時）放棄叫牌 ★★★
	例 彼は面接試験にパスした。
	他通過面試了。

はっき (する) 【発揮】 名・自サ0	發揮 ★★
	例 新しい会社では自分の能力が存分に発揮できる。
	在新公司可以充分發揮自己的能力。

バック (する) 【back】 名・自サ1	背後；背景；後台；（乒乓球等）反拍；仰泳 ★★★
	例 自動車をバックさせる練習をしている。
	正在練習倒車。

はっこう (する) 【発行】 名・他サ0	發行（書報、債券等）；發給（證件、入場券等） ★
	例 この雑誌は発行されたばかりなのにすぐに売り切れた。
	這本雜誌剛發行竟馬上賣光了。

はっしゃ (する) 【発射】 名・他サ0	發射
	例 最初にロケットを発射した国はアメリカだ。
	最先發射火箭的國家是美國。

ばっする 【罰する】 他サ ⓪③	處罰；犯罪 ★ 例 先生はいたずらをした生徒を罰した。 老師處罰了惡作劇的學生。	

はっそう (する) 【発想】 名・自他サ ⓪	主意，點子；想新點子 ★ 例 先入観を捨てて発想しよう。 捨棄先入為主的觀念，想新點子吧！	

はってん (する) 【発展】名・自サ ⓪	發展；擴展；進步 ★ 例 会社が次第に発展して大きくなる。 公司逐漸發展擴大。	

はつでん (する) 【発電】名・自サ ⓪	發電 例 火力を利用して発電する。 利用火力發電。	

はつばい (する) 【発売】名・他サ ⓪	發售，出售 ★★ 例 コンサートのチケットは二ケ月前から発売される。 演唱會的門票兩個月前開始發售。	

はっぴょう (する) 【発表】名・他サ ⓪	發表 ★★ 例 自分の意見を発表してください。 請發表自己的意見。	

はなしかける 【話し掛ける・ 話掛ける】 自下一 ⑤⓪	搭訕；打招呼；剛要開口；話說到一半 ★★★ 例 変な男の子に話し掛けられるのは嫌だ。 討厭被奇怪的男子搭訕。	

はねる 【跳ねる】 自下一 ②	蹦蹦跳跳；飛濺；爆開；散場 例 魚がバケツの中で跳ねている。 魚兒在水桶裡跳躍著。	

はぶく 【省く】 他五 ②	節省；省略 ★ 例 要らない費用を省きたい。 （我）想將不必要的費用節省下來。	

はめる 【嵌める・填める】 他下一 ⓪	装上；鑲上；扣上；戴上；欺騙
	例 シャツのボタンを嵌めるのを忘れていた。
	忘記扣上襯衫的扣子。

はらいこむ 【払い込む・払込む】 他五 ④⓪	繳納
	例 毎月、住宅ローンを払い込む。
	每個月繳納房貸。

はらいもどす 【払い戻す・払戻す】 他五 ⑤⓪	找還；退還
	例 コンサート中止のため、チケット料金を払い戻してもらった。
	因為演唱會取消，所以退還門票錢了。

はりきる 【張り切る・張切る】 自五 ③	繃緊；精神緊繃；精神飽滿　★
	例 この会社の社員は皆張り切っている。
	這家公司的員工都精神十足。

はんえい (する) 【反映】 名・自他サ ⓪	反射，反照；反映
	例 ドラマは時事を反映している。
	戲劇反映著時事。

はんこう (する) 【反抗】名・自サ ⓪	反抗　★
	例 彼は政府に反抗した。
	他反抗了政府。

はんだん (する) 【判断】名・他サ ①	判斷；占卜　★★
	例 勝手に判断するのは非常に危ない。
	任意判斷是非常危險的。

はんばい (する) 【販売】名・他サ ⓪	販賣，出售　★★
	例 「博客來」は主に書籍を販売するオンライン書店だ。
	博客來，是主要販售書籍的網路書店。

はんぱつ (する) 【反発・反撥】 名・自他サ ⓪	排斥；反駁；反感
	例 彼女の発言は皆に反発されてばかりだ。
	她的發言總是被大家反駁。

ひヒ　　　　　　　　　　　　▶MP3-088

ひかく（する） 【比較】名・他サ ⓪	比較　　　　　　　　　　★★★ 例 今日は昨日と比較してずっと涼しくなった。 今天跟昨天比起來，變得涼爽多了。
ひきかえす 【引き返す・引返す】 自五 ③	返回 例 引き返すなら、今の内だ。 要返回的話，趁現在。
ひきだす 【引き出す・引出す】 他五 ③	拉出；抽出；取出；提出；套出；啟發出 例 あの子の潜在能力を引き出したい。 （我）想啟發出那個孩子的潛在能力。
ひきとめる 【引き止める・ 引止める・ 引き留める・ 引留める】 他下一 ④	挽留　　　　　　　　　　　★ 例 弟は帰ろうとするお客を引き止めた。 弟弟挽留了要回去的客人。
ひく 【轢く】他五 ⓪	壓輾　　　　　　　　　　　★ 例 隣のお婆さんが自動車に轢かれて亡くなった。 隔壁的老婆婆被車子輾死了。
ひっかかる 【引っ掛かる・ 引っ掛る】 自五 ④	掛；卡住；扣住；牽連；受騙　　★★ 例 魚の骨が喉に引っ掛かっている。 魚刺卡在喉嚨。
ひっくりかえす 【ひっくり返す】 他五 ⑤	顛倒；推翻；弄翻；翻過來　　★★ 例 フライパンで焼いている魚をひっくり返してください。 請把平底鍋裡煎著的魚翻過來。
ひっくりかえる 【ひっくり返る】 自五 ⑤	顛倒；翻倒；逆轉　　　　　★★ 例 ボートが事故で水面でひっくり返った。 船因為事故在水面翻覆了。

ひっこむ 【引っ込む】 自五 3	退隱；退出；縮進；塌陷 ★	
	例 筋力トレーニングで出た腹を引っ込ませた。	
	用肌肉鍛鍊將凸腹給收平了。	

ひてい (する) 【否定】 名・他サ 0	否定 ★★	
	例 彼はその論点を否定した。	
	他否定了那個論點。	

ひとやすみ (する) 【一休み】 名・自サ 2	休息一下 ★★	
	例 一休みして、後で会議を続けよう。	
	休息一下，待會兒繼續開會吧！	

ひねる 【捻る】 他五 2	扭；擰；輕易擊敗；搜索枯腸 ★	
	例 この作文は捻り過ぎだ。	
	這篇作文太過咬文嚼字。	

ひはん (する) 【批判】 名・他サ 0	批評，批判 ★	
	例 彼女の同僚はその発言を批判した。	
	她的同事批判了那個發言。	

ひびく 【響く】 自五 2	響徹；震動；迴盪；聞名 ★	
	例 村上春樹は世間に名を響かせている。	
	村上春樹聞名於世。	

ひひょう (する) 【批評】 名・他サ 0	評論，評價 ★	
	例 村上春樹の新作を批評してください。	
	請評論一下村上春樹的新作品。	

ひょうか (する) 【評価】 名・他サ 1	評價；評定 ★★	
	例 村上春樹の新作は高く評価されている。	
	村上春樹的新作品評價很高。	

ひょうげん (する) 【表現】 名・他サ 3	表現；表達 ★★	
	例 私の当時の気持ちは言葉で表現することはでき なかった。	
	我當時的心情無法用言語表達。	

ひろびろ（と）（する） 【広々（と）・ 広広（と）】 副・自サ ③	寬廣；寬闊 例 ここの芝生は広々としている。 這裡的草坪寬闊。

ふフ

▶ MP3-089

ふきとばす 【吹き飛ばす・ 吹飛ばす】 他五 ④ ⓪	颳跑；消除；嚇唬 ★ 例 その書類はみんなの疑問を吹き飛ばした。 那份文件消除了大家的疑問。
ふくしゃ（する） 【複写】 名・他サ ⓪	影印；抄寫；複製；翻拍 例 これを三枚、複写してください。 這個請影印三張。
ふくらます 【膨らます・ 脹らます】 他五 ④ ⓪	使～鼓起；充滿 例 彼は喜びに胸を膨らませている。 她滿懷著喜悅。
ふくらむ 【膨らむ・脹らむ】 自五 ⓪	鼓起 ★ 例 妊娠四ヶ月で、彼女は腹が膨らんできた。 因為懷孕四個月了，所以她肚子鼓起來了。
ふける 【老ける】 自下一 ②	上了年紀；變質；發霉 ★★ 例 伯母さんは年より老けて見える。 伯母看起來比實際年齡老。
ふさがる 【塞がる】 自五 ⓪	關閉；癒合；堵住；佔滿 ★ 例 ごみで排水溝が塞がっている。 垃圾堵住了排水溝。
ふさぐ 【塞ぐ】 自他五 ⓪	閉上；塞住；捂住；堵塞；佔據（他動詞）；鬱悶（自動詞） ★ 例 大きな音に耳を塞いだ。 因為聽到很大的聲音，所以用手捂住了耳朵。

ふざける 自下一 ③	捉弄；鬧著玩；調戲 ★★	
	例 子供達にふざけたことを言うな。	
	不要捉弄孩子們了。	

ぶさた（する） 【無沙汰】名・自サ ⓪	久未問候或聯絡 ★★	
	例 随分ご無沙汰しました。	
	真是好久不見了。	

ふせぐ 【防ぐ】 他五 ②	防禦；防止；預防 ★★	
	例 インフルエンザの伝染を防ぐため、今日は休校だ。	
	為了預防流行性感冒的傳染，今天學校停課。	

2-4
動詞・補助動詞

ふぞく（する） 【付属・附属】名・自サ ⓪	附屬	
	例 社員は会社に付属する工場へ見学に行く。	
	員工到公司附屬的工廠參觀。	

ぶつ 【打つ】 他五 ①	敲；打；進行 ★	
	例 父は兄を平手で打った。	
	爸爸打了哥哥一巴掌。	

ぶらさげる 【ぶら下げる】他下一 ⓪	懸掛；佩帶；提著 ★★	
	例 手にショッピングバッグをぶら下げている。	
	手提著購物袋。	

ふりむく 【振り向く・振向く】自五 ③	回顧；回頭 ★	
	例 名前を呼ばれたから、自然に振り向いた。	
	因為聽到有人叫自己的名字，所以很自然地回頭了。	

プリント（する） 【print】名・他サ ⓪	列印；油印；印模；印染 ★★★	
	例 家で写真をプリントした。	
	在家裡列印了照片。	

ふるまう 【振る舞う・振舞う】自他五 ③	請客（他動詞）；行動；動作（自動詞） ★	
	例 友人の家で勝手に振る舞ってはいけない。	
	在朋友家不可以太隨性行動。	

ふれる 【触れる】 自他下一 0	散播；造謠（他動詞）；觸摸；碰觸；牴觸； 觸及；感受（自動詞） ★★
	例 その話題には触れないでください。
	請不要觸及那個話題。

ふんか （する） 【噴火】 名・自サ 0	噴火
	例 微震は噴火する前の兆しだ。
	輕微的地震是火山爆發的前兆。

ぶんかい （する） 【分解】 名・自他サ 0	分解；拆卸 ★
	例 時計を分解して修理する。
	將時鐘拆卸修理。

ぶんせき （する） 【分析】 名・他サ 0	分析；化驗 ★
	例 当面の経済状況を分析した。
	分析了當前的經濟狀況。

ぶんたん （する） 【分担】 名・他サ 0	分擔 ★
	例 息子達は毎日家事を分担している。
	兒子們每天分擔家事。

ぶんぷ （する） 【分布】 名・自サ 0	分布；散布
	例 この植物は広い範囲に分布している。
	這種植物分布範圍很廣。

ぶんるい （する） 【分類】 名・他サ 0	分類 ★
	例 収集した切手を、サイズによって分類した。
	將收集的郵票，按照尺寸分類了。

へへ

▶ MP3-090

へいかい （する） 【閉会】 名・自他サ 0	閉幕
	例 運動会は午後五時に閉会した。
	運動會下午五點閉幕了。

へいこう （する） 【平行】 名・自サ 0	平行；併行 ★
	例 その道路は川に平行している。
	那條路與河川平行。

へいてん (する) 【閉店】 名・自サ ⓪	打烊，關閉；歇業，倒閉　★★
	例 あのスーパーは九時に閉店する。
	那家超市九點打烊。

へこむ 【凹む】 自五 ⓪	凹下；認輸；虧空　★
	例 ぶつけて、やかんが凹んだ。
	一扔，水壺凹陷了。

へだてる 【隔てる】 他下一 ③	間隔；挑撥離間
	例 その問題が親子の仲を隔てた。
	那個問題挑撥了父子之間的感情。

へんしゅう (する) 【編集・編輯】 名・他サ ⓪	編輯；編纂　★
	例 彼女は電子ジャーナルを編集している。
	她正在編輯電子刊物。

ほ ホ

▶ MP3-091

ぼうけん (する) 【冒険】 名・自サ ⓪	冒險　★
	例 一回でもいいから、冒険してみよう。
	一次也好，冒險看看吧！

ぼうし (する) 【防止】 名・他サ ⓪	防止　★
	例 落下を防止するために、安全ネットを取り付けた。
	為了防止掉落，安裝了安全網。

ほうそう (する) 【包装】 名・他サ ⓪	包裝；捆紮行李　★
	例 この箱をプレゼント用に包装してください。
	請將這個盒子包裝成禮物。

ほうる 【放る・抛る】 他五 ⓪	扔；棄之不顧　★
	例 犬にボールを放ってやる。
	將球扔給狗玩。

ほえる 【吠える・吼える】 自下一 ②	吠叫；嚷叫；哭喊　★
	例 犬がわんわんと吠えている。
	狗汪汪地吠叫著。

ほかく (する) 【捕獲】 名・他サ 0	**捕獲** 例 たも網で魚を捕獲した。 用撈網捕獲了魚。
ほこる 【誇る】 自他五 2	**誇耀；自豪** ★ 例 私には何も誇れるところがない。 我沒什麼可以誇耀的。
ほころびる 【綻びる】 自上一 4	**（線）綻開；（花）綻放；微笑** 例 プレゼントに思わず、彼女の顔が綻びる。 因為禮物，她不由自主的綻放微笑。
ぼしゅう (する) 【募集】 名・他サ 0	**募集；招募** ★★ 例 数名の店員を募集したい。 （我）想招募數名店員。
ほしょう (する) 【保証】 名・他サ 0	**保證；作保** ★★ 例 お金は幸福を保証できない。 金錢不能保證幸福。
ほそう (する) 【舗装・鋪装】 名・他サ 0	**鋪路** 例 アスファルトで大通りを舗装した。 用柏油鋪大馬路。
ほどく 【解く】 他五 2	**解開；拆開** ★ 例 プレゼントのリボンを解いた。 解開了禮物的緞帶。
ほほえむ 【微笑む】 自五 3	**微笑；（花）微微綻放** ★★ 例 写真の中の人々は皆、幸せそうに微笑んでいる。 照片中的人們，大家都看起來很幸福地笑著。
ほる 【掘る】 他五 1	**挖掘，開鑿；發掘** ★ 例 リスは秋になると穴を掘って、冬に食べる木の実を蓄える。 松鼠一到秋天就會挖洞，儲存冬天吃的果實。

ほる 【彫る】 他五 ①	雕刻；刺青
	例 腕に薔薇を彫った。 うで　ばら　ほ 手臂上刺上了玫瑰。

ぼんやり (する) 名・副・自サ ③	呆呆傻傻；發呆　　　　　　　　　　　★★
	例 ぼんやりしないで、早く宿題をしなさい。 　　　　　　　はや　しゅくだい 別發呆，快做功課！

ま行

まマ　　　　　　　　　　　　　　　　　　▶ MP3-092

まう 【舞う】 自五 ⓪ ①	跳舞；飛舞　　　　　　　　　　　　　★
	例 桜の花びらが舞っている。 さくら　はな 櫻花的花瓣飛舞著。

まかなう 【賄う】 他五 ③	供應；籌措；維持　　　　　　　　　　★
	例 協会の運営は大衆の寄付金で賄っている。 きょうかい　うんえい　たいしゅう　きふきん　まかな 協會的營運由大眾的捐款來維持。

まく 【蒔く・播く】 他五 ①	播種
	例 皆で小麦を蒔けば楽だ。 みな　こむぎ　ま　らく 大家一起播種小麥的話比較輕鬆。

まごまご (する) 副・自サ ①	磨蹭；不知所措
	例 試験が近付いてきたから、まごまごしてはいられない。 しけん　ちかづ 考試快到了，不能再磨蹭下去了。

まさつ (する) 【摩擦】 名・自他サ ⓪	①摩擦②摩擦 (當名詞用)
	例 ①顔肌を摩擦し過ぎないでください。 かおはだ　まさつ　す 請不要過度摩擦臉部肌膚。
	②摩擦は顔肌にダメージを与えるので、強く擦らない まさつ　かおはだ　あた　つよ　こす でください。 因為摩擦會傷害臉部肌膚，所以請不要用力擦。

ます 【増す・益す】 自他五 ⓪	増加；増多；増大；増長；更為～ ★★ 例 彼女は結婚後、体重が十キロ増した。 她婚後體重增加了十公斤。	

またぐ 【跨ぐ】 他五 ②	跨過；橫跨 ★ 例 その川を跨ぐ橋を掛けるつもりだ。 （我）打算蓋橫跨那條河的橋。	

まちあわせる 【待ち合わせる・ 待合わせる・ 待合せる】 自下一 ⑤ ⓪	等候碰面 ★★★ 例 午後六時にレストランの前で待ち合せよう。 下午六點在餐廳前面碰面吧！	

まつる 【祭る・祀る】 他五 ⓪	祭祀；供奉 ★ 例 龍鳳宮では媽祖を祭っている。 龍鳳宮供奉著媽祖。	

まなぶ 【学ぶ】 他五 ⓪ ②	學習；體驗 ★★ 例 彼女はピアノを学んでいる。 她正在學鋼琴。	

まね (する) 【真似】 名・自他サ ⓪	模仿；效法 ★★ 例 子供が親を真似しておままごとをしている。 小孩在模仿大人玩過家家。	

みミ ▶ MP3-093

みあげる 【見上げる】 他下一 ⓪ ③	抬頭看，仰望；景仰，欽佩 ★★ 例 彼の勇気は実に見上げたものだ。 他的勇氣著實令人欽佩。	

みおろす 【見下ろす】 他五 ⓪ ③	往下看，俯視；視線由上往下；輕視 ★★ 例 ビルの屋上から街を見下ろした。 從大樓的頂樓俯視街道。	

みちる 【満ちる・充ちる】 自上一 ②	充滿;滿期;月圓;足月　　　　　　　　★ 例 彼女は憂鬱に満ちた顔をしている。 她臉上充滿著憂鬱。
みつめる 【見詰める】 他下一 ⓪③	注視,凝視　　　　　　　　　　　★★ 例 彼女は両親の写真を見詰めて泣いている。 她凝視著父母的照片哭泣著。
みとめる 【認める】 他下一 ⓪	承認;看見;判斷;批准;賞識　　　　★★ 例 社長は自分のミスを認めた。 社長承認了自己的錯。
みなおす 【見直す】 他五 ⓪③	好轉;重看;重新;認識　　　　　　　★ 例 書いた原稿をもう一度見直した。 把寫好的原稿再看一遍。
みなれる 【見慣れる・ 見馴れる】 自下一 ⓪③	看慣;眼熟　　　　　　　　　　　　★ 例 その景色は子供の時から見慣れている。 那風景是從小看慣的。
みのる 【実る】　　自五 ②	結果;成熟;有成績　　　　　　　　★ 例 あの二人の恋は、もうじき実るだろう。 那兩個人的戀情,快要有成果了吧!
みまう 【見舞う】 他五 ⓪②	探訪;慰問;遭受　　　　　　　　★★ 例 入院中の叔父さんを見舞いたいと思う。 (我)想探望住院的叔叔。

むム

▶ MP3-094

むし (する) 【無視】 名・他サ ①	無視,忽視　　　　　　　　　　★★ 例 少数意見を無視してはいけない。 不可忽視少數人的意見。
むじゅん (する) 【矛盾】 名・自サ ⓪	矛盾　　　　　　　　　　　　　　★ 例 彼女の話は前後が矛盾していて、信じられない。 她的話前後矛盾,無法置信。

めメ

▶ MP3-095

めいじる
【命じる】 他上一 ⓪③
命令；任命 ★
例 彼女はツアーコンダクターに命じられた。
她被任命為領隊。

めぐまれる
【恵まれる】
自下一 ⓪④
（蒙受）幸運或恩惠 ★
例 今日は天気に恵まれて、運動会は順調に行われた。
今天天公作美，運動會順利地舉行了。

めぐる
【巡る・廻る】 自五 ⓪
循環；巡迴；環繞 ★
例 地球は太陽の周りを巡っている。
地球環繞著太陽轉。

めざす
【目指す・目差す】
他五 ②
以～為目標（目的） ★★
例 息子は成績向上を目指して頑張っている。
兒子以成績進步為目標而努力著。

めだつ
【目立つ】 自五 ②
醒目，引人注目 ★
例 私はいつも目立たない服装をしている。
我總是穿著不醒目的衣服。

もモ

▶ MP3-096

もうかる
【儲かる】 自五 ③
賺錢；得利；撿了便宜 ★★
例 時代によって、儲かるビジネスは異なる。
依據時代，賺錢的事業有所不同。

もうける
【儲ける】 他下一 ③
賺錢；得利；撿了便宜；生孩子 ★★
例 株で十万儲けた。
因為股票賺了十萬。

もうける
【設ける】 他下一 ③
準備；設置；開設
例 大学は今年から新しい学科を設けた。
大學從今年開始開設了新學系。

もぐる
【潜る】 自五 ②
潛入；潛伏；鑽進
例 寒いから、ふとんに潜ろう。
因為好冷，鑽進被窩裡吧！

もたれる 【凭れる・靠れる】 自下一 ③	憑靠；依靠；消化不良　　　　　　　　　　★ 例 今朝は食べ過ぎて、少し胃がもたれている。 今天早上吃太多了，有點消化不良。	
もちあげる 【持ち上げる・ 持上げる】 他下一 ⓪	舉起；拿起；奉承　　　　　　　　　　　★★ 例 彼を持ち上げる必要はない。 沒必要奉承他。	
もちいる 【用いる】他上一 ③ ⓪	使用；錄用；採用　　　　　　　　　　　★★ 例 味醂は味付けに用いられる。 味醂被用於調味。	
もどす 【戻す】他五 ②	還原；退回；嘔吐　　　　　　　　　　　★★ 例 今朝は食べ過ぎて、戻してしまった。 今天早上吃太多了，吐出來了。	
もとづく 【基づく】自五 ③	基於，根據，依照；由於～而產　　　　　★ 例 この小説は事実に基づいて書かれたものだ。 這部小説是根據事實所寫的。	
もとめる 【求める】他下一 ③	徵求；探求；要求　　　　　　　　　★★★ 例 事実に基づいて真理を求める。 實事求是。	
ものがたる 【物語る】他五 ④	講述；說明；象徵　　　　　　　　　　　★ 例 白髪が彼女の老いを物語っている。 白髮象徵著她的年老。	
もる 【盛る】他五 ⓪ ①	盛滿；堆疊；配藥；刻上刻度　　　　　　★★ 例 市場の果物屋では山のようにスイカが盛られている。 市場的水果店裡西瓜堆疊得像山一樣。	
もんどう (する) 【問答】 名・自サ ⓪ ③	問答 例 決まったことについて、あれこれ問答しても意味が ない。 已經決定的事，再怎麼問東問西也沒意義了。	

や行

やヤ

▶ MP3-097

やっつける
【遣っ付ける】
他下一 4

做完，完成；整垮；撃敗 ★

例 今晩はデートなので、仕事を早めに遣っ付けたい。

因為今天晚上要約會，所以（我）想早點把工作完成。

やとう
【雇う・傭う】 他五 2

雇用 ★

例 数名の店員を雇いたいと思っている。

（我）在想雇用數名店員。

やぶく
【破く】 他五 2

弄破 ★★

例 私はシャツを破いてしまった。

我把襯衫弄破了。

やむ
【病む】 自他五 1

生病；憂慮

例 父は五年前からずっと病んでいる。

父親從五年前開始一直病著。

ゆユ

▶ MP3-098

ゆうしょう（する）
【優勝】 名・自サ 0

優勝；獲得優勝 ★★

例 私達はコンテストで優勝した。

我們在競賽中獲得了優勝。

ゆけつ（する）
【輸血】 名・自サ 0

輸血

例 Ｏ型の血液はどの血液の人にも輸血できる。

Ｏ型血的人可以輸血給任何血型的人。

ゆそう（する）
【輸送】 名・他サ 0

輸送，運輸

例 トラックで貨物を輸送する。

用卡車運送貨物。

ゆだん（する）
【油断】 名・自サ 0

疏忽，大意，鬆懈 ★★

例 今夜はみんなで油断せず見守ってください。

今晚請大家毫不鬆懈地看守。

よう 【酔う】 自五 ①	喝醉；暈（車，機，船）；陶醉 ★★ 例 主人はもう酔ってしまった。 老公已經喝醉了。
ようじん (する) 【用心】 名・自サ ①	注意，小心，留神 ★ 例 風邪を引かないように用心しなさい。 小心別感冒了！
ようやく (する) 【要約】 名・他サ ⓪	歸納；摘錄 例 授業の内容をノートに要約した。 將上課的內容摘錄在筆記上。
よき (する) 【予期】 名・他サ ①	預期 例 予期しない結果を納めた。 得到了無法預期的結果。
よくばる 【欲張る】 自五 ③	貪心，貪得無厭 ★ 例 彼女は欲張るのが玉に瑕だ。 貪心是她美中不足之處。
よこぎる 【横切る】 他五 ③	橫越，穿越 ★ 例 あの子が通りを横切るのが見えた。 看見了那孩子橫越馬路。
よす 【止す】 他五 ①	停止；作罷 ★★ 例 いたずらは止して、早く食事にしよう。 別調皮了，快吃飯吧！
よそく (する) 【予測】 名・他サ ⓪	預測 ★ 例 誰も未来を予測することはできない。 誰也無法預測未來。
よびかける 【呼び掛ける・ 呼掛ける】 他下一 ④	打招呼；號召 ★★ 例 突然後ろから呼び掛けられて、びっくりした。 突然有人從背後叫我，嚇了一跳。

2-4
動詞・
補助動詞

よびだす 【呼び出す・呼出す】 他五 ③	叫來，找來；傳喚；開始叫 ★★ 例 クラスメートを図書館に呼び出した。 把同學叫到了圖書館。
よみがえる 【蘇る・甦る】 自五 ③ ④	甦醒；復活 例 このスプレーで傷だらけの家具が蘇る。 這個噴霧使傷痕累累的家具重生了。
よる 【因る・由る・ 依る・拠る】 自五 ⓪	依靠；根據；由於 ★★ 例 天気予報によると、明日は晴れだ。 根據天氣預報，明天放晴。

ら行

らラ
▶ MP3-100

らいにち（する） 【来日】 名・自サ ⓪	來到日本 例 彼らはいつ来日したのだろうか。 他們幾時來到日本的呢？

りリ
▶ MP3-101

リード（する） 【lead】 名・自他サ ①	領導，帶領；領先 ★ 例 我がチームが三対零でリードしている。 我們的隊伍以三比零領先。
りゃくする 【略する】 他サ ③	省略，簡略；攻取 ★ 例 この部分の説明は略しようと思う。 （我）想省略這個部分的說明。
りょうしゅう（する） 【領収】 名・他サ ⓪	領取；收到 ★ 例 上記金額正に領収しました。 確實收到上面的金額了。（收據上的句子）

れレ

▶ MP3-102

れいとう (する)
【冷凍】 名・他サ ⓪

冷凍 ★
例 この魚を冷凍庫に入れて冷凍してください。

請將這條魚冰在冷凍庫裡。

れんそう (する)
【連想・聯想】
名・他サ ⓪

聯想 ★★
例 夏と言えば、アイスクリームを連想する。

一說到夏天，就聯想到冰淇淋。

ろロ

▶ MP3-103

ろうどう (する)
【労働】 名・自サ ⓪

勞動；工作 ★
例 私は毎日、八時間労働する。

我每天工作八小時。

ろんそう (する)
【論争】 名・自サ ⓪

爭論；爭辯 ★★
例 彼らは地球温暖化の問題について論争している。

他們為了關於地球暖化的問題爭論著。

わ行

わワ

▶ MP3-104

わく
【湧く・涌く】 自五 ⓪

湧出（泉水等）；湧起（興趣等）；生（蟲等） ★
例 勉強すればするほど日本語に興味が湧いてくる。

越念越對日語產生興趣。

わびる
【詫びる】 他上一 ⓪

道歉，賠不是 ★★
例 私が悪かったから、詫びなければならない。

是我不對，不得不道歉。

わりびき (する)
【割り引き・
割引き・割引】
名・他サ ⓪

折扣，減價 ★★
例 このカメラは三割り引きしてもらった。

這相機打了我七折。

▶ MP3-105

きる 【切る】 ①	~完（畢）；極為~（接在動詞連用形之後） ★
	例 その小説はもう読み切った。
	那本小説我已經看完了。

みたい ①	像~似的；像~這（那）樣的
	例 今日みたいな天気の日は熱中症になりやすい。
	像今天這樣的天氣容易中暑。

2-5
副詞・
副助詞

　　新日檢 N2 當中，「副詞・副助詞」的部分，占了 6.65%，如「先程（剛剛）」、「始終（始終）」、「折角（專程）」、「兎も角（無論如何）」、「間も無く（即將）」、「態と（故意）」……等，必須熟記；此外還有兩個「副助詞」：「一方（一直）」與「何て（多麼）」也很重要，這些單字都有其獨特的意義與用法，一定要認真學習。

あ行

▶ MP3-106

あくまで（も）
【飽くまで（も）】
1 2

始終，徹底　　　　　　　　　　　★★

例 <ruby>両親<rt>りょうしん</rt></ruby>は<ruby>飽<rt>あ</rt></ruby>くまで（も）<ruby>反対<rt>はんたい</rt></ruby>した。

父母親徹底反對了。

あらためて
【改めて】　3

再次，重新　　　　　　　　　　　★★

例 また<ruby>改<rt>あらた</rt></ruby>めてメールします。

（我）將再次寄發電子郵件。

いきいき（と）
【生き生き（と）】　3

栩栩如生；朝氣蓬勃

例 <ruby>祖母<rt>そぼ</rt></ruby>はいつも<ruby>生<rt>い</rt></ruby>き<ruby>生<rt>い</rt></ruby>き（と）している。

奶奶總是朝氣蓬勃。

いきなり　0

突然；冷不防地　　　　　　　　　★★

例 <ruby>前<rt>まえ</rt></ruby>の<ruby>車<rt>くるま</rt></ruby>はいきなり<ruby>左<rt>ひだり</rt></ruby>に<ruby>曲<rt>ま</rt></ruby>がった。

前方的車輛冷不防地向左轉了。

いくぶん
【幾分】　0

稍微；多少

例 <ruby>今日<rt>きょう</rt></ruby>は<ruby>幾分<rt>いくぶん</rt></ruby><ruby>涼<rt>すず</rt></ruby>しい。

今天有點涼。

いずれ
【何れ】　0

反正，早晚；一會兒　　　　　　　★

例 <ruby>何<rt>いず</rt></ruby>れ<ruby>行<rt>い</rt></ruby>かなければならないなら、<ruby>早<rt>はや</rt></ruby>く<ruby>行<rt>い</rt></ruby>ってしまいなさい。

反正早晚都要去的，早點去吧！

いちおう
【一応】　0

大致上，基本上；暫且，姑且　　★★★

例 <ruby>私<rt>わたし</rt></ruby>は<ruby>一応<rt>いちおう</rt></ruby><ruby>家事<rt>かじ</rt></ruby>が<ruby>一通<rt>ひとと</rt></ruby>おりできる。

我大致家事都能做。

いちじ
【一時】　2

同時；一下子　　　　　　　　　　★

例 <ruby>一時<rt>いちじ</rt></ruby><ruby>お客様<rt>きゃくさま</rt></ruby>が<ruby>殺到<rt>さっとう</rt></ruby>した。

顧客一下子蜂擁而來。

いちだんと
【一段と】　0

更加；格外

例 <ruby>彼<rt>かれ</rt></ruby>の<ruby>具合<rt>ぐあい</rt></ruby>は<ruby>今朝<rt>けさ</rt></ruby>から<ruby>一段<rt>いちだん</rt></ruby>と<ruby>悪<rt>わる</rt></ruby>くなった。

他的狀況從今天早上開始更加惡化了。

いつか 【何時か】 ①	不知何時；曾經；遲早　　　　　　　　　　★★★ 例 二人は何時か必ず離婚するだろう。 兩個人總有一天一定會離婚吧！	
いっせいに 【一斉に】 ⓪	一起，同時 例 彼らは一斉に立ち上がった。 他們一起站了起來。	
いっそう 【一層】 ⓪	更加 例 これから一層頑張っていきたいと思う。 （我）今後會更加努力的。	
いったん 【一旦】 ⓪	一旦；一次；暫時　　　　　　　　　　　　★★ 例 仕事が早く終わったので、一旦家に帰るつもりだ。 因為工作提早結束了，所以（我）打算先回家一趟。	
いつでも 【何時でも】 ①	隨時　　　　　　　　　　　　　　　　　　★★★ 例 いつでも電話して。 隨時打電話（給我）。	
いつまでも 【何時までも】 ①	永遠；老是　　　　　　　　　　　　　　　★★ 例 いつまでもあなたの味方だよ。 永遠站在你這邊喔！	
いまに 【今に】 ①	不久，即將；過一會兒；遲早　　　　　　　★ 例 会社は今に倒産するだろう。 公司就快倒了吧！	
いよいよ 【愈々・愈愈】 ②	終於；更加，越來越〜　　　　　　　　　　★★ 例 いよいよ寒くなってきている。 越來越冷了。	
いわば 【言わば】 ①②	說起來〜；也可以說〜　　　　　　　　　　★ 例 彼女は私の最も親しい友人で、言わば姉妹のようなものだ。 她是我最親密的朋友，也可以說形同姐妹。	

うろうろ（と） [1]	徘徊；張皇失措 例 彼は公園の中を<u>うろうろ（と）</u>している。 他在公園徘徊著。
うんと　[0][1]	很多；非常；使勁 例 聴衆達は演説者に<u>うんと</u>拍手をした。 聽眾們使勁地為演講者拍手。
おおいに 【大いに】　[1]	非常；大量地 例 君は<u>大いに</u>私を助けてくれた。 你大大地幫了我！
おおよそ・およそ 【大凡・凡そ】　[0]	大致，大約；差不多 例 彼女の話は<u>おおよそ（およそ）</u>分かった。 她的話我大致了解了。
おそらく 【恐らく】　[2]	恐怕；或許；大概　★★ 例 明日は<u>恐らく</u>雨が降るだろう。 明天或許會下雨吧！
おのおの 【各々・各各】　[2]	各自；分別　★ 例 人<u>各々</u>長短あり。 人各有優缺點。
おもに 【主に】　[1]	主要；多半　★★ 例 この工場は<u>主に</u>扇風機を生産している。 這家工廠主要生產電風扇。

か行

▶MP3-107

かえって 【反って・却って】　[1]	反倒，反而　★★ 例 失敗が<u>かえって</u>成功の基となる。 失敗反成為成功的基礎。
かくべつ 【格別】　[0]	特別地，格外地 例 今日の暑さは<u>格別</u>だ。 今天特別地熱。

かならずしも【必ずしも】 4	未必・不一定 ★★	
	例 お金持ちは必ずしも幸せという訳ではない。	
	有錢人未必幸福。	
からから（と）1	喀喀地（硬物碰撞的清脆聲響）；爽朗高亢的笑聲	
	例 子供達はからから（と）笑った。	
	孩子們大聲地笑。	
がらがら（と）1	嘎吱嘎吱地（東西崩塌撞擊的巨大聲響）；粗魯地 ★	
	例 屋根ががらがら（と）崩れ落ちた。	
	屋頂嘎吱嘎吱地崩落了。	
ぎっしり（と）3	滿滿地 ★	
	例 スケジュールがぎっしり（と）詰まっている。	
	行程排得滿滿地。	
ぐたいてきに【具体的に】0	具體 ★	
	例 もっと具体的に説明してください。	
	請更具體地說明。	
くれぐれも 32	懇切地，由衷地 ★	
	例 くれぐれもお体をお大事に。	
	請多保重身體！	
けっきょく【結局】0	結果；終究 ★★★	
	例 計画は結局失敗した。	
	計畫終究失敗了。	
げんに【現に】1	確實；實際上 ★	
	例 私は現に目撃したから、間違いない。	
	是我親眼目睹的，不會錯。	
ごく【極】1	極為～，最～，很～ ★	
	例 あのような天才は世に極稀だ。	
	像那樣的天才世間極為罕見。	
こっそり 3	悄悄地；偷偷地 ★★	
	例 彼はこっそり部屋に入った。	
	他悄悄地進了房間。	

2-5
副詞・副助詞

さ行

▶ MP3-108

さいさん 【再三】　0	**再三** 例 彼は彼女に、再三電話を掛けた。 他再三打電話給她了。
さきおととい 【一昨々日・一昨昨日】 5	**大前天** 例 主人は一昨々日中国大陸から帰ってきた。 老公大前天從大陸回來了。
さきほど 【先程】　0	**剛剛，剛才**　★★ 例 私は先程台湾に着いた。 我剛剛到台灣了。
さすが（に） 【流石（に）】　0	**連～也；不愧**　★★ 例 このホテルはサービスが行き届いている。 　さすが（に）高級ホテルだ。 這家飯店服務周到。不愧是高級飯店。
さっさと　1	**趕快，迅速地**　★★ 例 仕事をさっさと片付けようと思う。 （我）想趕快處理工作。
さっそく 【早速】　0	**立刻，馬上**　★★★ 例 私は早速彼女に電話した。 我立刻致電給她了。
ざっと　0	**大致，大略**　★ 例 今日の新聞をざっと読んだ。 大略地看了一下今天的報紙。
さっぱり（と） 3	**①精光；一點也不②乾淨；俐落；清爽（當サ行動詞用）**　★★★ 例 ①その約束をさっぱり忘れてしまった。 　將那約定忘得一乾二淨了。 ②このサラダは味がさっぱりしている。 　這沙拉味道清爽。

さらに 【更に】 ①	更加～；絲毫沒有～（後接否定） ★★	
	例 その問題が更に私を悩ませる。	
	那個問題令我更加煩惱了。	

しあさって 【明々後日・明明後日】 ③	大後天 ★★★	
	例 明々後日、日本へ帰ろうと思う。	
	（我）打算大後天回日本。	

じかに 【直に】 ①	直接；當面 ★	
	例 佐藤先生にこの書類を直に手渡してください。	
	請將這份文件當面交給佐藤老師。	

じきに 【直に】 ⓪	馬上，立刻 ★	
	例 直に帰ってくるよ。	
	馬上回來喔！	

しきゅう 【至急】 ⓪	趕快，緊急 ★★	
	例 至急返事を下さい。	
	請趕快回覆	

しきりに 【頻りに】 ⓪	頻頻；接連；熱心地 ★	
	例 雨が頻りに降っている。	
	雨不停地下著。	

しじゅう 【始終】 ①	始終；經常；總是 ★	
	例 彼女は始終黙っていた。	
	她始終沉默著。	

じっさいに 【実際に】 ⓪	實際上；實在 ★★	
	例 実際には何が起こったのか誰も知らない。	
	誰也不知道實際上發生什麼事了。	

じつに 【実に】 ②	實在；非常 ★★	
	例 この小説は実に面白かった。	
	這本小説非常有趣。	

2-5
副詞・副助詞

しばしば 【屢々・屢屢】①	屢次，再三；經常　★ 例 これはしばしば起こることだ。 這是經常發生的事。
しみじみ（と） ③	深切；懇切　★ 例 英語学習の必要性をしみじみ（と）感じる。 （我）深切地感受到學習英語的必要性。
じゅんじゅんに 【順々に・順順に】③	依次；循序漸進　★ 例 フランス語を基礎から順々に勉強しようと思う。 （我）打算從基礎開始，循序漸進地學習法語。
しょうしょう 【少々・少少】①	稍微，有點　★★ 例 彼は風邪を引いて、少々熱がある。 他感冒了，有點發燒。
じょじょに 【徐々に・徐徐に】①	逐漸地；緩慢地　★★ 例 父の体調は徐々に回復していった。 父親的身體逐漸地復原了。
すっと　①⓪	①快速地；筆直地延伸貌②痛快，爽快（當サ行動詞用）　★★ 例 ①かたつむりがすっと角を出した。 蝸牛筆直地伸出了觸角。 ②大きな声を出して気持ちがすっとした。 大聲喊一喊，心情痛快多了。
すでに 【既に】①	之前；已經；正當　★★ 例 彼らは既に台中に引っ越した。 他們已經搬去台中了。
すべて 【全て】①	全部，一切；總是　★★★ 例 これらのかばんは全て手作りだ。 這些包包全部都是手工做的。
ずらっと　② ずらりと　②③	一大堆　★ 例 沿道にはファンがずらりと並んでいた。 一大堆粉絲沿途排隊。

せいぜい 【精々・精精】 ①	盡量；充其量，頂多 例 このイヤリングは<ruby>精々<rt>せいぜいせんげん</rt></ruby>千元ぐらいの値打ちしかない。 這副耳環頂多只有一千元的價值。
せっかく 【折角】 ⓪	專程；特意；好不容易；努力 ★★ 例 <ruby>折角<rt>せっかくき</rt></ruby>来てくれたのに、<ruby>留守<rt>るす</rt></ruby>にしていてごめんね。 （您）專程來（我）卻不在，真是抱歉呢！
せっせと ①	拚命地；勤奮地 ★ 例 <ruby>私<rt>わたし</rt></ruby>はせっせと<ruby>本<rt>ほん</rt></ruby>を<ruby>書<rt>か</rt></ruby>いている。 我勤奮地寫著書。
ぜひとも 【是非とも】 ①	無論如何；務必 ★★ 例 <ruby>是非<rt>ぜひ</rt></ruby>とも<ruby>忘年会<rt>ぼうねんかい</rt></ruby>に<ruby>参加<rt>さんか</rt></ruby>してください。 請務必參加尾牙。
せめて ①	至少，最起碼 ★ 例 <ruby>禁酒<rt>きんしゅ</rt></ruby>が<ruby>無理<rt>むり</rt></ruby>なら，せめて<ruby>量<rt>りょう</rt></ruby>を<ruby>減<rt>へ</rt></ruby>らしてください。 無法戒酒的話，最起碼把分量減少。
せんご 【戦後】 ⓪①	戰後 例 その<ruby>国<rt>くに</rt></ruby>は<ruby>戦後<rt>せんご</rt></ruby><ruby>大<rt>おお</rt></ruby>きく<ruby>変<rt>か</rt></ruby>わった。 那個國家戰後改變了許多。
せんせんげつ 【先々月・先先月】 ③⓪	上上個月 ★ 例 <ruby>父<rt>ちち</rt></ruby>は<ruby>先々月<rt>せんせんげつ</rt></ruby><ruby>七十歳<rt>ななじゅっさい</rt></ruby>になった。 父親上上個月七十歲了。
せんせんしゅう 【先々週・先先週】 ⓪③	上上週 ★ 例 <ruby>母<rt>はは</rt></ruby>は<ruby>先々週<rt>せんせんしゅう</rt></ruby><ruby>七十歳<rt>ななじゅっさい</rt></ruby>の<ruby>誕生日<rt>たんじょうび</rt></ruby>を<ruby>迎<rt>むか</rt></ruby>えた。 母親上上週過了七十歲的生日了。
ぜんたい 【全体】 ⓪①	原本；究竟，到底 ★ 例 これは<ruby>一体全体<rt>いったいぜんたい</rt></ruby>どういうことだろうか。 這究竟是怎麼回事？

2-5
副詞・副助詞

そうっと・そっと ⓪	悄悄地，輕輕地；偷偷地 ★★
	例 彼女はそうっとドアを閉めた。
	她輕輕地將門關上。

そうとう 【相当】 ⓪	頗，相當 ★★
	例 彼は相当気が早い。
	他相當性急。

ぞくぞく（と） 【続々（と）・ 続続（と）】 ⓪①	不斷，絡繹不絕
	例 地震が続々（と）起こった。
	地震不斷地發生了。

それなり ⓪	①相當地；就那樣②恰如其分（當名詞用） ★★
	例 ①この小説はそれなりに面白い。
	這本小説相當地有趣。
	②彼がそんなに急ぐのにはそれなりの理由があった。
	他會那麼趕有他的理由。

た行

▶ MP3-109

たいして 【大して】 ①	並不那麼（後接否定） ★★
	例 勝ち負けは大して重要ではない。
	勝負並不那麼重要。

たいそう 【大層】 ①	很，非常 ★
	例 彼女は大層綺麗で優しい。
	她非常地美麗又溫柔。

たしょう 【多少】 ⓪	稍微；多少 ★
	例 あの子は多少英語が話せる。
	那個孩子稍微會説英語。

ただちに 【直ちに】 ①	立刻；直接 ★
	例 直ちに本人と話し合った方がいいと思う。
	（我）認為直接跟本人討論比較好。

たちまち 【忽ち】　0	一會兒，很快地；突然 例 彼女はたちまち日本語がうまくなった。 她日語很快地變好了。
たった　0	僅，只　★★★ 例 財布にはたった千円しか残っていない。 錢包裡只剩下一千日圓。
たったいま 【たった今】　4	剛剛　★★ 例 彼はたった今席を外したばかりです。 他剛剛離開座位。
たっぷり　3	足夠，充分；綽綽有餘　★★ 例 彼女にはお金も時間もたっぷりある。 她有足夠的錢與時間。
たとえ　0 2	即使，儘管　★ 例 たとえ雨でも遠足は中止しない。 即使下雨，遠足也不會中止。
たびたび 【度々・度度】0	屢次，好幾次；反覆地；再三地　★★ 例 会議の日程を度々変更してしまい、申し訳ありません。 再三地變更開會的日期，很抱歉。
だらりと　2 3	無力地；放鬆地；無精打采地 例 偶には田舎に帰って、だらりと過ごすのも悪くはない。 偶爾回鄉下，放鬆地過日子也不錯。
たんに 【単に】　1	僅僅；只是　★★ 例 断るのに特に理由はない。単に面倒臭いだけだ。 拒絕並無特殊理由，只是麻煩而已。
ちかごろ 【近頃】　2	最近，近來　★★ 例 近頃、体調が悪い。 最近，身體不太好。
ちかぢか 【近々・近近】2 0	過幾天　★★ 例 予定より早いが、彼女は近々出産するかもしれない。 比預定的時間早，她或許過幾天就要生了。

ちゃくちゃく（と）【着々（と）・着着（と）】 0	順利地；一步一步地　★
	例 会議は着々と進んでいる。
	會議順利地進行著。

ちゃんと 0	端正；規矩；整齊；好好地；按期地　★★★
	例 家賃をちゃんと払ってください。
	請按期繳房租。

つねに【常に】 1	經常；總是　★
	例 この子は常に眠そうだ。
	這孩子經常是看起來想睡的樣子。

つまり【詰まり】 1	總之；究竟；也就是～　★★
	例 彼女は母の姉で、つまり私にとっては伯母に当たる。
	她是我母親的姐姐，也就是（我的）阿姨。

てっきり 3	一定；準是　★★
	例 てっきりそうに違いないと思った。
	（我）想一定是那樣沒錯。

てんてん（と）【点々（と）・点点（と）】 0	點點地；滴答滴答地
	例 空には星が点々と輝いている。
	天空中星光點點地閃爍著。

どうか 1	請～；想方設法；不正常，有問題　★★
	例 あの子の考え方はどうかと思う。
	（我）認為那孩子的想法有點問題。

とうじつ（に）【当日（に）】 0 1	當天　★
	例 当日（に）予約をキャンセルすることはできません。
	不能當天取消預約。

どうせ 0	終究；反正；無論如何　★
	例 どうせやらなければならないのなら、早くやった方がいい。
	無論如何都得做的話，不如早點做比較好。

とっくに ③	早就〜 ★
	例 先生はとっくに知っている。
	老師早就知道了。

どっと ⓪①	哄然；蜂擁；突然病倒
	例 生徒達はどっと笑い出した。
	學生們哄然地笑了出來。

とにかく ①	無論如何；暫且不論 ★★
	例 とにかく、私はベストを尽くす。
	無論如何，我會盡全力的！

ともかく 【兎も角】 ①	無論如何；暫且不論 ★
	例 ともかく旦那と相談してみよう。
	無論如何還是跟老公商量看看吧！

ともに 【共に】 ⓪①	共同；同時；既〜又〜 ★
	例 彼女は音楽と共に生きてきた。
	她與音樂共生。

な行

MP3-110

なお 【尚】 ①	還〜，尚〜；更〜 ★
	例 雪はなお降り続いている。
	雪還在不停地下著。

なにしろ 【何しろ】 ①	無論如何 ★
	例 何しろ、先に山のような宿題を終わらせなければならない。
	無論如何，不先將堆積如山的作業給做完不行。

なにぶん 【何分】 ⓪	請（務必）〜；無論怎麼說，不管怎樣
	例 何分、早くいらしてください。
	無論如何，請您早點來！

なんでも 【何でも】 ①⓪	無論如何；什麼都〜；多半是 ★★★
	例 父は何でもできる。
	父親什麼都會。

なんとか 【何とか】 ①	好歹；設法　　　　　　　　　　　　　　　★★★ 例 来月までに何とか仕上げてくれないか。 能不能設法在下個月做出來呢？
なんとなく 【何となく】 ④	總覺得；不由得；無意中　　　　　　　　★★★ 例 何となく図書館まで来てしまった。 無意中走到了圖書館。
なんとも 【何とも】 ①⓪	無所謂；實在；怎麼也～　　　　　　　　★★ 例 この歌手には何とも言えない魅力がある。 這位歌手有一種説不出的魅力。
にちや 【日夜】 ①	日夜；一直 例 母親は日夜赤ちゃんの世話をしている。 母親日夜照顧嬰兒。
ねんじゅう 【年中】 ①	一年到頭　　　　　　　　　　　　　　　　★ 例 父は年中無休で働いている。 父親一年到頭都沒休息地在工作。
のこらず 【残らず】 ②③	一點不剩，全部；一五一十地 例 母が作った料理を残らず食べてしまった。 把母親做的菜一點不剩全都吃光了。
のちほど 【後程】 ⓪	過一會兒，待會兒　　　　　　　　　　　　★ 例 後程お宅に伺っても宜しいでしょうか。 待會兒可以去您家拜訪嗎？
のびのび（と） 【伸び伸び（と）】 ③	①舒服②輕鬆；流暢（當サ行動詞用） 例 ①小犬が伸び伸び（と）ソファーで寝ている。 小狗舒服地在沙發上睡著。 ②中間テストが終わったので、週末は伸び伸びと過ごそう。 因為期中考結束了，所以週末輕鬆地過吧！

のろのろ（と） [1]	①慢吞吞地②慢吞吞（當サ行動詞用）　　★★ 例 ①工事はのろのろ（と）進んでいる。 　　　工程慢吞吞地進行著。 　②のろのろしていると間に合わないよ。 　　　慢吞吞的話會來不及喔！

は行

▶ MP3-111

はきはき　[1]	活潑地；乾脆地；爽快地；敏捷地 例 面接でははきはき喋りましょう。 　　在面試時活潑地講話吧！
はたして **【果たして】**　[2]	到底；果然　　★ 例 果たして彼は何者なのだろうか。 　　他到底是什麼樣的人物啊？
ばったり（と） [3]	突然倒下；突然遇見；突然消失　　★★ 例 昨夜彼にばったり（と）会った。 　　昨晚突然遇見了他。
ばっちり（と） [3]	精明地；順利地　　★ 例 周囲の期待に応えて、今日の試合でばっちり（と） 　チャンピオンを取った。 　　因應大家的期待，今天的比賽順利地拿到了冠軍。
ぴかぴか（と） [2][1]	閃耀；光亮　　★★ 例 その宝石はぴかぴか（と）光っている。 　　那顆寶石閃耀著光芒。
ひととおり **【一通り】**　[0]	大致，大略；一般，普通；一套　　★ 例 今日の新聞を一通り読んだ。 　　大略地看了一下今天的報紙。
ひとまず **【一先ず】**　[2]	暫且，暫時 例 このニュースを聞いて、私は一先ず安心した。 　　聽到了這個消息，我暫時放心了。

2-5
副詞・副助詞

/ 265

ひとりでに 【独りでに】　⓪	自動地 例 ドアが独りでに閉まった。 門自動地關上了。
ひとりひとり 【一人一人】　⑤④	一個一個地　★ 例 一人一人名前を呼んで出席を取る。 一個一個地叫名字點名。
ふだん 【普段】　①	①平常②日常，一般（當名詞用）　★★★ 例 ①母は普段五時半に起きる。 媽媽平常五點半起床。 ②彼女は普段の生活に戻った。 她回到了一般的生活。
ぶつぶつ（と）　①	嘀咕貌；抱怨貌；沸騰貌；一顆顆　★ 例 お祖母さんがぶつぶつ（と）独り言を言っている。 奶奶正喃喃自語。
ふと　①⓪	突然；不經意地　★★ 例 夜中にふと目が覚めた。 半夜突然醒了。
ふわふわ（と）　①	浮躁地；柔軟蓬鬆地；輕飄飄地　★★ 例 凧が風でふわふわ（と）揺れている。 風箏隨著風輕輕地搖動著。
ぺらぺら（と）　①	①流利地（說外語）；嘩啦啦地（翻閱紙張）②輕率地　★★ ③流利；薄脆（當形容動詞用） 例 ①彼女は日本語がぺらぺら（と）喋れる。 她能流利地説日語。 ②彼女は人の秘密をぺらぺら（と）喋ってしまう。 她會輕率地説別人的秘密。 ③彼女は日本語がぺらぺらだ。 她日語流利。

ほうぼう 【方々・方方】 ①	到處 例 昨夜は方々で地震が起こった。 昨晚到處都發生了地震。	
ほぼ 【粗・略】 ①	大約；大致　　　　　　　　　　　　　　★★ 例 その金額はほぼ私の一ケ月分の給料に当たる。 那個金額大約相當於我一個月的薪水。	
ぼんやり ③	模模糊糊，隱隱約約　　　　　　　　　　★★ 例 霧の中に船がぼんやり見える。 霧中隱約可以看見船。	

ま行

▶ MP3-112

まいど 【毎度】 ⓪	每次；屢次　　　　　　　　　　　　　　★★ 例 毎度お世話になっております。 屢次承蒙您的關照。	
まさに ①	正如～；真是～；眼看～　　　　　　　　★★ 例 まさに私の予想通りに、彼は試験に合格した。 正如我所預料的，他考上了。	
まもなく 【間も無く】 ②	不久；即將　　　　　　　　　　　　　★★★ 例 彼女はまもなく日本に帰る。 她即將回日本。	
みずから 【自ら】 ①	自己；親自　　　　　　　　　　　　　　★★ 例 君が自ら考えて、自ら問題を解決しなさい。 請你自己考量，自己解決問題吧！	
むしろ 【寧ろ】 ①	寧可；與其～不如～　　　　　　　　　　★★ 例 買うより、寧ろ自分で作った方が美味しい。 與其用買的，不如自己做的好吃。	
めっきり ③	急遽地；明顯地　　　　　　　　　　　　　★ 例 視力がめっきり衰えた。 視力明顯地衰退了。	

2-5
副詞・副助詞

もしも 【若しも】 ①	假如，萬一，倘	★★★
	例 もしも彼女が来なかったら、どうしたらいいのか分からない。	
	萬一她沒來的話，不知該怎麼辦才好。	

もっとも 【最も】 ③	最～	★★
	例 私は季節の中で秋が最も好きだ。	
	我在季節當中最喜歡秋天了。	

もともと 【元々・元元】 ⓪	原來，本來；根本	★★★
	例 元々参加するつもりはなかった。	
	（我）本來就沒打算參加。	

や行

▶ MP3-113

やがて ⓪	不久；即將；將近；終究	★★
	例 彼女はやがて来るだろう。	
	她不久就會來了吧！	

やく 【約】 ①	大約	★★★
	例 家から駅まで歩いて、約十分掛かる。	
	從家裡走到車站，大約要十分鐘。	

やたらと・やたらに 【矢鱈と・矢鱈に】 ⓪	胡亂，任意，隨便；～得不得了	★
	例 彼女はやたらにかばんを買い込む。	
	她胡亂買包包。	

ゆうゆうと 【悠々と・悠悠と】 ③ ⓪	①悠閒；悠遠；從容不迫②（當サ行動詞用）	
	例 ①悠々と台湾を遊覧したい。	
	（我）想悠閒地暢遊台灣。	
	②彼女は何をするにも悠々としている。	
	她做什麼事都從容不迫。	

ゆったりと ③	舒適；舒暢；寬敞；寬鬆；悠閒	★
	例 ソファーにゆったりと座っている。	
	悠閒地坐在沙發上。	

ようするに 【要するに】 ③	總之 ★ 例 要するに君が間違っていたんだろう。 總之，你錯了，是吧！	

ようやく 【漸く】 ⓪	總算，好不容易；漸漸地 ★★ 例 父の体調は漸く回復してきた。 父親的身體漸漸地復原了。	

より ⓪	更～ ★★★ 例 より一層頑張りたいと思う。 （我）會更加努力。	

わ行

▶ MP3-114

わざと 【態と】 ①	故意；存心 ★★★ 例 その件について、両親はわざと知らないふりをした。 關於那件事，父母親故意裝作不知道的樣子。	

わりと・わりに 【割と・割に】⓪	格外地，意外地；比較地 ★ 例 今朝は割りと（割りに）寒かった。 今天早上意外地冷。	

▶ MP3-115

いっぽう 【一方】 ③	只~；一直~；越來越~ ★	

例 近頃、物価は上がる一方だ。

最近，物價一直上漲。

なんて 【何て】 ①	多麼 ★★	

例 なんてロマンチックなの！

多麼浪漫啊！

2-6
接頭語・接尾語

　　新日檢 N2 當中，「接頭語・接尾語」占了 0.77%。此時的「接尾語」除了當「數量詞」用之外，還有其他更為繁瑣的用法，如「～気味（傾向）」、「～発（出發）」、「～向け（適合）」……等；N2 中出現的「接頭語」是「幾（幾）～」、「準（準）～」，也是常用的必備單字。

▶ MP3-116

いく 【幾】	①	幾～；多少～ ★ 例 駅前の広場には幾千もの人が集まっている。 車站前的廣場聚集了好幾千人。
じゅん 【準】	⓪	準～ ★ 例 優勝ではなく、準優勝したチームが注目を集めている。 並非冠軍，而是亞軍隊伍受到注目。

▶ MP3-117

がち 【勝ち】 ⓪	容易～；常常～		★★
	例 最近は忙しくて、物事も忘れ勝ちだ。		
	最近很忙，常常忘東忘西的。		

ぎみ 【気味】 ⓪	有～的傾向；有～的樣子		★★
	例 風邪気味で、会社を休んだ。		
	有點感冒的樣子，沒去上班。		

ぐち 【口】 ⓪	～地方；～口味；～股（份）；～人（數）		
	例 彼は働き口を探している。		
	他正在找工作。		

しだい 【次第】 ①	任憑～；取決於～		★★
	例 何事も人次第だ。		
	事在人為。		

すがた 【姿】 ①	～姿態；～裝扮		
	例 寝間着姿で外出するのは見っともない。		
	穿睡衣出門真是不像話。		

ずみ 【済み】 ⓪	～過了，～完畢了		★★★
	例 その件はもう調査済みだ。		
	那個案件已經調查完畢了。		

せき 【隻】 ①	～隻（鳥）；～艘（船）		
	例 この写真には、漁船が二隻写っている。		
	這張照片中有兩艘漁船。		

たび 【度】 ②	～回；～次		★★★
	例 彼女とは会う度に喧嘩になってしまう。		
	每次見到她都會吵架。		

だらけ ①	都是～		★★
	例 教室は埃だらけだ。		
	教室裡都是塵埃。		

たらず 【足らず】 ①	不到～		
	例 一万台湾ドル足らずで買える。		
	不到一萬台幣就可以買到。		

2-6
接頭語・接尾語

| つぶ
【粒】 | 1 | ～粒；～顆 ★
例 ご飯は最後の一粒まで食べる。
白米飯吃到最後一粒。 |

つぶ【粒】 1

～粒；～顆 ★

例 ご飯は最後の一粒まで食べる。

白米飯吃到最後一粒。

どころ 0

値得～的地方；～產區

例 新潟県は日本の主な米どころの一つだ。

新潟縣是日本主要的稻米產區之一。

はつ【発】 2

～出發；～起飛 ★★

例 彼は台北十時発の飛行機で発った。

他搭乘台北十點起飛的飛機出去了。

みまん【未満】 1

未満～，不足～ ★★

例 二十歳未満の者、入場お断り。

未滿二十歳者，謝絕入場。

むけ【向け】 0

面向～；適合～ ★★

例 女性向けのファッション雑誌コーナーはあちらです。

適合女生的服裝雜誌專櫃在那邊。

らん【欄】 1

～欄；～版

例 新聞のスポーツ欄を読んでいる。

正在看報紙的體育版。

2-7

其他

　　新日檢 N2 當中出題率相當高的「接續詞」、「連體詞」、「連語」、「疑問詞」、「感嘆詞」，均在此作說明介紹。最後補充「基礎會話短句」，幫您逐步累積新日檢的應考實力。

▶ MP3-118

あるいは 【或いは・或は】 ②	①或者②或許（當副詞用） ★★ 例 ①今度の会議は、来週の月曜日或いは水曜日にしよう。 下次會議在下週一或週三舉行吧！ ②すぐ行くなら、或いは間に合うかもしれない。 馬上去的話，或許趕得上。
さて ①	①那麼（用於改變話題時）②到底（當感嘆詞用，表示猶豫）★★ 例 ①今日も暑いですね。さて、時間ですから授業を始め ましょう。 今天也很熱啊！那麼，時間到了所以開始上課吧！ ②さて、どうしよう。 到底，該怎麼辦呢？
しかも 【然も・而も】 ②	①而且（除了～，也～）②雖然～卻～ ★★ 例 ①彼はイケメンでしかも頭がいい。 他長得帥又聰明。 ②一生懸命準備して、しかも合格できなかった。 雖然拚命準備了，卻沒能考上。
したがって 【従って】 ⓪	因此，所以 ★ 例 このイヤリングは手作りだ。従って、非常に値が高い。 這副耳環是手工製的，所以，價格相當高。
それでも ③	儘管如此，雖然～卻～ ★★ 例 学校に行きたくない。それでも行かなければならない。 不想上學。儘管如此，卻不得不去。
それなのに ③	儘管如此，雖然～卻～ ★★ 例 何度も謝った。それなのに、彼らは許してくれなかった。 道歉好幾次了。儘管如此，他們並沒有原諒（我）。
それなら ③	那麼，要是那樣的話 ★★ 例 今日は都合が悪いんですね。それなら、明日会い ましょう！ （您）今天不方便吧！那麼，明天見吧！

だが	1	但是 ★★
		例 彼女は美人だが、体が弱い。
		她是美女，可是身體弱。

ただし【但し】	1	但是（對於附帶條件或是例外情形加以補充） ★
		例 入場自由。但し、犬はお断り。
		自由進場。但是，不可以帶狗。

ついで【次いで】	0	接著～；次於～
		例 富士山に次いで高い山はどの山だろうか。
		僅次於富士山的高山，是哪座山呢？

ですから	1	因此，所以 ★★
		例 雨が降っています。ですから、傘を持って学校へ行きます。
		正在下雨。所以（我）帶著傘去上學。

▶ MP3-119

あくる 【明くる】 ⓪	翌〜，明〜，次〜，隔〜，第二〜
	例 アメリカに着いたのは夜遅くだったが、明くる日は朝早く起きた。
	抵達美國已經是深夜了，但隔天還是一大早就起床了。
あらゆる ③	所有〜，一切〜　　　　　　　　　　　　　　　　　★
	例 あらゆる方法で日本語を学習している。
	正用各種方法學習著日語。
ある 【或る】 ①	某〜，有的〜　　　　　　　　　　　　　　　★★★
	例 ある地域では未だに自給自足の生活が見られる。
	在某地域還可以看到自給自足的生活。
いわゆる 【所謂】 ③②	所謂〜　　　　　　　　　　　　　　　　　　★★
	例 これがいわゆる田舎の生活だ。
	這就是所謂的鄉下生活。
たいした 【大した】 ①	①非常了不起〜②沒什麼了不起〜（後接否定）　★★
	例 ①これだけ出来れば大したものだ。
	能做成這樣就很了不起了。
	②大した用事はない。
	沒什麼要緊的事。
たんなる 【単なる】 ①	只是〜
	例 それは単なる暴力だ。
	那只是暴力而已。

▶ MP3-120

しかたがない 【仕方がない】 ⑤	沒有辦法；無可救藥 ★★★ 例 彼女は遊んでばかりいて、本当に仕方がない。 她只知道玩，真是無可救藥了。
たまらない 【堪らない】 ⓪③	無法忍受，吃不消 ★★★ 例 最近はとても忙しい上、蒸し暑い日が続いている。 これでは体が堪らない。 最近很忙，再加上持續悶熱的天氣，這樣身體吃不消。
ちがいない 【違いない】 ③	一定 ★ 例 それは私が無くした財布に違いない。 那一定是我遺失的錢包。
とんでもない ⑤	意想不到；不合情理 ★★★ 例 自分のミスを人のせいにするなんてとんでもない。 自己的錯怪別人不合情理。
なにも 【何も】 ⓪①	①⓪ 什麼都 ②① 又何必（後接否定）★★★ 例 ①彼女は朝は何も食べない。 　她早上完全不吃。 ②何もそんなに急ぐことはない。 　又何必那麼著急。
もって 【以って】 ①	以～，用～；由於～ 例 以上の理由をもって、この意見に反対する。 基於以上理由，（我）反對這個意見。

▶ MP3-121

なんで
【何で】　①

為什麼　★★★

例 何で泣いているの。

你為什麼在哭呢？

▶ MP3-122

あら	1 0	喲；哎呀 ★★

例 あら、出掛けるの。

喲！您要外出嗎？

えっ	1	咦（表示疑問）；哎呀（表示驚嘆） ★★★

例 えっ、何だって。

咦？你説什麼呢？

はあ	1	哇（表示驚嘆）；咦（表示疑問） ★★

例 はあ、すごいね。

哇！好厲害喔！

まあ	1	哎呀（表示驚嘆） ★★

例 まあ、どうしたの。

哎呀！怎麼啦？

▶ MP3-123

お気の毒に。 き どく	真令人同情！
お元気で。 げん き	請保重！
お互い様。 たが さま	彼此彼此！
ご苦労様。 く ろうさま	辛苦了！（註：用於上對下）
しょうがない。	沒辦法！
とんでもない。	哪裡！

メモ

國家圖書館出版品預行編目資料

一本到位！新日檢N2滿分單字書 / 麥美弘著
-- 初版 -- 臺北市：瑞蘭國際, 2020.01
288面；17×23公分 --（檢定攻略系列；65）
ISBN：978-957-9138-63-5（平裝）
1.日語 2.能力測驗

803.189　　　　　　　　　108022848

檢定攻略系列65

一本到位！新日檢N2滿分單字書

作者｜麥美弘
審訂｜佐藤美帆
責任編輯｜葉仲芸、王愿琦
校對｜麥美弘、葉仲芸、王愿琦

日語錄音｜彥坂はるの
錄音室｜采漾錄音製作有限公司
封面設計｜劉麗雪、余佳憓
版型設計｜劉麗雪、陳如琪
內文排版｜余佳憓

瑞蘭國際出版
董事長｜張暖彗・社長兼總編輯｜王愿琦
編輯部
副總編輯｜葉仲芸・副主編｜潘治婷・文字編輯｜林珊玉、鄧元婷
設計部主任｜余佳憓・美術編輯｜陳如琪
業務部
副理｜楊米琪・組長｜林湲洵・專員｜張毓庭

出版社｜瑞蘭國際有限公司・地址｜台北市大安區安和路一段104號7樓之一
電話｜(02)2700-4625・傳真｜(02)2700-4622・訂購專線｜(02)2700-4625
劃撥帳號｜19914152 瑞蘭國際有限公司
瑞蘭國際網路書城｜www.genki-japan.com.tw

法律顧問｜海灣國際法律事務所　呂錦峯律師

總經銷｜聯合發行股份有限公司・電話｜(02)2917-8022、2917-8042
傳真｜(02)2915-6275、2915-7212・印刷｜科億印刷股份有限公司
出版日期｜2020年01月初版1刷・定價｜360元・ISBN｜978-957-9138-63-5

PRINTED WITH
SOY INK™ 本書採用環保大豆油墨印製